Het verraad van A.J. Lew

Van dezelfde auteur

De machtsfabriek

Bezoek onze internetsite www.awbruna.nl
voor informatie over al onze boeken en softwareproducten.

Robert Littell

Het verraad
van A.J. Lewinter

A.W. Bruna Uitgevers B.V., Utrecht

Oorspronkelijke titel
The Defection of A.J. Lewinter
© 1973 by Robert Littell. Originally published in the United States
of America by The Overlook Press, Peter Mayer Publishers, Inc.
Vertaling
R. Kliphuis
Omslagontwerp
Plan B Grafimediabureau BV
© 2004 A.W. Bruna Uitgevers B.V., Utrecht
Eerder verschenen onder de titel *A.J. Lewinter overloper?*

ISBN 90 229 8825 2
NUR 332

Deel I
Lewinter loopt over

1

Er viel een scherm van stilte tussen het einde van het toneel-stuk en het eerste opklateren van het applaus. Getroffen door die stilte liet Chapin zijn aandacht even afdwalen van de al wat kale Amerikaan die op de hoek naast het gangpad zat.
Het was zijn eerste fout die dag.
Chapin was een dikke man en hij benijdde mensen met gra-tie en lichaamsbeheersing zoals een invalide een lenige gym-nast bewondert. Zwaar ademend zat hij op de harde houten stoel, een massieve gestalte te midden van de kleine tengere Japanners, en hij keek met bijna sensueel genot toe terwijl de gemaskerde auteurs van het Kanze Nô-gezelschap geluidloos over de *hasjigakari*-brug naar de coulissen gleden. Zonder alle subtiliteiten ervan te begrijpen voelde Chapin zich aan-getrokken tot het Nô-toneel. Hij had dit nooit aan iemand toegegeven, want hij vond het zelf maar een vreemde obses-sie – vooral voor iemand in zijn vak. Vaag vroeg hij zich af wat de Amerikaan ertoe had gebracht deze voorstelling te be-zoeken.
De Amerikaan!
Toen Chapin omkeek naar de hoekplaats, was die leeg en rende zijn man over de loper in de richting van de uitgang. Nog in de ban van het Nô-spel kostte het Chapin moeite zich los te maken uit de spinragweefsels van zijn verbeelding die hem bonden aan het toneel. Moeizaam hees hij zijn om-vangrijke lichaam over de benen van de vier Japanners en wrong zich door het nu volgestroomde gangpad naar de hal. Voor iemand van zijn postuur en leeftijd bewoog hij zich snel. Maar toen hij het bordes van de schouwburg had be-reikt, was de Amerikaan verdwenen in de mensenstroom die door de straten van Tokyo's binnenstad golfde.
Chapin stond op de trappen en woelde met zijn vingers door

zijn dun geworden haar. Het was hem in geen jaren overkomen dat iemand die hij volgde hem ontsnapte en hij voelde zich gekwetst in zijn beroepstrots. De leiding zou razend zijn. Terwijl hij zich afwendde om een telefooncel te zoeken, viel zijn blik op iets bekends: het vertrouwde profiel van een man, in de omlijsting van een taxiraampje; de wagen schoot juist weg van de trottoirband.

Chapin wrong zich in een andere taxi en zei tegen de chauffeur: *'Ano koeroema o otékoere.'* In het Japans, meende Chapin, klonken de woorden tenminste niet zo belachelijk als in het Engels.

De twee taxi's, honderd meter van elkaar af, draaiden langs de Toronomon en de zwarte smeedijzeren hekken van de Amerikaanse ambassade en beklommen met steeds grotere snelheid een steile heuvel, waar ze vast kwamen te zitten in een schots en scheef stilstaande menigte personenauto's, bussen en vrachtwagens, allemaal luid claxonnerend op weg naar Roppongi. De vroege avondbries waaide door het open raam in Chapins gezicht en voerde het rossige stof aan van een stuk opengebroken weg, waar aan een nieuwe lijn van de metro werd gewerkt. Chapin zag dat zijn chauffeur genoot van de achtervolging; met zijn voorhoofd bijna op het stuur sneed hij een vrachtauto en stuurde zijn wagen over het hobbelige wegdek van de trolleybaan dicht bij de heuveltop. Alleen sturend met zijn linkerhand, die in een witte handschoen stak, zwenkte hij abrupt naar links en bereikte zo het kleine kruispunt, vlak voor de rotonde van Roppongi. Door deze manoeuvre stond hij nu vlak achter de andere taxi. Chapin boog zich naar voren en klopte de chauffeur op de schouder. *'Kimi wa, beteran no oentensjoe da né* – Dat was keurig gereden.'

Aan de overkant van de rotonde duwden arbeiders met dikke okerkleurige koppelriemen en hoofddoeken die hun voorhoofd bedekten een vuilnisauto op die niet wilde starten. In de nog steeds aanzwellende verkeersknoop leunden bestuurders met hun elleboog op hun claxon. In de taxi voor die van Chapin stapte de ongeduldige passagier uit, hij rekende af met de chauffeur en liep tussen de twee wagens door naar de stoep. Toen zijn gezicht volledig zichtbaar was geworden, besefte Chapin dat hij wel een Amerikaan was gevolgd – maar de verkeerde.

Chapin betaalde zijn chauffeur en haastte zich naar de telefooncel voor de Kinokoenija-supermarkt. Voor hij een nummer draaide haalde hij het papier van een pakje suikervrije kauwgom, stak het stukje in zijn mond en draaide een balletje van het zilverpapier, waarmee hij tijdens het gesprek bleef spelen.

Aan de andere kant ging de telefoon tweemaal over. Toen zei een mannenstem in het Japans: 'Vier-negen-zes-vijf-twee-negen.' Chapin las zijn eigen nummer in het Engels voor en hing op. Vijftien seconden later werd hij opgebeld.

'Dag, George – ja, met mij,' zei Chapin nerveus hijgend.

'Waar hebben de Kiebelton en jij in godsnaam gezeten?' vroeg George.

'In Maroenousji,' antwoordde Chapin. Hij deed zijn best wat nu volgde als een gewoon babbeltje te laten klinken.

'Alles gaat prima. Onze vriend heeft me zojuist getrakteerd op vijfenhalf uur Nô. Nu zijn we in Roppongi. De Kiebelton is aan de overkant van de straat bij een antiquair. Ik blijf wel bij hem tot hij heeft gedineerd en in zijn hotelbed kruipt.'

2

In zijn verbeelding had Lewinter dit moment honderdmaal beleefd, maar het was nooit bij hem opgekomen dat de portier geen Engels zou kunnen spreken. Hij keek over de tafel met het glazen blad heen naar het koppige Slavische gezicht en moest vechten tegen de gevoelens van frustratie en angst die in hem opwelden.

'Hoor eens,' zei Lewinter, ditmaal met meer geduld, meer respect. 'Ik moet de ambassadeur spreken.' En hij herhaalde het woord driemaal, alsof herhaling alleen al voldoende was om de portier tot begrip te brengen. 'Ik ben een Amerikanski,' voegde hij eraan toe.

De twee Japanse werksters die de marmeren vloer van de ambassadehal dweilden keken nieuwsgierig op. De portier, pas in functie en nog onzeker, aarzelde. Ten slotte nam hij schouderophalend de telefoon en belde de dienstdoende ambtenaar op.

Terwijl Lewinter hem zag draaien, voelde hij iets van de spanningen uit zich wegglijden. Eindelijk kwam er dan toch schot in. Voor het eerst wierp hij een blik op het interieur: de Japanse vrouwen, nu weer hard aan het werk, de bewaker in uniform, verdiept in een Russische krant, het kleine portret van Lenin in een protserige vergulde lijst, de barsten in de marmeren vloer, de lichtkroon waarvan het stoffige zwarte elektrische snoer zich naar het afbladderende plafond kronkelde. Dit was niet wat hij had verwacht. Helemaal niet.

Op zijn tenen over het nog natte marmer lopend naderde de dienstdoende ambtenaar, een kleine, sombere Armeniër met zware wenkbrauwen, die zich vlak voor Lewinter posteerde.

'Ja,' zei de Armeniër, glimlachend op zijn horloge wijzend, 'sinds een kwartier zijn wij compleet voor de dag.'

'Ik moet uw ambassadeur spreken,' zei Lewinter, zich afvragend hoeveel Engels de Armeniër verstond. 'Ik wil naar de Sovjet-Unie – permanent. Ik wil er wonen.'

'Permanent?' herhaalde de Armeniër, en hij zocht op wat het woord betekende. Hij vond het en begreep het. Hij dacht aan een vriend, die eens een kans om in Istanbul documenten te kopen voorbij had laten gaan en nu postzegels zat af te stempelen in Tbilisi. Met een rukje van zijn hoofd beduidde de Armeniër de Amerikaan dat die hem moest volgen de gang in.

Alleen gelaten in een grote, muf ruikende kamer, volgepropt met zwaar gecapitonneerde meubels, liet Lewinter zich zakken in een leunstoel met een gebroken veer en wachtte af. In het halve uur dat achter hem lag had hij het belangrijkste besluit van zijn leven genomen, en toch scheen de hele zaak hem lachwekkend toe. Maandenlang had hij gewerkt aan zijn plan om over te lopen en daarbij had hij genoten van elk detail: de reis naar Japan, de pillen, de shampoo, de röntgenfoto's, de op het laatste moment verstuurde kaart voor Maureen, zelfs het boek dat hij in het vliegtuig naar Moskou wilde lezen. Maar om de een of andere reden was hij terechtgekomen in het decor van een Hitchcock-film: op een verwaarloosde ambassade, in een ouderwetse kamer, bij mensen die zijn taal niet spraken. Hij kon zichzelf bijna zien zoals hij daar zat, een beetje ongerust, een beetje lachwekkend, naar het hoge plafond starend terwijl hij nu eens zijn benen over elkaar sloeg en dan weer voor zich uit strekte, en zich afvroeg of er behalve hijzelf nog iemand zou zijn die hem observeerde.

Lewinter liet zijn gedachten voor wat ze waren en besefte dat hij mannenstemmen had gehoord. De deur ging open. De man die binnenkwam zag eruit alsof hij zo van een Amerikaanse campus hierheen was gewandeld. Hij leek precies een jonge docent, alleen de pijp tussen zijn tanden ontbrak, maar verder had hij alles; hij droeg een vlinderdasje, een beige button-down overhemd, een sportjasje van tweed met suède elleboogstukken, een verkreukelde flanellen broek en instappers. Zijn kroeshaar was lang en bolde opzij en van achteren op; dat en zijn hoge voorhoofd bestempelden hem tot een intellectueel. Zijn ogen waren bruin en in hun uitdrukking lag iets wat van een ironische instelling getuigde.

Hij glimlachte hartelijk en ging, een stoel bijtrekkend, vlak naast Lewinter zitten. 'Op welke middelbare school ben je geweest?' vroeg hij in onberispelijk Engels.

'Wat bedoelt u met die middelbare school van me?' vroeg Lewinter, zijn stoel een eindje achteruitschuivend. Toeschietelijkheid op het eerste gezicht wekte automatisch zijn argwaan. 'Eerst laat u me een halfuur wachten en dan stapt u binnen met zo'n vraag. Hebt u ook maar een flauw idee waarom ik hier ben gekomen?'

'Kom, wind je niet op,' zei de Rus. 'Het was maar twintig minuten. Ik moest speciaal naar de ambassade worden teruggehaald. Trouwens, die vraag over je middelbare school is zo gek niet. Je krijgt een aardig idee van een Amerikaan als je weet welke middelbare school hij heeft bezocht. Neem mij nu bijvoorbeeld. Ik ben op de Horace Mann-school geweest. Alle lui daar kwamen uit de hogere middenstand – niet bepaald het type dat je verwacht als iemand na sluitingstijd op een Sovjetrussische ambassade politiek asiel komt vragen. Je ziet dus,' zei hij, zichzelf lachend op het voorhoofd tikkend, 'dat ik wel degelijk weet waarom je hier zit – ik ben zo iemand die altijd nadenkt. Pas maar op!'

Lewinter voelde onwillekeurig enige sympathie voor de Rus. 'Hoe ben je op de Horace Mann-school terechtgekomen?' vroeg hij.

'Mijn vader, een brave communist, had het in de Russische buitenlandse dienst zo ver geschopt dat hij in Riverdale kon wonen,' zei hij. 'Zes jaar is hij verbonden geweest aan het secretariaat van de Verenigde Naties. En welke middelbare school heb jíj nu bezocht?'

'De hogere technische school in de Bronx,' zei Lewinter, verrast omdat hij de vraag nu graag wilde beantwoorden.

'Aha!' zei de Rus, en hij sloeg Lewinter op de knie. Hij priemde met een quasi-beschuldigende wijsvinger naar Lewinter: 'Kleinburgerlijke afkomst, intellectueel, een IQ van minstens 135, niet zo goed in sport, geen seks voor je studententijd – misschien toen nog niet eens. Je zou een jood kun-

nen zijn, maar je ziet er niet joods uit. Klopt dat zo'n beetje?'
'Prima, afgezien van die seks,' loog Lewinter. Hij keek nu
weer ernstig: 'We zouden de hele avond kunnen discussiëren
over de voordelen van mijn school tegenover de jouwe –
maar ik heb niet de hele avond de tijd. Ik heb mijn kansen
heel zorgvuldig berekend. Ik moet Japan verlaten met jullie
vliegtuig van acht uur, of ik kom er vermoedelijk niet meer
uit.' Hij haalde zijn zakhorloge voor den dag en knipte het
open. 'Ik heb nog twee uur en een kwartier. Daarom moet ik
met je gezant spreken.'
'Ik heb zo'n idee dat mijn gezant de laatste is aan wie je iets
zou hebben,' zei de Rus. Er trok een glimlach over zijn gezicht. 'Hij kan heel goed linten doorknippen, maar hij geeft
zijn ernstige problemen door aan mij. Als jij een ernstig probleem bent,' – en nu legde hij zijn vlakke handpalmen op
zijn borst – 'dan ben ik je man.'
Lewinter geloofde hem.
De Rus haalde een groen notitieboekje uit zijn borstzak en
haalde de dop van zijn pen. 'Nu ik je weerloos heb gemaakt
met mijn spontane charme, wordt het tijd dat de echte Jefgenj Michailovitsj Pogodin – zo heet ik – zich aan je voorstelt. Je zit hier tegenover een man die voor één kwart
marxist is, voor één kwart humanist en voor de helft bureaucraat.' Zijn pen zweefde boven het aantekenboekje. 'Uw
naam?'
Lewinter had het gevoel zich te hebben overgegeven aan een
tandarts die hem pijnloos zou behandelen. 'A.J. Lewinter, A
puntje, J puntje, hoofdletter L, kleine letter w.'
'Waarvan is die A een afkorting?' vroeg Pogodin.
'Augustus. De J is van Jerome. Maar ik gebruik alleen de ini-
tialen.'
'En, meneer A puntje, J puntje Lewinter, hoe oud bent u?'
'Negenendertig.'
'Adres?'
'Cambridge, Massachusetts.'
Pogodin keek op. 'Wat doet u in Cambridge?'
'Ik ben lector aan het Technologisch Instituut van Mas-
sachusetts (MIT), gespecialiseerd in keramische technieken.

De afgelopen vier jaar heb ik gewerkt aan keramische neus-kegels voor het MIRV[1]-programma.'
De Rus noteerde Lewinters antwoord in zijn boekje, sloeg toen de bladzijde nog niet om, maar herlas wat bij had geschreven. Zonder op te kijken vroeg hij: 'Wat was het doel van uw reis naar Japan, meneer Lewinter?'
'Het ecologische symposium van de Waseda-universiteit. Daar heb ik gisteren een referaat gehouden. Als ik niet aan neuskegels werk, interesseer ik me hevig voor milieuvervuiling. Een paar jaar terug heb ik een systeem ontwikkeld voor het verwerken van alle vaste afvalstoffen in de Verenigde Staten. Het biedt fantastische mogelijkheden. De stoffen worden in regionale centra verzameld, daar verwerkt en opnieuw productief gemaakt. Het is bijna niet te geloven, maar hoewel dit een enorm probleem is in Amerika, heb ik niemand in Washington ervoor kunnen interesseren – hoewel ik zwart op wit kan aantonen dat de kosten van het hele systeem er over 35 jaar uit zouden zijn.' Lewinter zweeg even. 'Spreek ik te snel?'
Maar Pogodin schreef al niet meer.
'Waarom wilt u naar de Sovjet-Unie gaan?'
'Hoe kan ik ook maar een begin maken met het beantwoorden van die vraag?' zei Lewinter. 'Ik zou moeten spreken over de ontluistering van de Amerikaanse droom: de milieuvervuiling, de misdaad, de politieke corruptie, het isolement van de intellectuelen, de verdovende middelen, het smoren van de kritiek. Maar ik heb nog een reden. Ik behoor tot dat befaamde militair-industriële complex. Ik heb in dat complex geleefd. Ik weet hoe het daarin toegaat. Mijn land is bezig een nucleair aanvalssysteem op te bouwen. En dat er in Washington een generaal zal komen die voorstelt er gebruik van te maken is even zeker als dat wij hier zitten. Ik wil u pariteit geven, zodat de heren niet in de verleiding zullen komen. Ik wil u MIRV geven.'
Plotseling kwam bij Pogodin de gedachte op dat hij tegen-

---

1 MIRV: *Multiple Independently Targetable Re-entry Vehicles* – Meervoudige, onafhankelijk van elkaar geleide, terugkerende projectielen.

over een krankzinnige zat. In Pogodins wereld bestond het verzamelen van inlichtingen uit lange, vervelende operaties, waarbij honderden mensen moeizaam probeerden kleine details te combineren zodat er misschien één enkel stukje van een legpuzzel ontstond dat met veel geluk – misschien – zou kunnen passen in een groter geheel. Maar onbekenden kwamen niet van de straat binnenwandelen om je de pot met goudstukken aan te bieden die aan het eind van de regenboog moest liggen. Maar toch…

'Laat me u vertellen wat er op dit ogenblik door me heen gaat,' zei Pogodin. Hij had honderden mensen ondervraagd en had al jaren geleden ontdekt dat openhartigheid een machtig wapen kon zijn – juist omdat mensen in Lewinters situatie die nu juist helemaal niet verwachtten. 'Als u hebt wat u beweert te hebben, zou dat voor ons een belangrijk voordeel zijn. En dan zou u natuurlijk op onze dankbaarheid kunnen rekenen. Maar er komen hier geen mensen binnenstappen met dat soort informatie. Ik moet dus ook de andere mogelijkheden overwegen. Misschien gelooft u te goeder trouw dat u over deze gegevens beschikt, maar misschien gelooft u het alleen omdat andere mensen u in die waan hebben gebracht. Bewust of onbewust zou u als lokaas kunnen dienen, iemand kunnen zijn die ons onjuiste informatie moet verstrekken. Of u kunt ook volslagen gek zijn. Er zijn nog andere mogelijkheden denkbaar, maar die zijn te ingewikkeld om er hier op te kunnen ingaan. Daarom stel ik u deze vraag: wat zou u doen als u in mijn schoenen stond?'

'Als ik in uw schoenen stond,' zei Lewinter, die op het spel inging, 'zou ik de kans aangrijpen dat ik minstens zo belangrijk ben als ik beweer – en misschien nog wel belangrijker.'

'Ja, dat zou u waarschijnlijk doen,' zei Pogodin. 'Omdat u de spelregels niet kent.'

'Wat schrijven die dan voor?'

'In deze fase van ons contact moet u ons het bewijs leveren dat het u ernst is,' zei Pogodin. 'Overlopen' – de Rus sprak het woord met nadruk uit – 'is een delicate zaak. U moet ons iets geven waarover we kunnen nadenken.'

Lewinter kon nu toehappen. Hij probeerde te bedenken of

hij zijn identiteitsbewijs kon gebruiken, zijn kaart als lector van het instituut, zijn pas. Maar hij wist dat geen van die documenten hem een plaats zou kunnen bezorgen in het vliegtuig van acht uur naar Moskou.

'Luister eens,' zei hij. 'Ik zou u de formule kunnen geven voor de baan van een van de loze ladingen in een MIRV. Die kunt u dan naar Moskou telegraferen. Daar moet toch iemand zitten die voor de waarde ervan kan instaan.'

Zonder een spier te vertrekken hield Pogodin Lewinter hem het groene aantekenboekje voor. 'Hebt u een pen nodig?' vroeg hij beleefd.

'Nee, dank u, ik heb er een,' zei Lewinter, en hij begon in zijn keurige handschrift te schrijven.

3

'Wacht even, nu komt het belangrijkste,' zei Diamond, en de hoge, gebeeldhouwde houten deuren van de Russische ambassade gingen open. 'Dit is het hoofd van hun geheime dienst, de KGB, Mickey Pogodin, die achteraan loopt. Die knaap rechts is een van zijn Armeniërs; Lewinter is die kleine dikke links. Zodra ze het hek uit zijn, komt er een close-up van hem. Ja, nu, meneer Lawson, wilt u nu ophouden met draaien?'

Het gezicht van A.J. Lewinter, korrelig en iets overbelicht, vulde het kleine scherm tegen de achterwand van het vertrek. Zijn portret had een curieuze tegenstrijdigheid: de camera had de ogen betrapt terwijl ze half dichtgeknepen angstig opzij schoten, maar de halfgeopende mond was ontspannen in een glimlach vol zelfvertrouwen.

'Meneer Lawson, mag ik u verzoeken de film nu tot het einde toe af te draaien?' zei Diamond.

De camera week achteruit, het beeld vervaagde en werd toen weer scherper. Even werd het toneeltje door een passerende bus aan het gezicht onttrokken. Lewinter wilde net achter in een gereedstaande auto stappen, toen hij zich abrupt tot Pogodin wendde en gebaren maakte in de richting van de ambassade.

'Het ziet eruit alsof die smeerlap zich heeft bedacht,' zei een van de aanwezigen.

Diamond nam niet de moeite hierop te antwoorden en de tweedimensionale figuren op het scherm voerden geluidloos hun pantomime op. Pogodin zei iets tegen de Armeniër, die het ambassadegebouw weer binnenrende en terugkwam met een plastic weekendtas. De drie mannen stapten achter in de auto, die uit het zicht van de camera verdween. Het scherm werd wit terwijl het laatste eindje film tegen de spoel klepperde. Het licht ging aan en de vier mannen om de tafel knipperden met hun ogen.

'Hebben we enig idee wat er in die tas zat?' vroeg Steve Ferri.

'Dat is de hamvraag,' zei Diamond.

'Hoe komt het dat onze mensen in Tokyo...'

Diamond kapte Ferri's vraag met een handgebaar af. 'Meneer Lawson, ik vraag me af of u zo vriendelijk zou willen zijn de film later terug te spoelen. En heel hartelijk dank.'

De deur viel achter de operateur in het slot.

Diamond, aan het hoofd van de tafel, met zijn rug naar de verticale jaloezieën, nam de situatie op. De gezichten van de mannen om hem heen zouden hem vertrouwd moeten zijn; hij werkte tenslotte al jaren met hen samen. Maar dit was de eerste maal dat hij als leider van de bespreking optrad. En dit nieuwe perspectief (Diamond zat op de stoel van de adjunct-staatssecretaris van Defensie, afdeling Veiligheidsbeleid) maakte een enorm verschil. Om dat vast te stellen hoefde je maar één blik te werpen op Bob Billings en Steve Ferri – die allebei naar Diamond keken met een gezicht dat hij niet helemaal kon plaatsen. Ze waren te hard geworden, te gereserveerd, te demonstratief onverschillig. De enige die hem nog volkomen vertrouwd voorkwam was Gordon Rogers – over de weke trekken van zijn roze gezicht speelde de glimlach waaruit zijn onzekerheid duidelijk bleek. Diamond kon Rogers wel aan. Maar Billings en Ferri, Billings met zijn harde profiel en Ferri met zijn harde ogen – ja, met Billings en Ferri was het een ander geval.

Er bestonden geen vaste regels voor het terrein dat Diamond had willen betreden, en daarom deed hij een stap achteruit. 'Wel, heren,' zei hij, 'ditmaal zitten we er tot onze nek in.'

Steve Ferri liep naar het raam en opende de jaloezieën. Banen zonlicht vielen schuin over het tapijt. 'Is dat niet een wat prematuur oordeel?' vroeg hij. Ferri was twaalf jaar legerofficier geweest en had daar een accent opgedaan dat vagelijk zuidelijk klonk. Als hij sprak bewogen zijn smalle lippen en kaak nauwelijks; hij scheen altijd met zijn tanden op elkaar te spreken, en deze fysieke eigenaardigheid gaf zijn stem een suggestie van bruusk gezag. 'Als de baas er was zou hij, geloof

ik, willen dat we in dit geval heel voorzichtig te werk gingen.'
'Niet iedereen voelt de adjunct-staatssecretaris zo goed aan als jij, Steve,' zei Diamond. 'Maar de zaak is nu eenmaal dat hij in het Bethesda ligt met endocarditis en dat ik aan het roer sta.' Hij ontweek Ferri's ogen. 'Begrijp me goed,' zei hij, 'geen van ons hier gaat vrijuit. Wij vormen het veiligheids-team voor het MIRV-project en we hebben een flater geslagen.'

Diamond zakte wat dieper weg in de nog niet vertrouwde stoel en strekte zijn benen uit. Hij maakte een vlotte, elegante indruk zoals hij daar onverschillig en toch met gratie achteroverleunde, een man van midden veertig met tot boven zijn ellebogen opgestroopte hemdsmouwen en dik bruin haar dat over zijn voorhoofd viel. Hij zag eruit als iemand die op zijn taak berekend was. Maar hij vroeg zich af of hij dit aankon. Het had hem overvallen. Eerst tien dagen geleden die ongelooflijke scène, toen de adjunct-staatssecretaris snakkend naar adem op het tapijt van zijn kamer had gelegen. Toen, nog geen week later, deze baan. En nu de overloper. En dan bij dat alles Sarah nog, het enige probleem dat hij had kunnen ontlopen – maar bewust had gekozen.

En toch had hij zich niet zo opgetogen gevoeld – dat was het enige woord ervoor – sinds de tijd waarin hij voor de CIA werkte. Om de een of andere reden genoot hij van zijn problemen; ze streelden zijn ijdelheid, ze prikkelden zijn eerzucht. De oude waarden waarop zijn leven had berust waren plotseling weggevaagd en de nieuwe schenen hem veel boeiender toe. Als hij die zaak met die overloper tactvol regelde, meende Diamond, was er een zeer goede kans dat hij een vaste aanstelling zou krijgen als adjunct-staatssecretaris van Defensie voor het Veiligheidsbeleid. De zaak met het meisje was een ander geval, een verhouding, en hij had sinds hij was getrouwd geen verhouding meer gehad.

'Ik geloof nog steeds dat je overdrijft,' zei Ferri, en hij keek naar Billings om te zien of die hem zou steunen. Maar Billings bleef zwijgen; als die een discussie met Diamond wilde beginnen, zou hij zelf, niet Ferri, het moment daarvoor kiezen.

'Dat ik overdrijf?' zei Diamond. Zijn toon bleef bewust hof-felijk, al was zijn woordkeus dat niet. 'Jezus, van het begin af aan is die hele zaak volledig verpest.' Hij sloeg een geelbruine map open en rommelde in een stapel papier. 'Hier heb ik een rapport van Personeelsonderzoek – dat is jouw afdeling, Steve. Drie weken voor Lewinter een verzoek indiende om een symposium in Japan bij te wonen hebben jouw mensen gerapporteerd dat Lewinter' – Diamonds wijsvinger ging over het blad – 'vijfhonderd Chlor-Trimeton-pillen tegen hooikoorts had gekocht en een dozijn flessen Head & Shoul-ders-antiroosshampoo. Volgens dit rapport wisten we ook dat hij zich tot zijn tandarts had gewend – ene Donald Fishkin in Boston – en zijn röntgenfoto's had opgevraagd. Toen had ergens in ons enorme veiligheidsapparaat al een belletje moeten gaan rinkelen. Maar wat is er gebeurd? Le-winter vraagt toestemming voor een bezoek aan Japan en een zekere Stefano Ferri, het hoofd van Personeelsonderzoek, willigt het verzoek in.' En Diamond streek het verkreukelde vel papier glad.

'Waarom is het ongewoon dat iemand grote hoeveelheden hooikoortspillen inslaat?' vroeg Ferri agressief, maar zijn stem klonk een tikje onvast. 'En Head & Shoulders – kom nou, Leo. Wat die röntgenfoto's van zijn gebit betreft, daar-naar hebben we twee dagen later al een onderzoek ingesteld. En daarbij kwam toevallig vast te staan dat Lewinter ruzie had gehad met die Fishkin en een andere tandarts zocht.'

'Heb jij ooit gehoord van iemand die vijfhonderd pillen tege-lijk kocht?' vroeg Diamond. 'Dat doe je alleen als je verwacht dat je er geen meer kunt kopen. Als je Lewinters weekendtas opende zou je er, vermoed ik, de pillen, de shampoo en de röntgenfoto's van Fishkin in vinden.'

'Ik weet het niet, Leo, maar ik geloof dat je er te veel achter zoekt,' zei Gordon Rogers. 'Gezien de afloop geef ik toe dat we in Tokyo meer hadden moeten doen dan een mannetje achter hem aan sturen. Maar wanneer we alle betrokkenen bij het MIRV-project achter slot en grendel zetten zodra ze massaal pillen kopen, krijgen we het nog druk.' Rogers, een enigszins verwijfde man met dikke, weke lippen, kuchte, tevreden over wat in zijn ogen een verstandige opmerking was. 'Ik hoop dat de minister van Defensie even toegeeflijk zal oordelen als jij,' zei Diamond. 'Maar reken er niet te vast op. Toen ik gisteravond laat bij hem wegging, wachtte hij op een telefoontje van de president. Ik zal je dit zeggen: de luchtverversing stond voluit, maar de minister van Defensie zweette als een otter. En als wij maar een beetje begrip hadden, zou het ons ook zo gaan. Na het Enkelvoudige Geïntegreerde Operatieplan en de Nationale Lijst van Strategische Doelen is het MIRV-project het belangrijkste voor de nationale veiligheid.'

'Ik zweet heus wel,' zei Rogers, die een zachte witte zakdoek met zijn monogram erop uit een zak haalde en zijn voorhoofd begon te betten. 'Wanneer krijgen wij in 's hemelsnaam een kleinere conferentiekamer of een betere luchtverversing toegewezen? Goeie genade, onze collega's van Strategische Planning zouden met zoiets nooit genoegen nemen.'

'Hoe zit het eigenlijk met de reorganisatie van de bureauruimte?' viel Ferri hem bij. 'Nu de baas in het ziekenhuis ligt, is de kans groot dat wij bij de verdeling aan het kortste eind trekken. We moeten op dat punt blijven hameren. Alleen het knarsende wiel krijgt de smeerolie. Misschien kan ik je beter een kopie geven van het memo dat ik voor de baas heb opgesteld. Jezus, ik heb archiefkasten in het kamertje van de conciërge staan en mijn drie assistenten struikelen over elkaar in een hok van nog geen twee bij twee meter dat bedoeld was voor een waterkoeler.'

Diamond kreeg het gevoel dat hij al zijn krachten moest aanwenden om een zeilboot tegen een straffe wind in op koers te houden. 'Ik ben even fel op het verdedigen van onze rechten als jullie,' zei hij, 'maar kunnen we die kwestie niet even op een laag pitje zetten?' Zonder een antwoord af te wachten liep Diamond naar een kast bij de deur. 'Luister eens,' zei hij, en hij zette een taperecorder aan.

'Dag, George – ja, met mij,' zei een stem die uit de diepte van een tunnel scheen te komen.

'Waar hebben de Kiebelton en jij in godsnaam gezeten?'

'In Maroenousji,' antwoordde de stem. 'Alles gaat prima. Onze vriend heeft me zojuist getrakteerd op vijfenhalf uur Nô. Nu zijn we in Roppongi. De Kiebelton is aan de overkant van de straat bij een antiquair. Ik blijf wel bij hem tot hij heeft gedineerd en in zijn hotelbed kruipt.'

Diamond schakelde de taperecorder uit.

'Jezus,' zei Rogers. 'Die verdomde Chapin. Wat een idioot.'

'Het gaat niet alleen om Chapin,' zei Diamond. 'Onze hele leiding in Tokyo heeft een flater geslagen – alle voorschriften genegeerd. Chapin raakt Lewinter kwijt, verklungelt dan drieënhalf uur met wachten tot de man in zijn hotel zal verschijnen en rapporteert dan pas de verdwijning. Verder blijkt dat Bureau Tokyo filmopnamen had van Lewinter waarop hij de Russische ambassade binnengaat en verlaat, maar die film is pas acht uur nadat hij het land had verlaten ontwikkeld. Volgens je eigen instructies, Gordon, moeten zulke films driemaal per dag worden ingeleverd en ontwikkeld, telkens aan het einde van een dienstperiode. Als ik me vergis zeg je het maar.'

Rogers knikte met een ongelukkig gezicht.

'Dan was er nog zoiets eenvoudigs en elementairs als het codeverkeer,' vervolgde Diamond. 'Veertig minuten nadat Lewinter de ambassade had betreden volgde er na kantoortijd een ongewoon drukke uitwisseling van codetelegrammen met Moskou. Er was dus kennelijk iets aan de hand. En wat deed ons Bureau Tokyo?'

'De vorige maand is er na kantoortijd twaalfmaal in code druk met Moskou getelegrafeerd,' zei Rogers. Diamond wachtte af of Rogers hieraan nog iets toe te voegen had, maar die zweeg.

'We laten Chapin, de film en het codeverkeer dus rusten,' zei Diamond. Hij nam een ander rapport in de hand. 'Een uur en drie kwartier nadat Lewinter de ambassade was binnengaan – een vol uur voor het vliegtuig met Lewinter en Pogodin aan boord naar Moskou vertrok – had Bureau Tokyo een rapport van een plaatselijke agente ontvangen. Dat was een Japanse werkster in dienst van de Russische ambassade. Er stond in dat er na sluitingstijd een Amerikaan was binnengekomen, die door de dienstdoende ambtenaar snel naar een kamer was gedirigeerd en dat er een aantal opgewonden telefoongesprekken via de centrale was gevolgd. De werkster kon wel Russisch verstaan, maar geen Engels. Ze rapporteerde ons Bureau – luister goed – dat ze flarden had opgevangen van een meningsverschil tussen Pogodin en Stantsjev, hun ambassadeur. De ambassadeur, die blijkbaar in het ongelijk was gesteld, stormde weg en onmiddellijk daarop werd het Japanse personeel vroeger dan anders naar huis gestuurd. Dat kun je geen legpuzzel meer noemen. Dit is zo eenvoudig als een kleurplaat voor kinderen.'

Hierop had Rogers geen verweer. Hij zat met zijn hoofd tussen zijn handen naar het tafelblad te staren.

Robert Billings, een magere, aristocratische ambtenaar die trots was op zijn talent voor haarkloverijen, liet zich niet intimideren. 'Ik moet zeggen, Leo, dat je erop uit schijnt te zijn alle details in ons nadeel te interpreteren. Ik heb dat rapport gelezen – al die rapporten zijn door mijn handen gegaan. De werkster heeft niet gezegd dat ze een Amerikaan had gezien; ze dácht alleen dat hij een Amerikaan was. Ze heeft niet gezegd dat ze Pogodin en Stantsjev heeft horen discussiëren; ze had alleen, zei ze, een discussie in de hal gehoord, waarna de ambassadeur snel was weggegaan. Hij was niet weggestormd.'

Billings sprak langs zijn neus weg – de onverstoorbare verdediger van het geloof, de man die het opnam voor zijn collega's tegen Leo Diamond. Als directeur Veiligheidsplannen en Operaties stond hij in rang vlak onder Diamond; hij had meer dienstjaren dan de anderen en werd daarom qua kennis en ervaring hun meerdere geacht. Met zijn vlijmscherpe geest en zijn grote toewijding zou hij vermoedelijk al veel eerder diensthoofd zijn geworden als hij niet iets van een precieuze kamergeleerde had gehad.

'Ik geef toe dat een feilloos opererende veiligheidsdienst hem misschien zou hebben betrapt voor hij overliep, maar feilloos opereren ligt geloof ik niet in de aard van ons volk,' vervolgde Billings. 'Daarbij komt dat het belangrijkste je ontgaat' – Billings zei dit heel rustig, de woorden alleen moesten voldoende zijn. 'Ja, ik ben ervan overtuigd dat het belangrijkste je is ontgaan. De allesoverheersende vraag is nu niet hoe hij de kans heeft gekregen over te lopen, maar wat hij heeft meegenomen – afgezien dan van die hooikoortspillen en dat antiroosspul. Met andere woorden: in hoeverre kan hij onze vrienden aan de overkant van dienst zijn en in hoeverre kan hij ons schaden? En ik meen dat het antwoord, afgaande op de gegevens waarover we beschikken, zal luiden: niet bijzonder veel.'

Leo Diamond krabbelde met een potlood de letter S in diverse afmetingen op een gele blocnote. 'En wat zijn volgens jou de gegevens waarover we beschikken, Bob?' zei hij, turend naar de blocnote. Billings' uitspraak 'Het belangrijkste ontgaat je' hing nog tussen hen in.

'Nou, de enige gegevens waarover ik beschik zijn de feiten die we allemaal kennen,' zei Billings, nog even onverschillig. 'Wie is die A.J. Lewinter tenslotte? Het door de dienst over hem verzamelde materiaal is vrij kleurloos.' Billings legde een opgerolde uitdraai op tafel alsof hij een bewijsstuk deponeerde. 'Leeftijd 39. IQ 145. Cum laude gepromoveerd aan de Alfred-universiteit, een keramisch instituut in het oosten waarvan niemand ooit heeft gehoord. Een vrij bekwaam specialist op keramisch gebied. Gehuwd. Twee kinderen. Gescheiden. Vier jaar terug aangenomen bij het MIRV-project voor het ontwerpen van keramische neuskegels. Salaris 17.500. Er is toen een onderzoek ingesteld naar zijn politieke betrouwbaarheid. Geen schulden. Heteroseksueel. Voorzover bekend geen seksuele afwijkingen. Politiek enigszins links van het centrum, maar wie is dat niet bij het MIT? In elk geval geen politiek activist. Het enige opvallende in zijn dossier is zijn hartstocht voor ecologie – een ongevaarlijke hobby. Zeven maanden terug is hij een verhouding begonnen met een onderzoeksassistente die veel van zijn echtgenote schijnt te hebben. Ze is gecheckt. Geen schulden. Voorzover bekend geen seksuele afwijkingen. Politiek enigszins links van het centrum.' Billings – de enige man aan de tafel, afgezien van Diamond, die een kans maakte afdelingshoofd te worden – had de leiding van het gesprek geheel overgenomen. 'Misschien zal Mickey Pogodin nog opkijken als de ondervraging van onze Lewinter is begonnen,' vervolgde hij vol zelfvertrouwen.

'Waarover maken we ons zorgen? Er loopt een specialist in keramische neuskegels over en wij zitten met de handen in het haar? De Russen zijn op het terrein van keramische neuskegels even goed als wij, en misschien nog wel beter. Waarschijnlijk zouden ze Lewinter nog iets kunnen leren. Het is allemaal zo onschuldig dat je je afvraagt waarom onze Russische vrienden hem hebben toegelaten.'

Diamond legde de laatste hand aan het arceren van een bijzonder dikke S en keek op, zijn lippen opeengeperst. Gordon Rogers noteerde iets in een losbladig notitieboek. Steve Ferri en Robert Billings keken naar Diamond. Het enige geluid in de kamer was het zoemen van de luchtverversing.

Diamond verbrak de stilte. 'Het belangrijkste is mij niet ontgaan, Bob – maar jou wel.' De uitdaging was aanvaard. 'Het meest waardevolle feit staat niet in het dossier van de Veiligheidsdienst, dat vrijwel niets zegt over Lewinter – over de echte, levende, ademhalende Lewinter van vlees en bloed. Het meest waardevolle feit – en het enige waarmee we ons in dit stadium moeten bezighouden – is dat de Russen hem hebben toegelaten. Hij heeft vergunning gekregen om over te lopen. Ze riskeerden daarmee een diplomatiek incident in Japan. Ze riskeerden dat de hele zaak een valstrik was die hun alleen onjuiste gegevens zou opleveren. En toch hebben ze hem toegelaten. Dat is het begin van de waarheid: het harde feit dat ze hem hebben toegelaten. Ze zijn niet dom. Voor hij in dat vliegtuig naar Moskou mocht stappen moet hij hun hebben bewezen dat hij voor hen de moeite waard was.'

Diamond begon aan een nieuwe S en gaf het op. 'Wat is er na kantoortijd afgehandeld bij dat codeverkeer tussen de ambassade en Moskou?' vroeg hij. 'Verdomme, we hebben alle reden ons zorgen te maken over onze brave meneer Lewinter. Want ze hebben hem toegelaten.'

25

4

'Ik ben niet materialistisch,' zei Sarah. 'Ik hou alleen van dingetjes.'

'Die indruk had ik al,' zei Diamond. Hij keek om zich heen in de kamer. Vrijwel elk plat oppervlak stond vol met Sarahs 'dingetjes': schelpen, beschilderde eierschalen, brokken steen, ivoren kammen, blikken van Franse zuurtjes, Japanse *kokesji*-poppen, presse-papiers, antieke zakhorloges, tweedehands knopen. 'Ik zou nooit in zo'n flat kunnen leven. Gek, ik bewonder mensen die het wel kunnen, maar het zou mij te veel afleiden. Dit is me te... bouillabaisse.'

Sarah zat in kleermakerszit op het bed: naakt, hoekig, jongensachtig rijp – een pasafgesneden bloem op een sterke stengel. Ze bestudeerde Leo, die tegen een stapel kleurige kussens geleund zat; de tenen van zijn rechtervoet staken uit het laken naar voren. Sarah had al aardig wat verhoudingen gehad, maar ze nam zelden een man mee naar huis. Als ze dat deed, was dat voor haar een test – ze beoordeelde de mannen naar hun reactie op haar collecties. Ze hoopte dat Leo ze leuk zou vinden omdat zij Leo leuk vond. Maar zijn ambivalente houding viel haar van hem tegen. Ze boog zich over het bed heen, zodat haar lange bruine haar zijn borst raakte, en pakte een mahoniehouten kistje van het tafeltje naast het bed.

'Wat vind je hiervan?' vroeg ze. 'Dat heb ik tijdens mijn laatste uitstapje op de Parijse vlooienmarkt ontdekt.'

'Wat is het?' vroeg Diamond, intuïtief op neutrale toon. Hij opende het deksel. Gevat in met versleten rood vilt gevoerde holten lagen zes bolvormige koperen voorwerpen en een stalen thermometer.

'Ik heb geen flauw idee,' zei Sarah, lachend om wat voor haar een grap was. 'Je kunt iets toch wel leuk vinden zonder te weten wat het is?'

'Ik vond jóú leuk.' Diamond maakte er weer een spelletje van – en dat irriteerde hem. Hij had gedacht dat hij zich bij Sarah zou kunnen geven zoals hij was. Hij had in zijn volwassen leven nog nooit iemand volkomen vertrouwd en het viel hem moeilijk er nu aan te beginnen. Toch wilde hij het proberen. Hij nam een van de koperen bollen op en draaide hem tussen zijn vingers rond terwijl hij de erin geëtste inscriptie probeerde te lezen. 'Het is een leuk ding. Dat meen ik. Maar wat is het? Toen je het kocht, moet je toch hebben geweten wat je kocht?'

'Daar gaat het me nu juist om, Leo,' zei ze. 'Dit is iets uit mijn ik-weet-niet-collectie. Zo heb ik er nog veel meer.' En ze liet zich van het bed glijden, rommelde wat rond op een lage plank en begon dozen en vreemd gevormde voorwerpen in zijn schoot op te stapelen. 'Voor deze speciale collectie koop ik alleen dingen waarvan de man die ze verkoopt niet weet wat het is.'

'Op het departement is een man die deze dingen voor je kan identificeren,' zei Diamond. 'Hij vertelt je niet alleen wat ze voorstellen, maar ook wie ze heeft gemaakt en wanneer.'

'Heel vriendelijk, maar nee, dank je,' zei Sarah. 'Dat zou alles bederven. Als ik wist wat het was, zou ik ze niet leuk meer vinden – of houden.'

Diamond genoot van de ongedwongen intimiteit van het ogenblik. Voor hem was dit altijd een speciale tijd geweest: de momenten nadat hij seks had gehad. De weinige relaties die hij in zijn leven had gehad, ook die met zijn echtgenote, hadden voor hem hun aantrekkelijkheid verloren, niet nadat de paringsdaad banaal was geworden, maar toen hij het gevoel van vertrouwelijkheid dat erop moest volgen miste.

Sarah ging tegenover hem op het bed zitten. Ze streek het haar uit haar ogen met vingers die waren bedekt met antieke ringen en haar gezicht verzachtte zich in de aarzelende glimlach die het eerst Diamonds aandacht had getrokken. 'Hoe was het?' vroeg ze naïef.

'Dat moet jij niet vragen,' zei Diamond, 'maar ik. Het was fantastisch. Jij was fantastisch.' Het klonk niet erg overtuigd.

'Het wordt nog wel beter,' zei Sarah, 'dat gebeurt altijd. Ik bedoel, als we elkaar eenmaal beter kennen, doen we andere dingen…' Ze lichtte dit niet verder toe.

Een poosje zwegen ze allebei. 'We hadden het over dingen,' zei Sarah ten slotte.

'Dingen?' vroeg Diamond.

'Ja, dingen. Materialisme tegenover dingen. Weet je wel?'

'O ja. Jij bent niet materialistisch, maar je houdt wel van dingen. Je moet een vrouw zijn om zo'n subtiel onderscheid te maken. Maar jij verzamelt geen dingen, Sarah, jij verzamelt collecties. Hoeveel tijd kost het je om ze allemaal af te stoffen?'

'Dat moet jij niet vragen,' zei ze vrolijk. 'Wat weet jij van afstoffen? Ik heb een zwarte vrouw die hier eens in de week komt schoonmaken. Ze neemt mijn dingen een voor een op en stoft ze af. De echt tere – zoals die Tsjechische poppetjes van deeg – die dingen raakt ze niet eens aan; ze blaast het stof er alleen af.'

'Sarah, je bent net een klein meisje met een poppenhuis,' zei Diamond, zich vooroverbuigend om haar te kussen.

Ze trok haar hoofd terug. 'Doe niet zo superieur, Leo. Ik ben geen onnozele eerstejaarsstudente. Je begrijpt er niets van. Ik ben níét materialistisch. Dat is een reëel verschil. Materialisme heeft te maken met economie en kapitalisme en Marx. Maar mijn dingetjes zijn wortels – zoals een boom wortels heeft. Als je een flat binnenkomt, zie je al die wortels, de dingen waardoor hij vertrouwd wordt… de dingen waardoor een flat alleen van jou kan zijn.'

'Maar je vindt toch vertrouwde dingen in elke flat waar je meer dan eens bent geweest?' zei Diamond.

'Dat is niet hetzelfde,' protesteerde Sarah. 'Dit zijn speciale dingen, speciale wortels. Iedereen heeft ze. Ik heb nog nooit gehoord van iemand die niet gehecht was aan dingen, die eenvoudig kon weggaan en ze kon achterlaten.'

Diamond nam een van de 'ik weet het niet'-dozen op en begon die te bekijken. 'Ik wel,' zei hij. 'Ik ken iemand die alles heeft achtergelaten – alles, op een fles hooikoortspillen en een halve kist antiroosshampoo na.'

Diamond was blij met deze kans om van onderwerp te veranderen en Sarah te imponeren. 'Ik zit met een overloper,' begon hij uit te leggen, zijn toon opzettelijk onverschillig. 'De kranten zwijgen er nog over, dus ik kan niet al te veel zeggen. Maar een paar dagen terug is die vent – een wetenschappelijk onderzoeker – naar de Russen gelopen. Ik voel aan mijn water dat hij enorm belangrijke geheimen heeft meegenomen.'

Sarah vond het hoogst interessant en vermakelijk. 'Een overloper... Een wetenschappelijk onderzoeker... Echte Russen... Ik ben gek op geheimen, Leo. Wat ga je daar nu aan doen?'

'Nou, de eerste regel in zo'n geval is nauwkeurig nagaan wat hij heeft meegenomen. We gaan het leven van zo'n kerel na, vanaf de dag waarop hij geboren is tot de dag waarop hij in het vliegtuig naar Moskou is gestapt. We voegen alle stukjes en beetjes bij elkaar – waarom hij is overgelopen, tot welke geheimen hij toegang had, hoeveel informatie hij hun zou kunnen geven.'

'Hoe?'

Diamond gleed van het bed en begon in de kamer op en neer te lopen. Hij was zich bewust van zijn naaktheid en meende dat hij er al pratend niet meer aan zou denken. Maar zo was het niet. 'Wij hebben iets wat wij een CPP noemen – dat is een Compleet Persoonlijkheids-Profiel. Het kost ongeveer tachtigduizend dollar om zoiets te laten maken en het duurt tien dagen. In wezen is het een uit twee fasen bestaande operatie...'

Sarah had nu minder belangstelling voor wat hij zei dan voor de manier waarop hij het zei. Want dit was een Leo Diamond die ze nooit eerder had gezien. Hij sprak met een ijzige gereserveerdheid, alsof er geen levende mensen bij betrokken waren.

'... pas een keer of zes gebruikt. Het principe is vrij eenvoudig. We sturen een ploeg uit die als een stofzuiger werkt en fragmenten van zijn leven verzamelt. Dan laten we in New York een groepje experts bijeenkomen. Er is een psycholoog bij, een natuurkundige, een vakman van de politie en misschien nog een of twee deskundigen. Ze nemen kennis van het ruwe materiaal dat door de uitgezonden ploeg is verzameld en…'

De telefoon ging. Diamond en Sarah keken elkaar aan – en lachten allebei om elkaars verbaasde gezicht. Zij nam de hoorn op.

'Hallo,' zei Sarah. 'Nee, nee, het spijt me, er is hier niemand die zo heet. O, graag gedaan.' Ze hing op. 'Iemand zocht ene madame Defarge. Dat was vast een geintje. Stel je voor dat je met zo'n naam door het leven moet gaan.'

De telefoon ging weer. 'Laat mij maar,' zei Diamond. Hij glimlachte niet. Met zijn linkerhand de microfoon afdekkend luisterde hij enkele ogenblikken zonder een woord te zeggen. Toen zei hij koel: 'Godverdomme, Harry, wat ben je een schoft. Een echte klier. Geen leuke grap… Nee, er zit niets achter… Voorzover wij weten had die vent niets… Dat willen de voorschriften nu eenmaal… Nee, nee, je kunt niet een van jouw mensen in de groep laten opnemen… Je doet maar, wend je tot de onderminister, maar alleen over mijn lijk… En jij kunt ook de pot op.' Diamond kwakte de hoorn neer en begon te schateren.

Aangestoken door Diamonds stemming sprong Sarah op het bed overeind en lachte mee. 'Zeg, krijg ik te horen wat dat was of niet?'

'Luister eens, zoiets overkomt me niet geregeld – ik hoop tenminste vurig van niet,' zei Diamond. 'Dat was een oude vriend van me bij de CIA. Mij opbellen was zijn perverse idee van een grap – zoiets als een dolkstoot in de rug: hij wilde me laten weten dat hij wist waar ik was. Dat is zijn manier van opscheppen.'

'Maar wat die overloper betreft heb je hem wat voorgelogen.'

'Ja en nee. We moeten het onder elkaar houden tot we de bijzonderheden weten – en ik reken de CIA zeer beslist niet tot mijn vriendjes.'

'Mag jij mij eigenlijk wel geheimen vertellen?' vroeg Sarah. 'Ik bedoel, ik zou… van alles kunnen zijn.'

'Dat zou kunnen, maar dat is niet zo; je bent politiek betrouwbaar verklaard.'

'Wat bedoel je?'

Diamonds intuïtie waarschuwde hem dat hij een fout had gemaakt door haar dit te zeggen. Maar hij waagde het erop. 'Nadat we die keer bij Virginia Beach zijn gaan zwemmen, heb ik je naam genoteerd op een lijstje van mensen die bij het ministerie van Defensie hadden gesolliciteerd. Vorige week heb ik de uitslag van het antecedentenonderzoek ontvangen.'

'Schoft,' zei ze. En toen: 'Mag ik het lezen?'

Diamond lachte. 'Ik heb het stuk al vernietigd, maar wat ik ervan heb onthouden zal ik je vertellen. Ik weet meer over je dan alle andere mannen met wie je iets hebt gehad bij elkaar: de echtscheiding van je ouders, je studieresultaten – je hoofdvak was Frans – het fiasco van je broer bij Colgate, de abortus, het conflict van vorig jaar met die tv-maatschappij. Ik weet ook van de mannen in je leven. Je eerste echte liefde was een medestudent, een heel fijne jongen die Edward en nog wat heette...'

'Eddie Harmon,' zei Sarah. 'Mijn god, ik heb in geen jaren meer aan hem gedacht.'

'Wat denk je dat hij nu doet?' zei Diamond.

'Weet je dat ook?'

'Hij werkt op een makelaarskantoor in Wall Street.'

'Mijn god. Eddie Harmon in Wall Street! Ik heb nog altijd een paar korte verhalen van hem.'

'Als ik me goed herinner, heb je sinds Harmon ongeveer twee of drie verhoudingen per jaar gehad. Er waren maar twee echt serieuze bij. Kenneth Sorensen en die vent van vorig jaar.'

'Peter.'

'Sorensen heeft het helemaal gemaakt. Hij heeft een communistische versie van Monopoly uitgevonden, waarbij je zo veel mogelijk moet verliezen. De eerste speler die failliet gaat heeft gewonnen. Hij heeft er een kapitaal mee verdiend en is naar het zuiden van Frankrijk gegaan. Wat Peter betreft...'

'Daar weet ik alles van,' zei Sarah somber.

Ze zwegen allebei enkele minuten. Toen zei Sarah: 'Laat me eens kijken of ik het nu goed begrijp. Jij hebt me door jouw veiligheidsagenten laten controleren. Dan moet je er wel vrij zeker van geweest zijn dat ik bereid was met je naar bed te gaan.' Ze hield haar hoofd schuin als iemand die iets narekent en het juiste antwoord zoekt. 'Daardoor wordt dit alles wel heel wat minder spontaan, niet?' Ze maakte een gebaar naar de verkreukelde lakens en de over de grond verspreid liggende kleren.

'Nee, hoor,' zei Diamond. 'Kijk eens, dit behoort nu eenmaal tot de realiteit van het leven in Washington. Duizenden mensen die voor de regering werken, van de president af, hebben verhoudingen. We moeten weten wie die meisjes zijn. Dat is een vanzelfsprekende voorzorgsmaatregel.'

'Ik weet dat mannen wel eens voorzorgsmaatregelen treffen voor ze een meisje naaien,' zei Sarah, 'maar dit is het toppunt!'

'Daardoor heeft Harry waarschijnlijk ontdekt dat ik hier was,' zei Diamond, in gedachten verdiept.

'Waarom noemde hij je madame Defarge?'

'Dat was in de oorlog mijn codenaam,' zei Diamond. 'Het klinkt nu vrij absurd, maar als Londen mij instructies wilde geven, zond de BBC een bericht uit voor madame Defarge. Het ironische is dat ik door puur toeval in dat werk terecht ben gekomen. Er werden miljoenen dienstplichtigen opgeroepen. Toen het mijn beurt was, heeft iemand bij vergissing als mijn geboorteplaats UKR ingevuld terwijl het UK had moeten zijn.'

'Dat begrijp ik niet.'

'UKR was de afkorting voor Oekraïne. UK betekent United Kingdom – mijn ouders woonden bij mijn geboorte in Londen. Toen men bij de inlichtingendienst dat UKR zag werd ik gegrepen als mogelijke kandidaat om in Rusland te worden gedropt. Toen later bleek dat ik alleen een beetje Frans sprak, ben ik gedropt boven de Alpes Maritimes, om een ontsnappingsroute te organiseren voor geallieerde vliegers die omlaaggehaald waren. Ik heb het maar veertien weken kunnen volhouden. Toen werd ik verraden door een zenuwpees van een vlieger. Het kan ook een Duitse infiltrant zijn geweest, dat heb ik nooit kunnen ontdekken. Hoe dan ook, ik moest zelf gebruikmaken van de route en het ging bijna mis. We trokken met twee Britse vliegers over de Pyreneeën naar Spanje, toen de grenswachten van de Vichy-regering ons op het spoor kwamen. Hun honden volgden ons naar een schuur. Ik liet alle lui uit het raam urineren. Toen moesten de honden natuurlijk ook pissen, en zo raakten ze ons spoor kwijt. Wij vertrokken door de achterdeur en de honden maakten er een gezellig nachtje van. Dat zijn zo de fijne kneepjes van het vak.'

'Het is een fantastisch verhaal,' zei Sarah, en ze begon te lachen. Toen ze weer ernstig was zei ze: 'Heb je ooit iemand gedood? Dat klinkt nogal naïef, ik weet het, maar heb je het ooit gedaan – iemand gedood, bedoel ik?'

'Tijdens de oorlog niet.' Diamonds toon veranderde. 'Na de oorlog en nadat ik mijn studie had afgemaakt ben ik bij de CIA gekomen en heb ik een illegale organisatie geleid in Oost-Europa. Dat was geen periode waar ik met genoegen aan terugdenk. Tijdens de Hongaarse opstand van '56 kwam iemand – het was de vent die me daarnet opbelde – met een plan... Jezus...' Diamond schudde zijn hoofd, alsof hij zich wilde bevrijden van een benauwde droom.

'Je hoeft het me niet te vertellen.'

'Nee. Ik wil het graag. Het leek toen een geweldig idee. Als het was gelukt, zou ik waarschijnlijk nog voor de CIA werken. Hoe dan ook, hij zag, meende hij, een kans dat de beweging van Hongarije zou overslaan naar Tsjecho-Slowakije. Maar dan moesten de Russen eerst het gevoel krijgen dat er van die kant geen gevaar dreigde. Om dat doel te bereiken hebben wij de groep van Cernú opzettelijk verraden; we hebben 27 van onze eigen agenten aan hen uitgeleverd. We hadden ons afgevraagd wat de Russische reactie daarop zou zijn, en we waren tot de conclusie gekomen dat ze in Praag na zoiets wel geen moeilijkheden zouden verwachten. Maar de Russen reageerden anders. Ze hebben hen geëxecuteerd, 26 mannen en één vrouw. En het heeft niets opgeleverd – behalve dan dat ik ontslag moest nemen bij de CIA omdat ik geen bewijs kon leveren dat ik mondeling voor deze operatie was gemachtigd.'

'Zal ik iets te eten voor je maken?' vroeg Sarah een poosje later. 'Ik heb nog wat ratatouille in de koelkast staan.'

'Nee,' zei Diamond, 'ik heb niet zo'n trek.'

'Hoe laat moet je naar huis?' vroeg Sarah.

'Tegen twaalf uur.'

'Vertel eens hoe ze is – je vrouw?'

'Nee, ik geloof dat ik liever niet over haar praat.'

'Hoe komt het dat jullie geen kinderen hebben?' vroeg Sarah.

'Och, weet je, we hebben er kennelijk nooit naar verlangd. Geen van ons beiden heeft ooit tegen de ander gezegd: "Laten we een kind nemen." We hebben er nooit over gepraat. Het leek ons normaal om geen kinderen te hebben.'

'Heb je er nu spijt van?'

'Nee, eigenlijk niet. Kinderen zijn lastig.'

'Leo, mag ik je iets vragen? Wat zou je hebben gedaan als de agenten die mij hebben gecontroleerd je zouden hebben verteld dat ik politiek onbetrouwbaar was?'

'Ik zou toch met je naar bed zijn gegaan, maar niet met je hebben gepraat. Tevreden?'

'Volkomen,' zei Sarah. Ze deed haar best om niet te lachen, maar ze kon het niet laten.

5

'En mijn dag was goed,' zei Dukess boven het brullen van de motor uit.

De jongeman naast hem wees op het pedaal en zei met nadrukkelijke mimiek: 'Ik versta je niet. Gebruik het pedaal.'

Dukess knikte energiek en drukte het pedaal in. Zijn stem kwam blikkerig en nasaal door de koptelefoon. 'En mijn dag was goed.'

Fred Van Avery glimlachte waarderend. 'Ik had dolgraag meegeluisterd,' zei hij. 'Zeg, Harry, heeft hij nog gevraagd hoe je wist waar hij was?'

'Dat moet ik hem nageven,' zei Harry Dukess. 'Hij heeft nog voldoende beroepstrots om daar niet naar te vragen. Maar man, wat was hij nijdig.'

Hoog boven het landschap van Virginia kwam de helikopter in een luchtzak terecht en de twee mannen achter de piloot staken hun armen tussen hun knieën en klampten zich aan de bank vast. De stem van de piloot klonk over de boordradio: 'Sorry, hoor. Zijn jullie er nog? Andrews Field komt aan stuurboord in zicht.'

'Hoelang denk je werk te hebben in Bangkok, Harry?' vroeg Van Avery.

'Het moet mogelijk zijn binnen twee weken de scherven op te ruimen en terug te reizen,' zei Dukess. 'Met een beetje geluk wordt ook dit een sof waarvan niemand ooit heeft gehoord.'

Op grond van lange ervaring wist Van Avery dat dit geen ruwe schatting was. Dukess kleedde zich nonchalant, slordig zelfs. Op kantoor zwierf hij doelloos rond met slap neerhangende armen, alsof hij zojuist zijn beste vriend of zijn aansteker had verloren. Maar achter die façade van goedhartige onnozelheid school een man die de kansen haarscherp calculeerde en altijd wist waarom het ging. Als Dukess zei dat hij over twee weken terug zou zijn, dan was hij er over twee weken.

De helikopter daalde op het voor de CIA gereserveerde gedeelte van de luchtmachtbasis Andrews. Aan de rand van het terrein stond een sergeant bij het geopende portier van een zwarte luchtmachtauto.

'Moet je horen,' zei Dukess, 'kijk eens uit naar een wetenschapper voor die reis naar China. En als je eraan denkt, zoek dan contact met zo'n gek van de CPP-groep. Diamond moet iets hebben ontdekt, anders zou hij geen opdracht hebben gegeven voor een CPP. Maar stel je er niet te veel van voor. Ik weet niet of je van de Cernú-zaak hebt gehoord, maar die vent heeft de ziekelijke neiging te snel te willen ingrijpen.'

'Ben jij bij de Cernú-zaak betrokken geweest?' vroeg Van Avery.

'Ja, dat zou je wel kunnen zeggen. Diamond kwam op het geniale idee dat hij de Russen kon neutraliseren door hun een illegale organisatie uit te leveren. Toen het allemaal misging, probeerde hij iedereen wijs te maken dat het een idee van mij was geweest.' Dukess' stem had een verbitterde ondertoon gekregen. 'Dat is de oudste truc die er bestaat: de eer opeisen voor ideeën die succes hebben en met het smoesje van mondelinge instructies komen als iets uit de hand loopt. Bij een intern onderzoek werd hij schuldig verklaard omdat hij geen bewijzen kon overleggen, en alleen een gek zou zo'n risico nemen als hij niets op schrift had staan. Er werd ook beweerd dat hij te veel vertelde aan de maîtresse die hij toen had, maar de commissie heeft niet de moeite gedaan dat te onderzoeken. Hij is eruit gegooid, niet omdat hij bij zijn meisje de veiligheidsvoorschriften had overtreden, en ook niet omdat hij een blunder had gemaakt, maar omdat hij mij voor zijn mislukking aansprakelijk wilde stellen.'

Dukess ging nu geheel op in zijn verhaal, dat hij meer aan zichzelf dan aan Van Avery vertelde. 'Ik zal hem nooit vergeven wat hij met Viktor heeft gedaan.'

'Wie was Viktor?' Van Avery prentte zich de details van de Cernú-zaak goed in zijn geheugen. Het zou een boeiend verhaal zijn als de jongere stafleden van de CIA op een avond nog een laatste borrel dronken.

'Het is een naam die iedereen vergeten is. Viktor was Viktor Lenart. Hij was half Tsjech, half Frans. In '44 heeft hij voor ons in Frankrijk een karweitje opgeknapt en later heeft hij samen met Diamond en mij wat door Europa gezworven. Diamond en hij waren dikke vrienden. Wij alle drie trouwens. Toen Diamond agenten zocht voor Oost-Europa, heeft hij Viktor gerekruteerd. Viktor was de leider van de organisatie die Diamond aan de Russen heeft uitgeleverd.'

'En wat is er met Viktor Dinges gebeurd?'

'Hij heeft een poging gedaan te vluchten, maar ze kregen hem te pakken, zetten hem tegen de muur en schoten hem vol gaatjes. Als je ooit te maken krijgt met Diamond, Fred, kijk dan goed uit. Hij weet niet wat vrienden zijn. Hij heeft dit met Viktor gedaan. Hij heeft het met mij geprobeerd; er zijn nog altijd mensen die denken dat hij de waarheid spreekt over Cernú, en dat heeft mijn carrière niet bepaald goed gedaan. Hij manipuleert mensen, hij beschouwt hen als marionetten.'

De piloot keek om; hij wachtte beleefd tot Dukess was uitgestapt.

'Heb ik alles met je besproken, Fred?' vroeg Dukess, die weer zakelijk werd.

'Zo ongeveer. De Russen hebben nog geen woord gezegd over dat geval-Lewinter. Maar wie behandelt de zaak als ze met hem voor den dag komen?'

'Dat is allemaal al geregeld. Hij is bij Interpol gewoon als vermist opgegeven, en de politie van Boston werkt aan wat achtergrondmateriaal: betrapt op het molesteren van kinderen of homoseksualiteit, ik weet niet wat ze ditmaal zullen gebruiken. Als de Russen het nieuws aankondigen zeggen wij niets en laten de kranten zelf ontdekken wat een smeerlap hij is. Als wij ons er niet mee bemoeien, zal het publiek A.J. Lewinter afschrijven als een geperverteerd figuur en blij zijn dat hij weg is.'

Een versleten plunjezak tegen zich aan drukkend klauterde Dukess uit de helikopter.

'En, Fred,' brulde hij nog door de deur, 'als je inderdaad zo'n vent van het CPP ontdekt, wees dan in jezusnaam niet te royaal. Doe je best ditmaal niet meer dan 2.500 te bieden.'

6

Zelfs in de schaduw van de boom was het drukkend heet. Jefgenj Michailovitsj Pogodin gaf een ruk aan zijn vlinderdasje en maakte het bovenste knoopje van zijn overhemd los. Aan de overkant van de weg kon hij in de verte een rij vrouwen onderscheiden, die al werkend een akker overstak; ze bukten zich telkens, richtten zich op en vulden hun zakken met iets – Pogodin was te zeer stadsjongen om te weten wat. Beneden hem, in de berm van de weg, hurkte een monteur bij de KGB-auto met panne; hij doopte een klein onderdeel van de motor in een met benzine gevuld koffieblik.

'Monteur, weet je al wat eraan mankeert?' riep Pogodin naar omlaag.

'Het lijkt me de benzinepomp,' zei de monteur zonder op te kijken.

'Hoe lang duurt het nog?'

De monteur liet het onderdeel in het blik vallen en draaide zich om, zodat hij Pogodin kon aankijken. 'Jaag me niet op. U mag van geluk spreken dat er iemand hier is gekomen.'

'*Damn it!*' zei Pogodin, en zich tot de man naast hem wendend herhaalde hij de vloek in het Russisch. 'Je zou toch denken dat de KGB zijn wagens wel goed kon onderhouden. Nou ja, Zaitsev, het zal wel niet meer zo lang duren. Ga door met je verhaal.'

Stojan Aleksandrovitsj Zaitsev zag er niet innemend uit. Zijn profiel was allerminst zuiver van lijn; vanuit sommige hoeken bezien maakten zijn trekken zelfs een geërodeerde indruk. Toch had zijn gezicht niets afstotelijks. Je zou eerder zeggen dat allerlei details ervan niet deugden: kleine, bloeddoorlopen ogen, enorme neusgaten waaruit plukjes haar staken, een mond vol elkaar verdringende, enigszins gele tanden. Hij schaterde al bij voorbaat om wat hij ging vertellen.

'En nu moet je je voorstellen: Foertseva trok haar rokken omhoog, klom het toneel van het Bolsjoi op en krijste' – Zaitsev drukte zijn wijduitstaande neusvleugels naar elkaar toe en imiteerde haar met een falsetstem: '"Kijk die tepels eens! Ik ben minister van Cultuur, en ik zeg jullie dat dit decadent is. Zorg voor nieuwe kostuums of de première gaat niet door."' Zaitsev nam een knielende houding aan en spreidde zijn armen wijd uit. 'De balletmeester was geweldig. Hij keek Foertseva recht in haar doctrinaire ogen en bulderde: "Voor de geest van dit ballet zijn de kostuums onmisbaar. Als die verdwijnen, verdwijn ik."'

'En wie heeft gewonnen? Foertseva?'

'Dat denk jij,' zei Zaitsev triomfantelijk, achteroverleunend tegen de boomstam. 'Nou, ik was bij de première en het nieuwe liberalisme huppelde op het toneel rond – tepels, tepels, tepels, tepels, tepels, tepels, tepels, overal waar je maar keek tepels. En ons socialisme heeft het overleefd.'

De twee mannen gierden van de pret.

'Zaitsev, mijn vriend, je bent nog in prima vorm,' zei Pogodin. 'Het is je goed gegaan, niet?'

'Je zult mij niet horen klagen. Ik heb een prachtleven. Ik ben nu grootmeester, wat me een behoorlijk inkomen oplevert. Ik sta 's morgens om tien uur op, drink op mijn gemak een kop thee en werk dan – als je het zo kunt noemen – een uur of vier. Ik geef les aan enkele gevorderde studenten – van één heb ik zeer hoge verwachtingen. Ik speel in drie of vier toernooien per jaar en win altijd. Vorig jaar heb ik weer een boek geschreven – dit heette *De agressieve pion*. Hier en daar is het bepaald briljant. Mijn werk wordt in Frankrijk gepubliceerd en ik mag een deel van de royalty's houden. Ik kijk de vertalingen na en dat brengt me ook geld op. De harde valuta levert me alles wat ik nodig heb. Je hebt mijn flat gezien toen je me afhaalde: de West-Duitse stereo, de pakken uit Italië, de pasverschenen boeken uit Frankrijk. Zelfs met een gezicht als dit kan ik alle vrouwen krijgen die ik hebben wil.' En Zaitsev maakte een hoofdbeweging naar hun reisgenote, een mollig blondje met een huid die hier en daar plooien vertoonde als ruches in stof. Ze liet haar voeten bungelen in het water van een beek die daar stroomde en snoot haar neus in een geborduurd zakdoekje.

'Ik had al gehoord dat je een soort Don Juan was geworden,' zei Pogodin. 'En bevredigt dat je nu: als een vlinder van het ene meisje naar het andere fladderen?'

'Ach, mijn brave, naïeve, ouderwetse, geremde Jefgenj Michailovitsj!' riep Zaitsev. 'Ik heb altijd wel geweten dat jij in je hart kleinburgerlijk was. Of het me bevredigt? Je kunt me beter vragen of het me bevredigt mijn darmen te ontlasten. Je kunt me beter vragen of ik geniet van een fles goede Poolse wodka. Snap je wat ik bedoel?'

'En hoe staat het met de politieke sfeer waarin je dat heerlijke leven van je leidt?' vroeg Pogodin.

'Aha! Ik wist wel dat je daarover zou beginnen, dat doe je altijd. Soms, als het me benauwt...' Zaitsev controleerde nog even of het meisje hen niet kon verstaan en zei toen met gedempte stem: 'Soms stuur ik de meisjes naar huis, ik zet die nazi-stereo af, schakel over op Russische wodka en schrijf essays. O god, je zou eens moeten lezen wat ik schrijf.'

'Waar laat je die Poesjkin?'

'Waar al het goede wat tegenwoordig in Rusland wordt geschreven ligt: in mijn bureaula. O, ze weten er alles van, maar zolang het in mijn bureaula blijft...'

De twee mannen keken elkaar somber zwijgend aan.

Vanachter hen dreef de verrassend muzikale stem van het meisje bij de beek naar hen toe. 'Zaitsev, lieveling, mis je me?' riep ze, en ze nieste weer in haar zakdoek.

Met gedempte stem bromde Zaitsev: 'Wat een koe', en toen wierp hij haar glimlachend een kushand toe. Hij wendde zich opnieuw tot Pogodin. 'Je kunt nooit serieus praten met vrouwen in de buurt – vooral niet als ze aan hooikoorts lijden. Maar hoe staat het met jou? Waarom ben je naar Rusland teruggekomen?'

'Om onder een perenboom tussen Moskou en Obninsk te zitten en jou te horen praten.'

'Serieus.'

'Serieus kan ik het je niet vertellen.'

'Kletskoek!' riep Zaitsev. 'Sinds wanneer niet? Innemende

oprechtheid is jouw wapen; je gebruikt het om de mensen op hun gemak te stellen en dan verover je hen. Ontwapen me dus.' En hij stak zijn armen omhoog alsof hij zich overgaf.

'Weet je wat er door mijn hoofd gaat?' begon Pogodin.

Maar Zaitsev viel hem in de rede. 'Daar begin je weer. Ze zouden jou minister van Oprechtheid moeten maken.'

Pogodin deed alsof hij beledigd was. 'Met jou, Zaitsev, is het een ander geval. Mijn oprechtheid is nu geen wapen, maar de bezegeling van onze vriendschap.' En om dit te bewijzen begon Pogodin te praten over de man met wie hij zich de laatste weken intensief had beziggehouden – A.J. Lewinter.

'Ik ben geen natuurkundige, en voor de kwaliteit van zijn informatie kan ik niet instaan. Maar ik zal je dit zeggen: ik heb met die Amerikaan veertien uur in het vliegtuig doorgebracht en als hij iemand anders is dan hij beweert, heb ik nog nooit zo'n goedgeregisseerde acteur gezien.'

Zaitsev knikte peinzend. 'Als dit een succes wordt,' zei hij, 'zou het je een stuk vooruitbrengen in je carrière, niet?'

'Misschien, ja.'

'Vertroebelt dat je oordeel?' vroeg Zaitsev.

'Waarschijnlijk wel.' En weer lachten ze allebei.

'Als jij voor je bureaula schreef, wat zou je er dan van zeggen?'

'Dit is te gecompliceerd voor een bureaula,' zei Pogodin. 'Onze deskundigen die Lewinter in Obninsk ondervragen zijn onder de indruk. Hij gooit er de ene formule na de andere uit. Het staat vast dat die formules betrekking hebben op banen. En het staat ook vast dat het banen zijn van geleide projectielen met of zonder nucleaire lading. Maar totdat de Amerikanen ze op ons afvuren zullen we nooit weten of dit nu de banen zijn die ze voor hun MIRV's gebruiken.'

'Je kunt dus niet uitmaken of de informatie betrouwbaar is?'

'Precies,' zei Pogodin. 'We kunnen zijn gegevens niet controleren. Het enige wat we kunnen doen is de man aan de tand voelen. En de mensen in Moskou vertrouwen hem niet. Ze vinden dat het allemaal te vlot is gegaan, te gemakkelijk. Als dit betaalde informatie was, zouden ze er anders over denken. Maar hij is uit vrije wil hierheen gekomen.'

'En jij, geloof jij hem wel?'

Pogodin dacht even na. 'Ik geloof… dat hij gelooft in de authenticiteit van zijn informatie.'

'Zoals gewoonlijk, mijn openhartige vriend, heb je de vraag ontweken. Nu ja, ik zal niet verder aandringen. Maar vertel eens: wat is het voor Amerikaan?'

'Geen man om gezellig een borrel mee te drinken,' zei Pogodin, 'maar wel interessant. Hij zit vol tegenstrijdige emoties. Dat maakt hem juist zo geloofwaardig. Het ene ogenblik is hij arrogant, het volgende wordt hij verteerd door twijfel aan zichzelf. De ene minuut vijlt hij zijn nagels, de volgende bijt hij ze af. Tijdens de vlucht naar Moskou heeft hij de helft van de tocht verhandelingen tegen me gehouden over ecologie…'

'Over wát?' vroeg Zaitsev.

'Over ecologie. Hij gaf uiteenzettingen over ecologie. De rest van de tijd vroeg hij me telkens weer of onze mensen een held in hem zouden zien of een verrader. Als hij over zijn geboorteland sprak, gebruikte hij frasen; hij is niet in staat ook maar iets dieper in te gaan op een concreet politiek vraagstuk. Hij deed zich voor als een charmeur en flirtte met de stewardess telkens als die voorbijkwam. Na onze aankomst in Moskou heb ik hem een van onze meisjes toegespeeld; ze heeft me later gerapporteerd dat het niets was geworden. En ik zal je iets nog vreemders vertellen: hij heeft geen kleren meegebracht, hij heeft geen geld bij zich – zelfs geen tandenborstel. Maar wel een voorraad allergiepillen voor zes maanden en een tas vol antiroosshampoo. O ja, en nog wat röntgenfoto's van zijn gebit. Het komische is dat ik hem de hele zaak heb afgenomen zodra hij aan boord van het vliegtuig was; met dat soort dingen weet je het nooit.'

Zaitsev stond op en rekte zich uit. 'Fascinerend, fascinerend. Ik wil graag eens met hem kennismaken. Vertel me eens: loopt hij voor iets weg – of naar iets toe?'

'Ik weet het niet zeker, maar ik heb de indruk dat hij iemand is die alles wat hem in zijn leven is overkomen alleen maar betreurt.'

'Ik heb nooit beseft dat jouw vak zoveel denkwerk meebracht,' zei Zaitsev. Hoewel hij op zijn gebruikelijke spottende manier sprak, waren zijn woorden bedoeld als een compliment.

'Dan zie je dat nu eindelijk in,' zei Pogodin, en hij stond ook op. 'In wezen doen jij en ik ongeveer hetzelfde. Mijn beroep is geen spionage – het is denksport. Ik ben die agressieve pion van je. Ik probeer me voor te stellen wat de Amerikanen doen. Zij proberen zich voor te stellen wat wij doen. Dan probeer ik me weer voor te stellen wat zij denken dat wij doen. En zij proberen zich voor te stellen wat ik denk dat zij denken dat wij doen. En zo gaat het door, ad infinitum.'

'Dat klinkt inderdaad een beetje als schaken – al zijn jullie eindspelen meestal pijnlijker dan de mijne,' zei Zaitsev.

Beneden hen op de weg veegde de monteur zijn handen af aan een vettige lap. 'Gospodin,' riep hij naar omhoog – hij sprak Pogodin aan met 'burger' en niet met 'kameraad' – 'ga maar achter het stuur zitten en druk het gaspedaal in. Ik geloof dat we hem nu wel kunnen starten.'

Pogodin en Zaitsev lieten zich van de helling glijden en klopten zich af. Even later snorde de motor weer, waarop Zaitsev het meisje met een stoot op de claxon waarschuwde. 'Kun je blijven theedrinken als je ons bij de datsja hebt afgezet?' vroeg hij.

'Nee, dat doe ik maar niet,' zei Pogodin. 'Ik moet eigenlijk om drie uur in Obninsk zijn en ik ben al laat.'

'Kom dan langs als je naar Moskou terugrijdt – we hebben altijd een huis vol vrienden, een onuitputtelijke voorraad wodka en een behoorlijke voorraad vrouwen – echt iets voor een vrijgezel zoals jij. Iemand heeft me zelfs beloofd dat hij me wat hasj zou geven.'

'Ik zal het proberen,' zei Pogodin. 'Ze hebben nog wel een dag of tien werk met hem. Er dreigt een enorme ruzie tussen Moskou en Obninsk over dit geval.'

'Laat hen zonder jou ruziën en kom eerder,' zei Zaitsev.

'Dat kan ik me niet permitteren,' zei Pogodin. 'Ik ben er te nauw bij betrokken.'

Het meisje gleed de helling af, waarbij een vlezige dij en een stuk jarretellegordel tevoorschijn kwamen. Zaitsev en Pogodin keken bij de afdaling zichtbaar verrukt toe.

DEEL 2

DE REACTIE (VS)

7

STRIKT GEHEIM

Compleet Persoonlijkheids-Profiel 327

Onderzochte: Lewinter, A.J.
Projectleider: Billings, Robert
Staf: Kaplan, dr. Jerome S., Farnsworth, Frederick F.,
Schindler, prof. Erich T.
Bijlagen: Verslagen van door agenten gevoerde gesprekken
op 12 en 13 augustus

STRIKT GEHEIM

Verkort verslag van gesprek tussen agent N. Wilson en
Maureen Sinclair, onderzoeksassistente voor Chinese zaken
in Harvard. 12 augustus. Ondervraagde, een gescheiden
vrouw van 33, kent Lewinter circa acht maanden en heeft
ongeveer twee maanden met hem samengewoond, tot hij
naar de milieuconferentie in Japan vertrok.
Wilson: Nog bedankt dat u me zo kort nadat ik u opbelde
hebt willen ontvangen.
Sinclair: Geen dank, dat sprak toch vanzelf? Gaat u zitten
waar u wilt. Is dat een taperecorder? Wacht, ik zal hier even
ruimte maken. Mijn god, wat moet u wel van me denken nu
het er hier zo uitziet. Ik kan u verzekeren dat het hier niet altijd zo'n rommel is. Maar de vrouw die voor me schoon-
maakt is ziek. Rodehond. God, ik hoop maar dat ze niet weer
zwanger is.
Wilson: U hoeft u echt niet te verontschuldigen. Vergeleken
met de mijne ziet uw flat er onberispelijk uit.
Sinclair: Goeie hemel, u bent een van die beleefde ambtena-

ren, niet? Weet u wat de Chinezen zeggen? 'Beleefdheid is de meest aanvaardbare hypocrisie,' zeggen ze. De oorspronkelijke versie – u kent toevallig niet wat literair Chinees? Nee, dat zal wel niet – de oorspronkelijke versie is zo bijzonder charmant omdat het teken voor hypocrisie ook kan worden vertolkt als...

Wilson: Ik wil niet ongeduldig lijken, juffrouw Sinclair, maar ik vraag me af...

Sinclair: Nee maar, jullie rennen in deze zaak rond als kippen zonder kop. Zoals ik al tegen de andere man die hier was zei: de arme schat maakt eenvoudig van deze kans gebruik om wat meer van Japan te zien.

Wilson: De andere man? Welke andere man?

Sinclair: Nu ja, ik heb wel eens iets over dit soort dingen gelezen. De linkerhand weet niet wat de rechter doet en zo. Maar als je zoiets met eigen ogen ziet, tja...

Wilson: Wat was dat voor een man, juffrouw Sinclair? Dat is belangrijk.

Sinclair: Goed, laat me even nadenken. O ja, eergisteren. Hij is hier eergisteren geweest. Klein van stuk, achter in de veertig, heel vriendelijk. Nee, toch niet zo vriendelijk. Hij vroeg me een paar dingen en zei dat Augustus er in Japan vandoor was gegaan. Hij heeft de papieren van Augustus meegenomen.

Wilson: Hij heeft documenten meegenomen?

Sinclair: Ja, zeker, een kartonnen doos vol. Het was een doos van Maxwell House-koffie, als u daar iets aan hebt. Is er iets misgegaan? Ik bedoel, hij was toch wel iemand van uw bureau?

Wilson: Daarvan ben ik vast overtuigd, juffrouw Sinclair. Er moet een vergissing zijn gemaakt met onze instructies, meer niet. Heeft hij zijn naam genoemd, een kaartje achtergelaten of iets dergelijks?

Sinclair: Nee, niets. Nu schiet me te binnen dat hij zich niet eens heeft voorgesteld. Maar waarom maken jullie je allemaal zoveel zorgen over Augustus? Zoals ik al tegen uw collega zei: Augustus kijkt wat rond in Japan, dat is alles. Het zou me niets verbazen als hij hier op hetzelfde moment kwam binnenstappen.

Wilson: Hoe kunt u er zo zeker van zijn dat hij maar wat rondkijkt? Die milieuconferentie is al meer dan een week afgelopen, weet u.

Sinclair: Augustus heeft me een kaart gestuurd. Ik heb hem nog als u hem wilt zien. Waarschijnlijk wilt u die ook meenemen.

Inlas van Wilson: de kaart is gedateerd 3 augustus. Op de ene kant een luchtfoto van Tokyo. Het handschrift is door agent G. Moorer geïdentificeerd als dat van Lewinter. De tekst luidt: 'Lieve Maureen, Mijn referaat op de conferentie enthousiast ontvangen – nog niet veel tijd gehad voor *couleur locale,* maar ga vanmiddag naar Nô-voorstelling en blijf nog een paar dagen als ik mijn vliegticket zonder bijbetaling kan inruilen. Als iemand van de zaak naar me vraagt, zeg je maar dat ik ben overgelopen naar de Russen. Denk voortdurend aan je.'

De rest heeft kortere regels en doet denken aan een gedicht:
'Beoordeel me naar mijn vermogen tot penetratie
Maar wees voorzichtig:
De tong is een grote overdrijver die
bergen maakt van molshopen,
grotten van holten
Wat je ook doet
Neem geen genoegen met de tandartsboor,
die volgens de geruchten
Als smeermiddel dient bij mannenwerk.'

De kaart is ondertekend met de initialen A en J. Einde inlas.

Sinclair: Hij maakt maar een grapje, weet u. Met wat hij zegt over overlopen, bedoel ik. U neemt dat toch niet serieus? O, goeie genade, dat doet u vast.

Wilson: Dat gedicht, kunt u me daar iets over vertellen, juffrouw Sinclair?

Sinclair: Wat bijvoorbeeld?

Wilson: Waarom staat het om te beginnen op die kaart? Het is toch gek – verrassend – dat hij zoiets zonder verklaring neerschrijft.

Sinclair: Het verbaasde mij ook, om u de waarheid te zeggen. Ik had geen idee dat hij het nog kende. Augustus en ik hebben elkaar namelijk acht maanden geleden in de leeszaal van de universiteitsbibliotheek voor het eerst ontmoet. Maar dat weet u waarschijnlijk al. Toen we kennismaakten las ik een oud nummer van de *Kenyon Review*. Dat is een literair tijdschrift. Er stonden enkele voorbeelden in van moderne Chinese gedichten – afschuwelijke dingetjes over voorzitter Mao. De vertalingen waren bar slecht. Maar daar gaat het nu niet om. Augustus boog zich geheel onverwacht naar me toe – niets voor hem, zoals ik te weten kwam toen ik hem beter leerde kennen – maar hij boog zich dus naar me toe en vroeg me wat ik las. Ik had die Chinese rijmelarij toen al gehad en las dit gedicht, dat van de kaart. Ik weet niet meer wie het heeft geschreven. Augustus nam het tijdschrift van me over en las het gedicht eenmaal. Hij lachte. Ik weet nog goed dat hij lachte. Nu, dat was alles. Ik had er geen idee van dat hij het zich zou herinneren. Maar wat een schat om het op die kaart te zetten.

Wilson: Heeft hij het misschien die avond in de bibliotheek overgeschreven? Of later?

Sinclair: Als hij dat had gedaan, had hij het nooit geheim kunnen houden. Nee, het moet hem plotseling te binnen zijn geschoten – A.J. heeft namelijk een fantastisch geheugen – of hij heeft in Tokyo toevallig datzelfde gedicht gelezen en het me toegestuurd, zoals iemand anders bloemen zou sturen.

Wilson: Juist. Kunt u me zeggen, juffrouw Sinclair, of hij voor zijn vertrek naar Japan op u de indruk maakte van iemand die zich ongelukkig voelt, die niet tevreden is, die van alles een beetje genoeg heeft? Het spijt me dat ik indiscreet moet zijn, maar zoals gezegd: het is belangrijk.

Sinclair: Goeie hemel, nee. Augustus voelt zich hier heel gelukkig – het zal wel geen geheim zijn dat we… eh… hoe zal ik het zeggen, deze flat delen. We gaan binnenkort trouwen, weet u – vandaag over drie weken, in september.

Wilson: En zijn werk?

Sinclair: Dat gaat goed, geloof ik. Ik weet het eigenlijk niet.

Augustus praat nooit over zijn werk. Maar ik kan u verzekeren dat hij niet aan een depressie lijdt of zoiets. Hij is enthousiast over zijn project voor het verwerken van vaste afvalstoffen. Hebt u gehoord van zijn afvalstoffenproject? Het is erg revolutionair. Hij heeft kortgeleden gesproken met een congreslid of een senator of zoiets, en kwam in een opperbest humeur terug. Hij zei dat die senator of wat het dan ook was een wetsontwerp wilde indienen om geld beschikbaar te stellen voor de oprichting van een federale instelling voor de verwerking van vaste afvalstoffen, precies zoals Augustus zich dat voorstelde. Dat zou een hele triomf voor Augustus zijn. Hebt u al iets over zo'n wetsontwerp gehoord?

Wilson: Ik vrees dat ik die dingen niet volg, juffrouw Sinclair. Er was dus niets waarover meneer Lewinter tobde, gelooft u?

Sinclair: Behalve datgene waarmee we allemaal tobben, meneer Wilson: geld. Augustus is achtergeraakt met zijn alimentatiebetalingen. Niet ver achter, maar genoeg om zich er zorgen over te maken. Zijn vrouw, zijn ex-echtgenote, is als ik het zo mag uitdrukken een kreng. Augustus bezocht haar vroeger elke zondag om de kinderen te zien, maar zij heeft ze tegen hem opgezet. Ik kan me de verhalen die ze ophangt goed voorstellen, de leugens die ze heeft bedacht. Nu ja, Augustus is dus bang dat ze herrie zal schoppen over die alimentatiekwestie, hoewel ze het geld helemaal niet nodig heeft. Ze krijgt een heel royale toelage van haar vader.

Wilson: Hoe kwam het dat hij was achtergeraakt met de alimentatie? Hij heeft toch een goed salaris? En hij kan niet veel kosten hebben.

Sinclair: Ach, geld, meneer Wilson. Augustus en geld. Misschien heeft hij een gat in zijn hand. Wie zal zeggen waaraan het ligt? Om de een of andere reden zit hij altijd krap bij kas. Wie van ons heeft genoeg? Ik geloof dat hij zijn geld slecht verdeelt. Hij heeft nog afbetalingen lopen: de auto, een huisje op Cape Cod. De alimentatie betekent een hap uit zijn salaris, een flinke hap. Om u de waarheid te zeggen heeft Augustus een week voor hij naar Japan ging zijn trots maar opzijgezet en is naar zo'n financieringsmaatschappij gegaan,

die je schulden tegen een vast bedrag overneemt. De Consol-
maatschappij of zoiets, in Boston.
Wilson: Bedoelt u Consol-O-Debt?
Sinclair: Precies, die was het. Consol-O-Debt. Weet u wat de
Chinezen over geld zeggen, meneer Wilson? Ze zeggen:
'Geld geeft iemand vleugels waarmee hij overal kan komen –
behalve in de hemel.' Nu is het Chinese woord voor 'he-
mel'…

Verkort verslag van een gesprek tussen agent D. Matthews en
Rupert Brooke Lewinter. 12 augustus. Ondervraagde, 43
jaar, researchchemicus bij Norton Pharmaceuticals, Inc., is
de enige broer van Lewinter.
Lewinter: Het spijt me ontzettend, maar ik ben uw naam
vergeten.
Matthews: Matthews.
Lewinter: Ja, natuurlijk, Matthews. Toen u me bij ons telefoongesprek zei waarvoor u kwam, leek het me beter ergens
af te spreken waar we niet gestoord zouden worden. Ik hoop
dat u er niet te veel moeite mee hebt gehad het adres te vinden.
Matthews: Uw aanwijzingen waren heel duidelijk.
Lewinter: Het gaat zeker over Jerry? Ik heb altijd al geweten
dat hij door die kliek van het MIT in moeilijkheden zou komen. Ik heb hem zo vaak gezegd: Jerry, laat je niet in met lui
die een beroep maken van hun anti-Amerikanisme. Ik weet
niet wat voor werk Jerry doet, maar ik voelde aankomen dat
het de lui van uw dienst niet zou bevallen als die hoorden
met wie hij omgaat. Ik heb gelijk gekregen, nietwaar? Jerry
zit in de puree?
Matthews: Als u het goedvindt, meneer Lewinter, zullen we
niet te hard van stapel lopen. Kunt u me iets over het leven
van uw broer vertellen? Heeft hij bijvoorbeeld een gelukkige
jeugd gehad?
Lewinter: Eerlijk gezegd, meneer Matthews, heeft Jerry…
Matthews: Pardon, meneer Lewinter, maar iedereen schijnt
hem bij zijn initialen te noemen. Waarom zegt u Jerry?
Lewinter: In de familie heet hij Jerry. Op de middelbare

school in de Bronx liet hij zich Augustus noemen. Als student begon hij met A. Jerome, maar in het laatste jaar is hij overgeschakeld op zijn initialen. Maar wij hebben hem altijd Jerry genoemd. Gewoon Jerry. Hij hoort dat nu liever niet, geloof ik, maar het is moeilijk om met jeugdgewoonten te breken, niet?

Matthews: Juist ja. U wilde iets over zijn kinderjaren zeggen toen ik u in de rede viel…

Lewinter: Ja, zijn kinderjaren. Eerlijk gezegd is Jerry verwend, meneer Matthews, en dat heeft hem volgens mij geen goed gedaan. Van jongs af aan heeft hij bij alles direct zijn zin gekregen. Als hij een speelgoedtrein of een boot of een vliegtuig zag, speelde hij er de dag daarop al mee. Hij was dus in zoverre gelukkig dat hij nooit werd gefrustreerd, maar of dat nu het ware geluk was betwijfel ik. Ik bedoel dit: alles werd hem in de schoot geworpen en daarom hechtte hij er weinig waarde aan. Is dit van belang?

Matthews: Ja, ik geloof het wel. Gaat u verder.

Lewinter: Nu is het interessant dat mijn ouders – mijn vader was een soort uitvinder – met mij niet die fout hebben gemaakt. Voor de pedagogiek zouden Jerry en ik twee leerzame voorbeelden kunnen zijn. Ik was natuurlijk de oudere broer. Toen mijn ouders mij kregen, kostte het hun nog moeite de eindjes aan elkaar te knopen. Het gevolg was dat ik al heel vroeg heb geleerd me te verzoenen met de frustraties die het leven onvermijdelijk meebrengt. Vlak voor Jerry werd geboren maakte mijn vader op een bescheiden manier fortuin – hij had een afvalmolen voor huishoudelijk gebruik uitgevonden, een ding met een pedaal, waarmee je huishoudelijk afval kon versnipperen, alles behalve conservenblikken. Hebt u ooit van de Lewinter-afvalmolen gehoord? Hij stond in de catalogus van Sears Roebuck. Op boerderijen vind je hier en daar nog wel Lewinter-afvalmolens. Goed, mijn ouders hadden zich vast voorgenomen dat Jerry van alle voordelen die hun recente welstand bood moest profiteren. Dat zeiden ze letterlijk zo: van alle voordelen. Ik geloof dat hij er in werkelijkheid alle nadelen van heeft ondervonden – in zoverre dat ze hem niet hebben voorbereid op de teleurstellingen en frustraties van het latere leven.

Matthews: Heel interessant. U schrijft allerlei problemen van hem dus toe aan jeugdervaringen.

Lewinter: Begrijp me niet verkeerd, meneer Matthews. Jerry was een levenslustige, intelligente jongen. Hij had een fenomenaal geheugen. Het was zo goed dat ze hem zelfs hebben meegenomen naar artsen om te laten onderzoeken of het een fotografisch geheugen was. Ik herinner me dat Jerry, toen mijn vader zijn portefeuille eens had verloren, de nummers van alle identiteitsbewijzen erin zo kon opdreunen. En bij een andere gelegenheid kon hij de tekst van een leesboek voor de vierde klas de dag nadat hij het had gekregen uit zijn hoofd opzeggen. Dat was een echte stunt.

Matthews: En had hij het?

Lewinter: Had hij wat, meneer Matthews?

Matthews: Had hij volgens de artsen een fotografisch geheugen?

Lewinter: Ja en nee. Dat klinkt gek, ik weet het. Maar om de een of andere reden schakelde hij het uit als hij bij zo'n dokter was en weer in als hij thuis iemand wilde imponeren. Ik ben er zelf van overtuigd dat hij het had, ja – tenminste, tot het ongeluk.

Matthews: Het ongeluk?

Lewinter: Hij was toen een jaar of acht. Acht of negen. Hij viel van een garagedak en kwam op zijn hoofd terecht. Hij is bijna twee dagen bewusteloos geweest – het heeft heel weinig gescheeld. Maar hij is dus genezen. Daarna heeft hij nooit meer geheugentrucs gedaan. Ik ben ervan overtuigd dat die val hem zijn buitengewone geheugen heeft gekost, dat staat voor mij vast. Wie weet wat hij had kunnen worden als hij het had gehouden, niet? Ik bedoel maar, hij was om te beginnen al zeer intelligent. Dat in combinatie met een fotografisch geheugen… Nu ja…

Matthews: Vertel me eens iets over zijn vrouw – dat wil zeggen zijn vroegere vrouw.

Lewinter: Ze was een goede moeder, een goede echtgenote, op haar manier een knappe vrouw, en heel eerzuchtig wat Jerry betrof. Ze stelde eisen aan hem, wat onze ouders nooit hebben gedaan. Als hij nog iets heeft bereikt, is dat te danken aan Susan, die hem aanspoorde.

Matthews: Hij zag het blijkbaar anders dan u. Waarom is hij van haar gescheiden?

Lewinter: Als u het weet, mag u het zeggen. Hij besefte zijn eigen geluk niet.

Matthews: Ik hoor dat hij over een tweede huwelijk denkt. Kent u het meisje?

Lewinter: Daar wist ik niets van. Ik heb wel gehoord dat hij erg intiem met haar was, maar hij heeft met geen woord over trouwen gesproken. Maar Jerry overweegt dus een tweede huwelijk? Interessant. Ik heb haar nooit ontmoet, dus ik kan u niets over haar vertellen. Ja, ik weet één ding: ze heeft hem aangemoedigd om zich met zijn project voor het verwerken van vaste afvalstoffen – ik zei altijd dat het niet meer dan een Lewinter-afvalmolen op enorme schaal was – tot een congreslid te wenden.

Matthews: Wat weet u van die groep aan het MIT waarover u sprak?

Lewinter: Er valt niet veel over te zeggen. Ik heb er een paar ontmoet – het zijn schreeuwers, zwartkijkers van beroep, als u begrijpt wat ik bedoel. Ik heb tegen Jerry gezegd dat hij, nu hij dit soort werk doet – ik weet niet precies wat hij uitvoert, hoor, maar alleen dat het strikt geheim is – dat hij met dat soort werk niet moet omgaan met zulke kerels.

Matthews: Ik krijg de indruk dat hij uw raad niet heeft opgevolgd.

Lewinter: Jerry heeft nog nooit een raad van mij opgevolgd.

Matthews: Hoe staat hij tegenover de Sovjet-Unie?

Lewinter: Nu schrik ik toch echt. Waarom vraagt u me dat?

Matthews: Een gewone routinevraag, meneer Lewinter. Ik informeer ernaar omdat die vraag op mijn lijst staat.

Lewinter: Jerry was op zijn manier erg idealistisch, en ik vermoed dat hij de Russen ook als idealisten ziet. Begrijp me niet verkeerd, Jerry is geen meeloper. Helemaal niet. Als hij ooit ernstig over Rusland nadenkt, dan heeft hij vermoedelijk het vage idee dat daar interesse zou kunnen bestaan voor zijn vaste-afvalstoffenproject. Jerry voelt zich daar erg gefrustreerd over, weet u. Het schijnt dat hij er niemand voor kan interesseren, hoe hij ook zijn best doet. Hij zou het geweldig vinden als zijn project ergens werd aangenomen.

Onverkort verslag van gesprek tussen agent R. Grotten en Susan Lewinter-Bidgood. 13 augustus. Ondervraagde, 37 jaar, huisvrouw, is de ex-echtgenote van Lewinter.
Lewinter: Ik verwachtte ene meneer Bodkin. Toen er werd opgebeld, is me gezegd dat er een meneer Bodkin zou komen. Ik verwachtte u niet.
Grotten: Bodkins vrouw heeft vannacht een kind gekregen.
Lewinter: Een jongen of een meisje? Was het een jongen of een meisje?
Grotten: Dat weet ik echt niet. Niemand heeft het me gezegd.
Lewinter: In onze moderne tijd zijn jongens zoveel gemakkelijker op te voeden, vindt u niet, meneer Grotten? Hebt u kinderen?
Grotten: Eh… ja, zeker, ik heb kinderen.
Lewinter: Jongens of meisjes?
Grotten: Toevallig van allebei één. Eh… mevrouw Lewinter…
Lewinter: Neem me niet kwalijk dat ik u in de rede val, meneer Grotten, maar sinds de scheiding laat ik me weer juffrouw noemen. Juffrouw Lewinter.
Grotten: Ja, natuurlijk. Kijk eens, eh… juffrouw Lewinter, ik zou u graag een paar vragen willen stellen over uw vroegere echtgenoot, als ik zo vrij mag zijn.
Lewinter: Gaat het over de alimentatie? Ik heb vorige week een klacht ingediend – August is drie maanden achter met zijn betalingen – en toen is me gezegd dat er een ambtenaar zou komen.
Grotten: De zaak is dat ik…
Lewinter: De situatie is nog niet kritiek. Met het geld, bedoel ik. Gelukkig heb ik een eigen inkomentje waarop ik kan terugvallen. Maar het gaat me om het principe. Bij de echtscheiding is bepaald dat hij me 125 dollar per week moet betalen. Dat is toch niet onredelijk? In onze moderne tijd begin

je niet veel met 125 als je een huishouden hebt en twee kleine kinderen moet grootbrengen, wel?

Grotten: Wij zijn van een andere dienst, juffrouw Lewinter. Ik dacht dat dat u was uitgelegd toen de afspraak met Bodkin werd gemaakt. Dit is alleen een routineonderzoek van de Veiligheidsdienst.

Lewinter: Maar dat is al eens gebeurd. August is gescreend toen hij hier kwam wonen.

Grotten: Dat weet ik, juffrouw Lewinter, maar we werken onze gegevens bij. Zo doen we dat altijd. Zou u nu een paar vragen willen beantwoorden?

Lewinter: U hebt dus niets te maken met die alimentatiezaak?

Grotten: Zo is het. Niets.

Lewinter: Juist.

Grotten: Maar het feit dat hij is achtergeraakt met zijn alimentatiebetalingen interesseert me wel. Drie maanden, zei u zo-even. Hoe komt het dat u niet eerder een klacht hebt ingediend, juffrouw Lewinter?

Lewinter: Als ik elke keer dat August een maand oversloeg met betalen een klacht indiende, zou iedereen me uitlachen. U moet weten hoe August is: een erg vergeetachtige man. Hij vergeet altijd verjaardagen en uitnodigingen voor diners en rekeningen, en alimentatiebetalingen. Zijn hoofd staat eenvoudig niet naar details.

Grotten: Hebt u hem er wel aan herinnerd, aan die alimentatiebetalingen, bedoel ik?

Lewinter: O god ja, telkens weer. Ik heb hem aangetekende brieven en telegrammen gestuurd. Ik heb alles gedaan wat ik kon behalve daar persoonlijk heen gaan. Daar kon ik mezelf maar niet toe zetten, nu die vrouw daar woont. Ik ben heus niet boos op hem, hoor. August heeft recht op een eigen leven. Maar dat mens… Ik weet niet wat hij in haar ziet.

Grotten: U kent haar dus, neem ik aan?

Lewinter: Ik heb haar voor de scheiding eenmaal ontmoet, op een feestje. Ik begrijp wel wat u bedoelt. Nee, ik ken haar niet zo goed. Maar iedereen die haar heeft ontmoet zegt hetzelfde. Ze is, om kort te gaan, een feeks.

Grotten: Ik wil geen oude wonden openrijten, juffrouw Lewinter, maar waarom bent u gescheiden? Wat is er misgegaan?

Lewinter: O, dat is erg ingewikkeld. U hebt toch geen haast? Ha! Goed, ik zal mijn best doen om het kort te houden. Datgene waarop onze huwelijksboot bij wijze van spreken is gestrand was het feit dat August zichzelf zo overdreven belangrijk vond. Ik wil niet zeggen dat hij loog, begrijp me goed. Maar hij schiep als het ware een beeld van zichzelf dat op verzinsels berustte. Neem nu bijvoorbeeld dat project van hem voor de verwerking van vaste afvalstoffen. Ik neem aan dat het een reëel project was, maar hij praatte erover alsof hij Leonardo da Vinci was die de wereld de stoommachine aanbood, of wat Da Vinci dan ook heeft uitgevonden. August wilde dolgraag belangrijk zijn. Hij zocht altijd naar dingen waarmee hij zich belangrijk kon voordoen. Zo kwam hij tot een heleboel halve waarheden en overdrijvingen. En als je hem er dan op wees dat hij blufte, scheen hij volkomen hulpeloos te worden. Het was eigenlijk erg triest.

Grotten: Deed hij aan politiek?

Lewinter: O nee, helemaal niet. August aan politiek doen? Dat was niets voor hem. Hij interesseerde zich voor praktische dingen: zijn werk, zijn projecten – maar niet voor politiek.

Grotten: Had hij plezier in zijn werk?

Lewinter: Voorzover ik het kon beoordelen wel. Hij scheen te denken dat hij een erg goede indruk had gemaakt op zijn chef bij het MIT, wie dat dan ook is. Hij had geloof ik de indruk dat ze positief stonden tegenover zijn nieuwe ideeën.

Grotten: Sprak hij ooit over de Sovjet-Unie?

Lewinter: De Sovjet-Unie? Ik geloof dat hij niet eens wist waar die ligt.

Verkort verslag van gesprek tussen agent T. Blumenthal en Donald Fishkin. 13 augustus. Ondervraagde was Lewinters tandarts.

Fishkin: Lewinter! Die schofterige demagogische rotzak! Verdomme, waarom vraagt u me naar Lewinter? Is hij soms be-

trapt op oplichterij? Man, wat zou ik die gek graag eens onder handen willen nemen. Ja, inderdaad, een gek. Hij is geschift, gek, krankzinnig, een waardeloze zak. Wat hij nodig heeft is een op maat gemaakte dwangbuis. Als ik u een tip mag geven: laat u niet in met die volslagen krankzinnige vent. Vier jaar heb ik hem behandeld, vier jaar. Precies. Vier jaar komt hij geregeld bij me en vertelt me hoe blij hij is dat hij zo'n goede tandarts heeft ontdekt. Precies. En dan komt hij op een dag hier aandansen, scheldt me in mijn gezicht uit en loopt weg met zijn röntgenfoto's. Precies. Terwijl ik een wachtkamer vol patiënten heb.
Blumenthal: Heeft hij ooit…
Fishkin: Die schoft, hij moet kortsluiting in zijn kop hebben gehad, als u het mij vraagt. Gaat er gewoon vandoor met zijn röntgenfoto's. De smeerlap heeft me niet eens de 125 dollar betaald die ik nog van hem krijg. Vier jaar. Precies. Vier lange jaren. Als u het mij vraagt is hij geschift. Maar dan ook volkomen geschift!

8

'Dat klinkt als paranoia,' zei Kaplan geeuwend.

'Lewinter?' vroeg Billings, zijn wenkbrauwen fronsend zodat de hoeken van zijn smalle droge lippen omlaaggingen.

'Hoe heet hij ook weer, de tandarts?'

'We zitten hier niet om hoe-heet-hij-ook-weer de tandarts te analyseren,' zei Billings, en zijn frons werd nog dieper. Hij zette zijn bril met beide handen af – iemand had hem eens verteld dat het beter was voor het hoornen montuur om hem zo af te zetten – en legde hem op de stapel verslagen. 'Ik neem dus aan dat we bij degene aan wiens CPP we werken de mogelijkheid van krankzinnigheid kunnen uitschakelen?'

Voor hij antwoord gaf, rekte Kaplan de stilte tot die onbehaaglijk werd. Dat was een techniek die hij zich in zijn medische praktijk had aangewend: nooit impulsief antwoorden, een bedachtzame indruk maken, je woorden afwegen, over die stilte heen de geest van de ander naar je toe lokken tot die je halverwege tegemoetkwam.

'In de psychiatrie bestaat zoiets als krankzinnigheid niet,' zei hij ten slotte met grote stelligheid. 'In wezen is het een juridische term, krankzinnigheid, waarmee wordt bedoeld dat iemand geen onderscheid kan maken tussen goed en kwaad. Omdat het hier geen rechtszaak betreft en de vraag naar goed en kwaad erbuiten valt, kunnen we ons misschien beter houden aan termen die enige psychiatrische relevantie hebben.'

Ze hadden vanaf het begin slecht met elkaar kunnen opschieten: Billings, het Pietje Precies van de Veiligheidsdienst, voor wie vaststond dat succes op zijn terrein, zoals op elk terrein, discipline vereiste, gehoorzaamheid aan de dwang van de pikorde en schrijfwerk, terwijl Kaplan, de briljante jonge psychiater, discipline associeerde met middelmatigheid en genoot als hij zijn intuïtie de vrije teugel kon laten. 'Goeie god, is er nu nooit een psychiater te vinden die niet joods is?' had Billings geklaagd toen een assistent hem het lijstje over- handigde van de medewerkers aan het Complete Persoon- lijkheids-Profiel. 'Die zijn allemaal even slordig.'

Billings had slordig op geestelijk gebied bedoeld, maar zijn eerste blik op Kaplan had hem er al van overtuigd dat het woord ook in de concrete betekenis gold. Kaplan had een grote neus, een adamsappel die als hij sprak als een boei op en neer deinde en lang haar dat eruitzag alsof de wind er zo- juist doorheen had gewoeld. Het vest van zijn pak uit de 400 dollar-klasse stond open en onthulde een roodgenopte das van 98 cent die Kaplan in het Dassenpaleis had gekocht.

'Goed, laten we het woord krankzinnigheid niet gebruiken,' zei Billings. 'Ik besef natuurlijk wel dat we nog maar weinig gegevens hebben waarvan we kunnen uitgaan. De meeste verslagen van gesprekken zijn nog niet binnen, maar we moeten toch een begin maken. Misschien kunnen we het eens worden over een voorlopige beoordeling...'

'Hij lijkt me, eh... anaal-erotisch gefixeerd,' zei Erich Schindler, de fysicus van het CPP. Het was een man die deed denken aan een eekhoorn, met vooruitstekende, door nico- tine gevlekte tanden, die gewend was met het hoofd schuin omlaag te spreken, alsof hij over de bril tuurde die hij niet droeg en ook niet nodig had. Zijn voornaamste bijdrage aan het gesprek voor hij met 'anaal-erotisch gefixeerd' kwam was een in de lucht hangend vertoog geweest over 'het cartesi- aanse onderscheid tussen de geest, waarvan de essentie het begrip is, en het lichaam, dat de beweging als essentie heeft'. Over de niet-bestaande bril turend betrad hij de arena op- nieuw. 'Kijk eens, kerel, eh... ik wil je niet op je tenen trap- pen, hoor – je lijdt niet al te zeer onder territoriumdwang, is het wel? – maar ik heb al lang geleden ontdekt dat je er niet naast zit, tenminste niet ver naast, als je, eh... iemand anaal- erotisch gefixeerd noemt, waar of niet?'

'Je hebt verdomme gelijk,' gaf Kaplan toe. Hoewel de man van de hak op de tak sprong en erg professoraal deed, mocht hij Schindler wel. Het had Kaplan verbaasd dat zo'n voor- aanstaand fysicus als Schindler zich voor dit werk had laten strikken; gedeeltelijk afgaande op zijn eigen ervaring vermoedde hij dat het honorarium, zoals ze dat in academische kringen noemden, te verleidelijk was geweest om het af te wijzen.

'De anaal-erotische fixatie,' vervolgde Kaplan, 'is het kruiskruid van de psychiatrie. Je treft het overal aan. Het is een dure manier om te zeggen dat iemand geremd is, en wie is dat tegenwoordig niet?' Hij keek demonstratief naar Billings. 'Luister nu eens, het is nog te vroeg' – Kaplan wees naar de stapel verslagen – 'om hierover iets anders te zeggen dan de meest afgezaagde gemeenplaatsen.'

'Misschien wilt u zo vriendelijk zijn het toch eens te proberen,' zei Billings.

Stilte. Zodra die pijnlijk werd nam Kaplan het woord.

'Daarvoor word ik betaald. Goed, laten we dan maar met het meest elementaire beginnen. Er bestaan globaal gezien drie redenen waarom er mensen van onze kant overlopen naar hun kant. In de eerste plaats' – Kaplan boog zich naar voren en begon fel te spreken; zijn adamsappel wipte op en neer en zijn woorden volgden elkaar met de snelheid van achtste noten op – 'zijn er mensen die vluchten voor schulden, echtscheidingen, verwikkelingen, moeilijkheden op hun werk, gepleegde misdrijven die dreigen uit te komen, een druk die te hevig wordt, een lot dat hun ondraaglijk schijnt. Ze hebben geen idee waar ze heen gaan en het interesseert hun ook niet. Ze kunnen er alleen op vooruitgaan. Nu zijn er enkele aanwijzingen dat Lewinter in deze categorie valt. Zijn werk kan niet zo bevredigend geweest zijn, anders zou hij niet zoveel tijd en energie hebben besteed aan dat afvalplan van hem. Dan had hij schulden. En ik krijg op grond van deze eerste verslagen de indruk dat hij voor een huwelijk stond met een meisje dat in vele opzichten het evenbeeld was van zijn ex-vrouw. Misschien zag hij dat in en is hij er voor het te laat was vandoor gegaan.'

'U ziet er dus een klassiek geval in van iemand die zijn moeilijkheden wil ontvluchten?' vroeg Billings, samenvattend. Het was een conclusie die in zijn denkschema paste.

'Dat heb ik niet gezegd. Ik zei dat er enkele aanwijzingen waren dat hij in deze categorie kán vallen. Maar er zijn ook aanwijzingen dat hij tot een van de twee andere categorieën zou kunnen behoren.'

'Wat zijn die, eh… twee andere categorieën?' vroeg Schindler, trekkend aan een sigaret die in precair evenwicht tussen zijn lippen hing.

'Het eerste stel bestaat dus uit weglopers. Het tweede lijdt aan schizofrenie, waarmee we een functionele psychose bedoelen, onder andere gekenmerkt door dagdromen. Soms ziet iemand zichzelf in zo'n dagdroom als een symbool, dat door zijn voorbeeld een nieuwe wereld kan scheppen. Jezus heeft, vermoed ik, aan schizofrenie geleden. Hoe het ook zij, wereldhervormers lijden er vaak aan. Ze zien zichzelf als raderen van een machinerie en dromen van de enkele daad – een moordaanslag, zelfmoord, het offeren van het eigen leven, overlopen – waardoor ze zichzelf kunnen verheffen tot een symbool. Als Lewinter zich werkelijk in revolutionaire kringen bewoog, zoals zijn broer insinueert, kan hij overlopen hebben gezien als een dramatische symboolhandeling, waardoor zijn leven en zijn ideeën plotseling in het licht van de publiciteit zouden komen.'

Kaplan werd zich bewust van zijn eigen emotionaliteit. Als om die af te remmen leunde hij achterover en bedwong een geeuw. 'Dan is er nog een derde categorie, die verreweg de interessantste is, tenminste voor mij. Voor mensen van die groep is overlopen iets als een plan om snel rijk te worden, het psychische equivalent ervan, namelijk snel status krijgen. En meer dan één detail suggereert dat Lewinter ook tot deze groep zou kunnen behoren. Het weinige wat we tot nu toe over zijn leven weten kan worden geïnterpreteerd als een fanatiek status zoeken: hij experimenteert om de paar jaar met een nieuwe naam en houdt ten slotte alleen zijn initialen over, een gebruik dat bij statusbezitters wordt aangetroffen; hij besteedt al zijn energie aan een grandioos plan om te voorkomen dat de wereld stikt in de afvalstoffen; zelfs de echtscheiding en de nieuwe vrouw kunnen een vorm van status zoeken zijn. Vergeet niet wat zijn ex-vrouw – die geen hoge dunk van hem had – over hem zei. Wacht even, hier staat het. Ik citeer: "August beschouwde zichzelf als te belangrijk", einde citaat, en dan even verderop: "Hij schiep als het ware een beeld van zichzelf dat op verzinsels berustte." Einde citaat. Nu hebben we natuurlijk allemaal een overdreven voorstelling van onze eigen gewichtigheid,' – Kaplan keek Billings weer veelbetekenend aan – 'maar we zullen moeten nagaan hoe belangrijk die factor in Lewinters geval is geweest. Als zijn voorstelling sterk overdreven was, en alles wat we tot nu toe hebben gehoord is verenigbaar met die veronderstelling, en als zijn prestaties in deze maatschappij tegen dat beeld indruisten, kan hij zijn overgelopen om – en nu gebruik ik mijn eigen term weer – snel status te krijgen. Hij moet dat dan hebben gedaan door iets van waarde mee te nemen, iets waardoor hij onmiddellijk na aankomst status zou krijgen in de ogen van zijn gastheren. Of die beschrijving op Lewinter van toepassing is, en zo ja, of dat waardevolle iets zijn eigen bloedwarme lichaam was, een plan voor het verwerken van afvalstoffen of geheime informatie over keramische neuskegels of wat dan ook, blijft voorlopig de vraag.'

'Donders verwarrend, niet? Wat je zegt' – Schindler zweeg even om een nieuwe sigaret met de peuk van de vorige aan te steken – 'versterkt alleen mijn indruk, of misschien moet ik vooroordeel zeggen, dat de hele zaak, die verslagen van gesprekken, aan iets uit Rasjomon doen denken – ken je het Japanse Rasjomon-thema? – of Durrells *Alexandria Quartet*? Geweldige boeken, het *Alexandria Quartet*. Een heterogene groep mensen beziet eenzelfde situatie of persoon, en ieder van hen leidt er een andere versie van de waarheid uit af. Ha! Lewinter verandert van persoon tot persoon, of misschien moet ik zeggen van perspectief tot perspectief. Ik bedoel dat Fishkins Lewinter helemaal niet lijkt op de Lewinter van de broer, en die weer helemaal niet op het beeld dat Lewinters vrouw van hem geeft. Enzovoort. Hoe moeten wij in 's hemelsnaam, of in wie zijn naam dan ook, de echte Lewinter uit die, eh... hoe zal ik het noemen, afvalhoop halen? Ha! Ja, afvalhoop is het juiste woord. Maar ik vraag het me wel af. Hoe, eh... vinden we de echte Lewinter?'

'We moeten ons door de tegenstrijdigheden, het rollenspel,

de poses, verwaandheden en vooroordelen een weg banen naar de essentiële Lewinter,' verklaarde Billings. 'Dat is de zin van het CPP: de omhullende lagen verwijderen en dan tot een gefundeerd oordeel komen over de vraag of hij het soort man was dat zichzelf ertoe kon brengen zijn land te schaden en of hij, indien hij zijn land wilde schaden, over de middelen beschikte om dat te doen.'

'Dat is verdomd veel gevraagd, en dat is het,' zei het vierde lid van de groep, Fred Farnsworth, een gepensioneerde chef van de recherche uit Houston, die de politiedeskundige van het CPP was.

'Laten we verder zwoegen, heren, als u geen bezwaar hebt,' zei Billings, op zijn horloge kijkend. Hij wendde zich opnieuw tot Kaplan. 'Hebt u al een algemene indruk van zijn kinderjaren? Zijn broer heeft, zoals u zich zult herinneren, nogal uitvoerig over dat onderwerp gesproken.'

Kaplan leek even over die vraag na te denken. 'We kunnen vrijwel alles wat de broer zegt verwaarlozen,' antwoordde hij ten slotte. 'Het enige wat opvallend duidelijk doorkwam, was de jaloezie van een kind uit hetzelfde gezin. De jongere broer kreeg alles wat de oudere was ontzegd, en die voelde daar wrok over. Dat doet hij nog. Wie Lewinter observeert door het prisma van die broederlijke jaloezie, waagt zich zacht uitgedrukt op gevaarlijk terrein.'

'Daarmee schieten we niet veel op, wel?' Billings zag in dat hij waarschijnlijk beter had kunnen wachten tot er meer gespreksverslagen waren binnengekomen voor hij aan de conferentiefase van het CPP begon.

'Hij is kennelijk verpest,' vervolgde Kaplan onuitgenodigd, omdat hij er plezier in begon te krijgen zichzelf te horen praten. 'De vraag is nu: hóe is hij verpest?'

'Wat bedoelt u, "hoe"?' vroeg Farnsworth, de politieman.

'Ik heb een theorie over kinderopvoeding,' zei Kaplan, knipogend tegen Schindler om aan te geven dat hij Farnsworth voor de gek wilde houden. 'Het is belangrijk te weten of zijn ouders hem spontaan hebben verpest, niet met voorbedachten rade, bij wijze van spreken, of dat ze hem opzettelijk hebben verknoeid, wat vrij veel voorkomt bij pas in de middenstand gearriveerde families.'

Farnsworth hapte in het aas. 'Wat maakt dat uit?' vroeg hij.
'Goeie god, weet u dat niet? Als je opzettelijk wordt verpest,
leidt dat tot een identificeerbaar syndroom; je wordt ma-
nisch-depressief of je gaat lijden aan kleptomanie; je kunt
een geïnverteerde worden of een sadist, iets wat een psychiater kan herkennen en netjes kan afwerken. Maar als je spontaan bent verpest, word je een eclecticus; je duikt nu eens in
deze neurose, dan weer in die psychose. Zodra je psychiater
je een etiket heeft opgeplakt ga je ervandoor; je vlucht en je
psychiater rent achter je aan, zijn handboek onder de arm,
om je psychische voetsporen te volgen. Wat hem nooit lukt.
Een heleboel spontaan verpeste lui worden ten onrechte voor
genieën gehouden. Neem mij bijvoorbeeld. Maar daar hebben we het nu niet over. Hier, kijk dit nu eens.' Kaplan bla-
derde in de advertentiepagina's van *The New Republic*. '"Aan-
trekkelijke, sportieve, zeer intelligente zwarte vrouwelijke
intellectueel, universitaire opleiding, spontaan, geïsoleerd,
eenzaam, zoekt dialoog met groep mannelijke intellectuelen,
met belangstelling voor commune. Geen scrupules wat
huidskleur betreft." Waarom schrijven we haar niet? Leuke
vorm van kamergymnastiek, weet je wel. Wat vind jij?'

Billings was razend. Zijn smalle aristocratische trekken werden donkerrood – met uitzondering van zijn lippen, die even
droog en kleurloos bleven als een stuk betontegel. Op dat
moment haatte hij Kaplan en al die begaafde jonge carrière-
makers van het departement en daarbuiten, die geen respect
hadden voor dienstjaren, geen eerbied voor ervaring, die
mensen met een leidinggevende positie steeds weer dwongen
zichzelf te bewijzen. 'Meneer Kaplan,' zei Billings kortaf,
vinnig, 'ik besef natuurlijk terdege dat u buitengewoon
geestig bent, maar met uw briljante opmerkingen komen we
niet verder.'

'Maar de tijd gaat er wel door voorbij!' zei Kaplan. Schindler
en Farnsworth grinnikten. Kaplan vroeg zich af of hij te ver
was gegaan. Tenslotte verdiende hij hier geen kleinigheid. De
zelfvoldane uitdrukking trok van zijn gezicht weg.

Nu had hij er genoeg van, dit was de druppel, en Billings

wilde de cynische joodse psychiater net de laan uit sturen, toen Leo Diamond – vlot en elegant en even zelfverzekerd als hij eruitzag – kwam binnenstappen.

'Bob,' zei Diamond, knikkend naar Billings en toen naar de anderen: 'Heren.'

'Leo,' zei Billings, na een bijna onmerkbare aarzeling, alsof hij even moest nadenken over de naam. Dit was een van de kleine dingen die zoveel betekenden – het vluchtige signaal wie zich de mindere moest tonen.

'Zo, er is zeker nog niet veel uit de bus gekomen?' zei Diamond toegeeflijk, terwijl hij zich losjes op een met leer beklede draaistoel neerliet. 'Ik heb gisteravond mijn kopieën van de gesprekken gelezen. Er is nog niet veel over te zeggen, hè, voor we nieuw ruw materiaal binnenkrijgen?'

Kaplan leunde op de bank achterover en staarde naar het plafond. Zijn gezicht stond zelfvoldaner dan ooit.

Billings pakte zijn bril van de stapel rapporten en zette die met beide handen op, waarbij zijn vingertoppen naar zijn oren tastten. 'We hebben het terrein al een beetje verkend, hier en daar wat gespeurd naar thema's en aanwijzingen.' Billings verdomde het Kaplan de voldoening te schenken dat hij met Diamond instemde.

'Jij bent toch Kaplan?' zei Diamond, zijn stoel naar de gestalte op de bank draaiend. Zonder het antwoord af te wachten vervolgde hij snel: 'Ik heb je artikel in *Esquire* gelezen over het Kiebutzer-syndroom. Absoluut briljant. Ik heb het verslonden.'

Kaplan straalde bij dit compliment. 'Je spreekt het verkeerd uit – het is het Kiebitzer-syndroom, met de nadruk op de eerste lettergreep. Een Jiddisch woord.'

Diamond proefde het woord enkele malen om de zekerheid te hebben dat hij het nu goed uitsprak. 'Ik moet je zeggen dat ik sinds ik dat artikel heb gelezen zeker duizendmaal het syndroom heb waargenomen – ook bij mezelf. Het is verdomd moeilijk voor een toeschouwer om zich niet op de een of andere subtiele manier met een spel te bemoeien, hè? Hoe ben je op het idee gekomen?'

'Intuïtie geloof ik. Mijn familie komt elke woensdagavond in de flat van mijn moeder bijeen om te pokeren. Al jaren. Een soort instituut, weet je wel. Maar het laatste jaar doet mijn moeder niet meer mee – ze wordt er te oud voor en kan het tempo niet bijhouden. Op een avond zag ik haar van de ene speler naar de volgende lopen; ze keek de kaarten in, fluisterde, adviseerde, lachte, keek boos of bedenkelijk. Het ging zover dat je een speler niet meer opnam om een idee van zijn kaarten te krijgen, maar het gezicht van mijn moeder. We ontdekten dat zij *kiebitzen* leuker vond dan meespelen. Daarna ontdekte ik overal waar ik keek hetzelfde verschijnsel – ik kreeg steeds weer de indruk dat er onder zakenmensen of in het kunstleven of waar dan ook mensen om een onzichtbare pokertafel stonden en de spelers adviseerden wat ze moesten doen, zodat ze wel genoten, maar geen enkel risico liepen. Dat was het dus: het Kiebitzer-syndroom.'

'Ik praat natuurlijk als leek, maar ik vond het absoluut briljant.'

Diamond wist dat hij van nu af op Kaplan als bondgenoot kon rekenen.

'Was Lewinter een' – Diamond sprak het woord langzaam en op de juiste manier uit – 'kiebitzer?'

'Vast. Zijn contacten met die revolutionairen over wie zijn broer het had waren die van de kiebitzer tegenover de spelers. Het komt ook aan het licht in…'

Kaplan oreerde door; in wezen deed hij nu wat hij Billings had geweigerd: speuren in het schaarse materiaal naar aanwijzingen voor Lewinters psychische leven. Terwijl Billings luisterde, voelde hij de onuitgesproken band tussen Diamond en Kaplan, en hij wist dat hij zich nu moest laten gelden, vóór Diamond de leiding van hem overnam. Die verdomde Diamond, dacht hij. Het scheen hem toe dat hij tijdens zijn hele loopbaan tegen mannen van het Diamond-type had moeten opboksen. Zelf had hij de oorlogsjaren achter een schrijfbureau doorgebracht, gedwongen het kleurloze, ondankbare, nuchtere routinewerk van de spionage te doen, werkend in een milieu waar de opvatting gold – en men zich daardoor gesterkt voelde – dat de staten met de beste administratie de oorlog onvermijdelijk moesten winnen. Het werd vrede en de mannen van de Veiligheidsdienst te velde keerden naar hun bureaus terug als pelgrims naar de kerk die hen had uitgezonden. Met hun ellebogen werkend veroverden ze een plaats op de piklijst hoger dan die van thuisblijvers die de staat hadden gediend door de administratie bij te houden. Het was niet eerlijk, wist Billings, maar het enige wat je ertegen kon doen was hun de voet zo veel mogelijk dwars zetten.

'… krijg je ook het gevoel dat de vader een man van de daad was, een speler, en dat dit…'

Billings kwam in actie. 'We hebben hier niet allemaal het genoegen gehad uw artikel in *Esquire* te lezen, meneer Kaplan. Misschien kunt u ons zeggen of uw syndroom enig licht werpt op de vraag waarom de persoon in kwestie is overgelopen – en of hij interessante geheimen heeft meegenomen, wat tenslotte het voornaamste doel van dit onderzoek is.'

'Hè, laat me nu even,' zei Kaplan, beseffend dat Billings vrij machteloos was zolang Diamond de leiding had. 'U hebt me de hele ochtend al opgejaagd.'

Daarmee was het spelletje uit, want Leo Diamond deed het enige wat zijn recht om Bob Billings, het CPP en het hele departement te domineren onherroepelijk maakte: hij viel Billings bij. 'Met alle respect voor je persoonlijke gaven,' zei hij tegen Kaplan op een toon die geen tegenspraak duldde, 'maar ik moet je erop wijzen dat Bob Billings dit werk al een hele tijd doet. Wat hij begrijpt, is het belang van het tijdselement. Zijn opjagen, zoals jij het noemt, heeft al vele mensenlevens gered. We zitten met een kritieke situatie. De Russen hebben onze mooipratende Lewinter aan hun boezem gedrukt en wij moeten uitzoeken waarom, en snel ook. Als Bob hier wat al te gretig doet, komt dat doordat hij weet wat er op het spel staat.' Diamond keek glimlachend om zich heen. 'Kom,' begon hij opnieuw, 'laten we die eerste stekeligheden toeschrijven aan een al te groot enthousiasme' – het ontging Kaplan niet dat Diamond, hoe vriendelijk ook, Billings de schuld gaf – 'en opnieuw beginnen. Wat vinden jullie?'

Achter de tuindeuren tjilpte een roodborstje op de tak van een verminkte plataan agressief tegen een soortgenoot die zijn territorium wilde binnendringen. Het deed Diamond denken aan de vogels die Sarah en hij de vorige dag in de dierentuin van Central Park hadden gezien – hun contrapuntisch 'vogelgeblaf' had gegalmd door de zalen waarin ze veilig, maar in gedwongen afzondering leefden, ver van de wereld met zijn bomen en ruimten daartussen. Sarah had plotseling zijn arm gepakt en gezegd: 'Ik haat dierentuinen.' Diamond sloot zijn eigen gedachtestroom af. 'We kunnen nu al een aantal dingen vaststellen. Het eerste – wat me direct opviel toen ik gisteravond het rapport las – is de vraag wie in jezusnaam Lewinters papieren uit de flat van die juffrouw Sinclair heeft gehaald.'

'Omdat wij voorzover bekend de enigen zijn die een onderzoek instellen,' zei Billings, 'kunnen we alleen aannemen, zoals onze agent Wilson al opmerkte, dat het een van onze eigen mensen is geweest die verkeerde instructies heeft ontvangen.' Billings probeerde zijn stem weer even resoluut te doen klinken als vroeger – en het lukte hem bijna.

'Maar dat is nu juist de vraag, Bob: zijn wij de enigen die een onderzoek naar Lewinter instellen?' vroeg Diamond. 'Er is tenslotte nog een groep die bijzonder veel interesse moet hebben voor Lewinters verleden.'

'De Russen, zeker?' vroeg Farnsworth, het hiaat in het gesprek opvullend. 'Wel allemachtig! Dat is nog zo gek niet. Er is bij ons een jaar of twee, drie terug een specialist in biologische oorlogvoering weggelopen, een zekere MacComber, en toen waren sommigen van ons er vast van overtuigd dat Iwan zijn verleden wilde nagaan. Wel allemachtig.'

'Het is in elk geval een mogelijkheid,' zei Diamond. 'We moeten natuurlijk direct onderzoeken of een van onze mensen die papieren is gaan halen. Als dat niet het geval blijkt te zijn, zullen de Russen het wel hebben gedaan.'

'Godverdomme,' zei Farnsworth, nog geboeid door het idee dat een echte Russische agent zomaar zou zijn binnengedrongen en Lewinters papieren had gestolen. 'Zeg, ik zal direct een Bernard 1642 Charlotte versturen aan alle politiebureaus. Als een van onze eigen agenten ze heeft meegenomen, weten we dat binnen 24 uur. God, dat is me wat.'

'Goed,' zei Diamond, en hij ging over tot het tweede punt. 'Het andere detail dat me opviel en waarmee we, als jij akkoord gaat, Bob, nu al kunnen beginnen, is die geheugenkwestie.'

'Wat bedoel je met die geheugenkwestie, Leo?' vroeg Billings met iets van zijn vroegere neerbuigendheid in zijn toon.

'Het viel mij ook op, dat geheugen,' zei Kaplan, Billings negerend en zich rechtstreeks tot Diamond wendend.

Maar Billings liet zich niet zo gemakkelijk afschepen. 'Natuurlijk is ons die geheugenkwestie opgevallen – niemand zou die over het hoofd kunnen zien. Maar we weten ook dat Lewinter volgens de broer dat geheugen op zeven- of achtjarige leeftijd na een val was kwijtgeraakt. En dat klopt precies met de informatie die we over hem hebben, waarin niets wordt vermeld over een fotografisch geheugen en, wat nog belangrijker is, met de uitspraak van zijn vroegere echtgenote, die erover klaagde dat hij... hoe zei ze het ook weer? Dat zijn hoofd eenvoudig niet stond naar details, dat hij altijd verjaardagen vergat en later alimentatiebetalingen. Lewinter, heren, was vergeetachtig. Zijn vermogen om gegevens te onthouden, dat inderdaad belangrijk zou kunnen zijn als hij zo'n geheugen had, kan dus niet groot geweest zijn.'

'In de eerste plaats...' begon Kaplan.

'Om te beginnen...' zei Diamond.

Ze lachten elkaar als samenzweerders toe. Weer vloeide al het bloed uit Billings' lippen weg.

Diamond maakte een aanmoedigend gebaar naar Kaplan. 'Ga je gang. Wat wilde je zeggen?'

'In de eerste plaats lijkt het me belangrijk onderscheid te maken tussen het vermogen gegevens of ervaringen te onthouden en de gave zich te herinneren wat er in het geheugen staat gegrift. In het algemeen onthoudt het menselijke brein vrijwel alles, of althans veel meer dan het zich bij normale prikkels herinnert; tijdens een psychiatrische behandeling of onder hypnose kunnen we heel wat ophalen – dat wil zeggen een patiënt zover krijgen dat hij zich allerlei dingen herinnert die in zijn geheugen opgeslagen liggen, maar waarvan hij zich niet bewust was. Wat ons nu interesseert is dus niet Lewinters vermogen om gegevens te onthouden, maar zijn vermogen om ze terug te roepen in zijn herinnering. En wat dat aangaat moet ik nog enkele dingen opmerken.'

Kaplan had met hetzelfde gemak het tegenovergestelde standpunt van de geheugenkwestie kunnen verdedigen, maar hij was erop uit Billings in een hoek te drukken. 'Punt één is dat hij vóór die val van het garagedak inderdaad een fotografisch geheugen schijnt te hebben gehad. Punt twee is dat het voorzover mij bekend mogelijk is dat vermogen te verliezen en het in het latere leven voor korte of langere tijd terug te krijgen. Punt drie is de hoogst belangrijke uitspraak die bewijst dat hij zijn fotografisch geheugen inderdaad had teruggekregen.'

'Als u dat gedicht bedoelt...' begon Billings.

Maar Kaplan kon alleen maar doorstomen. 'Natuurlijk, het gedicht. Volgens zijn vriendin had hij het maar eenmaal gelezen. Acht maanden na die oppervlakkige confrontatie met een vrijwel onbekend gedicht, als hij op het punt staat het meisje te verlaten dat hij een trouwbelofte heeft gedaan, wil hij haar een bewijs van genegenheid – of van wroeging, zo u wilt – sturen. Hij is in Japan, waar dat nummer van de *Kenyon Review* hem nauwelijks onder ogen kan zijn gekomen...'

'Dat staat nog te bezien,' zei Billings, maar zijn woorden gingen verloren doordat Kaplan rustig doorsprak.

'... en hij dregt het gedicht uit zijn geheugen op. Een hele prestatie, zou ik zeggen.'

'Maar die opmerking van zijn vrouw dan, dat hij zo'n slecht geheugen had?' vroeg Farnsworth. 'En als hij zo'n fotografisch geheugen heeft, waarom wordt daar dan niets over in zijn screeningsrapport vermeld?'

'Meneer Farnsworth, mensen die in staat zijn zich alles te herinneren, kunnen wat ze maar willen terugroepen in hun herinnering. Maar zoals iedereen hebben ze ook het vermogen alles – hoe zal ik het noemen? – te verdringen; dat wil zeggen, ze kunnen wegstoppen, zich niet meer herinneren wat ze lastig of vervelend of tijdverspilling vinden, dingen zoals gedenkdagen, verjaarsfeestjes of' – en Kaplan sprak het laatste woord zo nadrukkelijk uit alsof hij zijn stelling daarmee bewees – 'alimentatiebetalingen. Wat het screeningsrapport betreft herinner ik u aan de verklaring van zijn broer: dat hij zijn fotografisch geheugen verborg als hij werd meegenomen naar dokters. Dat is eenvoudig genoeg: hij wilde niet voor een kermisattractie worden aangezien. Een heleboel mensen met een fotografisch geheugen reageren zo.'

'Het staat nu wel vast dat we deze kwestie nader moeten onderzoeken,' zei Diamond. 'Als hij een fotografisch geheugen had, was het voor hem niet nodig geheim materiaal te fotograferen, te kopiëren, te stelen, het in zijn hoofd te prenten of het ook maar te begrijpen.'

'Natuurlijk, dan hoefde hij het maar even in te kijken,' zei Billings, zijn toevlucht nemend tot het laatste wapen van de verslagene: sarcasme.

'Precies,' zei Kaplan, die de spottend bedoelde opmerking op een rustige manier serieus nam.

'Dan zijn we het dus eens, geloof ik,' zei Diamond. Billings zweeg. 'Laten we een nader onderzoek instellen naar het gedicht. Nu heb ik wel vertrouwen in de intuïtie van zijn vriendin, die zei dat hij het haar zou hebben verteld als hij het gedicht voor zijn reis naar Japan van buiten had geleerd. Maar kan hij toevallig dat nummer van de *Kenyon Review* in Japan onder ogen hebben gekregen? En laten we ook nagaan hoe de medische wetenschap tegenover het verliezen en terugkrijgen van een fotografisch geheugen staat. Er is een kans, lijkt me, dat we iets hebben ontdekt.'

9

STRIKT GEHEIM

Compleet Persoonlijkheids-Profiel 327

Onderzochte: Lewinter, A.J.
Projectleider: Billings, Robert
Staf: Kaplan, dr. Jerome S., Farnsworth, Frederick F. Schindler, prof. Erich T.
Bijlagen: Verslagen van door agenten gevoerde gesprekken tussen 15 en 17 augustus

STRIKT GEHEIM

Onverkort verslag van telefoongesprek tussen agent A. Bodkin en professor Whitman Finch, hoogleraar-directeur van het literair-wetenschappelijk instituut Kenyon College, Gambier, Ohio. 15 augustus. Ondervraagde kent voorzover wij weten Lewinter niet.
Finch: In wezen is het gedicht niet zo goed. U begrijpt dat zulke zaken uiterst subjectief liggen. Ik bedoel dit: het is heel goed mogelijk dat iemand zo'n gedicht aanvaardt en het zelfs bewondert. Het zegt hem dan misschien iets – zo zouden mijn studenten het, geloof ik, uitdrukken. Het gedicht zegt hun dan iets. Maar ik vermoed dat de overgrote meerderheid van de ervaren critici, als ze bereid waren hun deskundige mening te geven, het met me eens zou zijn dat dit een zeer middelmatig gedicht is. De vorm heeft niets oorspronkelijks. Thematisch is het afschuwelijk verward. De dichter spreekt eerst over de psychische relatie tussen de mens en de paringsdaad. Dan dwaalt hij blijkbaar af naar de cybernetica. Dan bestaat er een zeer duidelijke scheiding – onbedoeld en dus

onartistiek – tussen de vorm aan de ene kant en de inhoud aan de andere. De ritmiek is niet geheel zonder belofte. Maar over het algemeen moet ik toch zeggen – ja, ik moet zeggen dat het bepaald zonder inspiratie is.

Bodkin: Professor, u moet vooral niet denken dat ik hiervoor geen belangstelling heb, maar wat ik eigenlijk wilde weten was of het gedicht, dat dus in dit nummer van de *Kenyon Review* heeft gestaan, ooit door andere bladen is overgenomen.

Finch: O, lieve hemel, nee. Wie zou ooit op het idee komen?

Onverkorte kopie van Strikt Geheim telegram van Richard Matthews Harding, attaché voor culturele zaken op de Amerikaanse ambassade in Tokyo.
Ontvangen en gedecodeerd op de ochtend van 15 augustus. Afzender kent Lewinter voorzover wij weten niet.

afharding ref 121352z
dit moet het vreemdste verzoek zijn dat we ooit hebben ontvangen stop alle bibliotheken tot op honderd mijl van tokyo uitgekamd en er slechts één ontdekt die oude nummer kenyon review bewaart nl universiteit kyoto stop kyoto meldt nummer september 1964 niet aanwezig maar kan niet herhaal kan niet zeggen wanneer meegenomen stop toelichting vermissing niets bijzonders volgens bibliothecaresse worden honderden oude nummers engelse tijdschriften meegenomen door luie lezers stop het nagaan van alle particuliere verzamelingen uiteraard onmogelijk maar na uitgebreid onderzoek niemand ontdekt met oude nummers van kenyon review stop hopelijk hiermede voldaan
harding

Verkort verslag van gesprek tussen agent R. Grotten en dr. Louis Krimenger, directeur Krimenger-kliniek voor geestelijk gestoorden. 16 augustus. Ondervraagde kent Lewinter voorzover wij weten niet.

Krimenger: (hoest) Rookt u? Ik weet dat het vergif is, maar ik kan het niet laten. (hoest) Waar waren we ook weer? O ja, het antwoord op uw vraag is eenvoudig. Het komt zeer zelden voor, maar het is wel mogelijk. (hoest) Er is een beroemd geval geweest in 1934: een vrouw die Evers of Evans of zoiets heette verloor haar fotografisch geheugen en kreeg het later terug. Goed gedocumenteerd, herinner ik me. Zeg, als u nog zo'n geval hebt, wil ik het met genoegen gratis voor u onderzoeken. Ik zou er een interessant artikel over kunnen schrijven.

Verkort verslag van gesprek tussen agent F. Luftwell en dr. Gerhard Grueneberg, hoofd psychiatrische dienst, Bellevueziekenhuis en beheerder van het Freud-archief in Washington. 16 augustus. Ondervraagde kent Lewinter voorzover wij weten niet.
Grueneberg: Ik neem aan dat het altijd mogelijk is. Ik zou wel gek zijn als ik zei dat het niet kon. Maar ik ken geen enkel geval van iemand die zijn fotografisch geheugen heeft teruggekregen.
Luftwell: Er is me gezegd dat er in 1934 iemand is geweest…
Grueneberg: Ach ja, dat ene geval wordt altijd aangehaald. Die vrouw heette Evak. Een mystificatie. Ze werkte in een circus, waar ze haar fotografisch geheugen demonstreerde. De truc dat ze het soms verloor en dan terugkreeg – die gebruikte ze eenvoudig voor de reclame. In 1934 heeft een naïeve arts haar serieus genomen…

Verkort verslag van gesprek tussen agent S. Eckart en het congreslid Fred Walters op diens kantoor in New York. 16 augustus. Ondervraagde zou met Lewinter hebben gesproken over diens voorstellen om een nationale maatschappij voor de verwerking van vaste afvalstoffen op te richten.
Walters: Ik werk altijd graag met uw dienst samen. In de oorlog heb ik zelf bij de inlichtingendienst van het leger gewerkt, weet u. Om u de waarheid te zeggen herinner ik me de naam niet. Er staat me vaag iets voor de geest dat iemand me een paar maanden terug aan mijn hoofd heeft gezeurd over een plan om glas-, ijzer- en staalafval door buizen naar regionale centra te pompen, waar het zou worden verwerkt. Maar die man was een fantast. Zeg, als het belangrijk voor u is, kan ik het mijn mensen in het archief laten nakijken.

NB: Bij onderzoek kwam een gestencild rapport aan het licht met Lewinters naam erop, waarin de oprichting van een nationale maatschappij voor de verwerking van vaste afvalstoffen werd gepropageerd. Het stuk is genummerd 17C en in de rechterbovenhoek van de titelpagina en de veertien pagina's die erop volgen voorzien van mijn initialen.

Verkort verslag van gesprek tussen agent A. Bodkin en Thomas A. Osborne, plaatselijk directeur van Consol-O-Debt in Boston. 17 augustus. Ondervraagde zou met Lewinter hebben gesproken nadat laatstgenoemde een lening had aangevraagd.

Osborne: U begrijpt dat wij gewoonlijk geen inlichtingen over onze cliënten verstrekken. Wij willen de mensen graag het gevoel geven dat ze zich even vertrouwelijk tot ons kunnen wenden als tot een pastoor of een dominee.

Bodkin: Dat begrijp ik, meneer Osborne, en het is heel vriendelijk van u voor ons een uitzondering te maken. Wij waarderen dat. Uw regering waardeert het.

Osborne: Ja, nu, ik heb zijn aanvraag hier voor me liggen. Na uw telefoontje heb ik het opgezocht. Hier is het, ziet u wel: A puntje, J puntje Lewinter, hoofdletter L. kleine w.

Bodkin: Ja, dat klopt.

Osborne: Nu ja, dit is een klassiek geval van een man die een behoorlijk salaris verdient – eh… vraag 12, ah, hier, 17.500 dollar per jaar – ja, een heel behoorlijk salaris – en geen kans ziet ermee rond te komen. Wat betekent dat hij niet met geld kan omgaan. We doen veel zaken met mensen van dit type; we verstrekken hun één lening zodat ze hun schulden kunnen consolideren. Ik kan u dit zeggen, meneer Bodkin: het is bevredigend werk, mensen uit hun financiële moeilijkheden helpen. Weet u, wij zijn geen ordinaire geldschieters. Wij zijn een zaak met een hart.

Bodkin: Hoe hoog was de lening die u Lewinter hebt gegeven?

Osborne: Ja, hmm… we hebben ten slotte besloten hem niet als cliënt aan te nemen.

Bodkin: U hebt hem dus geen geld geleend?

Osborne: Nee, we hebben het niet gedaan. Ik heb de reden niet op dit formulier ingevuld. Maar weet u, die man had iets, ik herinner me dat hij iets had, waardoor ik op mijn hoede was. We moeten in ons vak vaak afgaan op onze intuïtie, meneer Bodkin. En mijn intuïtie zei: pas op met die vent, dat is geen serieuze figuur. Mag ik vragen waarom u naar hem informeert? Heeft hij met een lening gefraudeerd? Ik wil er mijn laatste dollar onder verwedden dat hij heeft gefraudeerd met een lening.

Onverkort verslag van een gesprek tussen agent A. Bodkin en James George Styron, hoogleraar in de chemie aan de universiteit van Boston, medeoprichter en lid van PEACE (Professors Eager about Changing the Earth – hoogleraren die de aarde willen veranderen). 17 augustus. Ondervraagde kende Lewinter, toen die contact had met PEACE.

Styron: Zo, meneer Bidkin, of Bodkin of hoe u ook heet, u hebt me dus eindelijk te pakken.

Bodkin: Bodkin, mijn naam is Bodkin. Ik kreeg de indruk dat u me liever niet wilde ontvangen.

Styron: Natuurlijk wilde ik dat liever niet. Al moet ik toegeven dat ik dit bezoek wel verwachtte. U vindt het, hoop ik, goed dat ik mijn eigen taperecorder ook aanzet? Verdomme, hoe krijg je die ellendige cassette erin?

Bodkin: Een hele slag draaien. Precies.

Styron: Goed, laat me eens raden waarom u bent gekomen. U vermoedt dat onze PEACE zoiets is als een communistisch complot om Groot-Boston over te nemen, de jeugd opstandig te maken en LSD in het leidingwater te doen. Klopt dat niet? Uw chefs begrijpen niets van radicalen zoals ik, die binnen het systeem willen werken om dat te veranderen.

Bodkin: Meneer Styron…

Styron: Professor, graag. Laat u niet misleiden door de naam van onze groep. Ik geef toe dat PEACE (Vrede) ontzettend afgezaagd is; persoonlijk was ik voor een naam die minder populair maar ook minder afgezaagd was. Misschien is het eigenlijk wel goed dat u me te pakken hebt gekregen. Dit gesprek zal u hopelijk enigszins vertrouwd maken met onze humanistische achtergrond en met het subtiele mechanisme waardoor een humanist verandert in een activist. Weet u iets van de humanistische traditie, meneer Bidkin?

Bodkin: U bedoelt Bodkin, professor Styron. De B van Bernard, de O van Otto, de D van Dora, de K van Karel, de I van Izaak, de N van November – Bodkin.

Styron: U lijkt me nogal gevoelig wat uw naam betreft, niet?

Bodkin: Professor, ik weet niet wat uw secretaresse u heeft verteld, maar ik kom hier niet vanwege PEACE, niet rechtstreeks tenminste. Ik verzamel gegevens over een vroeger lid van uw groep, professor Lewinter van het MIT.

Styron: Lewinter?

Bodkin: A puntje, J puntje Lewinter. Hebt u hem goed gekend?

Styron: Nu sta ik toch te kijken; u hebt dus die hele reis gemaakt om naar Lewinter te vragen? Of ik hem ken? Niemand kende hem. Hij is nooit lid geweest van onze groep. Hij is op vier of vijf bijeenkomsten geweest, en dat vonden we prettig want we willen graag dat onze technologische collega's van het MIT zich bij ons zullen aansluiten.

Bodkin: Had hij iets opvallends? Gaf hij ronduit zijn mening?

Styron: Nu, dat is het curieuze: hij heeft nooit ook maar één woord gezegd, behalve de laatste keer. We bespraken toen een sneeuwbalactie in kringen van de wetenschap. Zoals gewoonlijk verdedigde ik het activistische standpunt, dat geef ik zonder schaamte toe. Als we het Witte Huis konden overstromen met honderdduizend of zelfs een half miljoen brieven, niet ondertekend door Jan, Piet en Klaas, maar door de wetenschappelijke elite, zou de president daar aandacht aan moeten schenken. Lewinter werd erg enthousiast over dit idee…

Bodkin: Hoezo, enthousiast?

Styron: Hij zwaaide met zijn armen en verweet ons dat wij elitair dachten. Ik kreeg de indruk dat hij voor een meer revolutionair optreden was dan waartoe wij bereid waren. Na die avond heeft hij zich nooit meer laten zien, en ik moet zeggen dat het me niet spijt. Het is al moeilijk genoeg om iets concreets te organiseren, ook zonder dat je wordt gehinderd door mensen zoals hij.

Bodkin: Hebt u later nog wel eens van hem gehoord?

Styron: Alleen een gerucht: Lewinter zou contact hebben gezocht met de MDL'ers in Harvard. Dat zijn nu de mensen die uw dienst in het oog zou moeten houden, ons niet.

Verkort verslag van gesprek tussen agent G. Brandt en Nancy Mitgang, die geweigerd heeft 50.000 dollar borgtocht te storten en nu op verdenking van het bewaren van springstoffen wordt vastgehouden in het huis van bewaring aan Charles Street. Ondervraagde was lid van de Militante Democratische Liga (MDL) gedurende de periode waarin Lewinter contact met die groep zou hebben gehad.

Mitgang: Aan me reet. Dat zijn de laatste woorden die je van mij te horen krijgt. Als jij denkt dat ik jou meer over Hank zal vertellen dan ik de anderen heb verteld, ben je een zulthoofd. Schei dus maar uit met je mooie smoesjes. Rot op!

Brandt: Ik wil helemaal niet praten over jou of Hank of de MDL.

Mitgang: Waarover dan? De theologie van William Blake? De seksuele beeldspraak bij de metafysische dichters? Waarover dan?

Brandt: Lewinter. A.J. Lewinter. Herinner je je die?

Mitgang: (langdurig geschater) Lewint... (schatert opnieuw) Je bent zeker... (schatert opnieuw)

Brandt: Mag ik vragen waarom je zo lacht?

Mitgang: Lewinter. Het is zo'n krankzinnige combinatie: een rotzak als jij die vraagt naar een haas als hij. Godsklere, wat heeft hij gedaan? Een brief te laag gefrankeerd? (schatert weer)

Brandt: Ik dacht...

Mitgang: (schatert)

Brandt: Ik dacht...

Mitgang: Wat dacht je? Je dacht dat je me met mooie smoesjes kon uithoren? Nou, er valt niets uit te horen. Lewinter heeft nooit echt meegedaan met de groep. Hij had wat oppervlakkig contact met ons, meer niet. Je bent aan het verkeerde adres met je mooie smoesjes. Lewinter was zo geremd dat een psychiater bij wie hij op de divan zou gaan liggen zich rot zou zijn geschrokken. Een van ons had hem meegenomen naar Martha's Vineyard toen we daar een sensitivity-trainingsweek hielden, en hij viel bijna flauw toen we allemaal naakt gingen zwemmen. Een van de meisjes heeft later met hem geneukt en ze zei dat hij zijn kleren niet wilde uittrekken voor ze godverdomme het licht had uitgedraaid. Het gekke was nog, zei ze, dat hij lang niet slecht was toen hij eenmaal op gang kwam. Dat weet je nooit, hè? Ik wed dat jij ook met het licht uit neukt!

Brandt: Heb je hem nog gezien na die week op Cape Cod?

Mitgang: Ik geloof dat hij nog een poosje bij ons heeft rondgehangen. Maar hij heeft nooit aan iets meegedaan.

Brandt: Hoe verklaar je dat?

Mitgang: Hoe verklaar ik wat?

Brandt: Dat hij een poos bij jullie heeft rondgehangen? Dat jullie het toelieten, terwijl hij zo'n brave burger was?

Mitgang: Dat wilde Hank, geloof ik. Hij dacht dat Lewinter enorme mogelijkheden had. Iedereen vergist zich wel eens, niet?

10

Diep ineengedoken, met gebogen knieën, zijn linkerhand met gespreide vingers al tastend naar voren, de rechterhand naar achteren, losjes gebogen om het als een pistoolgreep gevormde heft van het mes, zoog Harry Dukess snakkend naar adem lucht in zijn longen. Terwijl hij hijgde, speurden zijn instinct en zijn vingers, als de punt van een spiraalvormig bewegend rapier, naar de kans die hem in staat zou stellen zijn tegenstander te doden. Maar Dukess was een vorm zonder inhoud, een versleten stalen veer, opgerold zonder spanning, die los zou schieten zonder kracht. Toen de kans kwam, deed Dukess een onbeholpen uitval. De jongere man weerde de aanval met een pijlsnelle polsbeweging af en zijn arm met het mes schoot met een boog onder de dekking door, ging omhoog en trof de oudere man onder de oksel.

'Verrek,' zei Dukess toen het rubberen lemmet omhoogkwam tegen zijn huid. En toen, tussen zijn moeizame ademstoten in: 'Nog één keer.'

Het hele probleem, dacht Dukess om zichzelf te troosten, was niet zozeer zijn lichamelijke als wel zijn geestelijke reactie: geconfronteerd met Van Avery's beweeglijke pretgezicht kon hij niet geloven dat hier werkelijk gevaar dreigde. Ditmaal, dacht Dukess, zou hij het gevaar oproepen uit zijn voorraad herinneringen; hij zou Van Avery vervangen door een ander, zoals een man soms de liefde bedrijft met de ene vrouw terwijl hij denkt aan een andere. Hij dook weer in elkaar en probeerde zich te herinneren hoe de Bulgaar er had uitgezien vlak voor hij hem doodde. Afgezien van de snor kon hij zich diens trekken niet meer voorstellen, alleen de kille dreiging die van de man uitging. Hij probeerde die dreiging weer te voelen, maar kreeg alleen een vluchtig beeld van het moment, zonder inhoud. Hoe ernstig of hoe vaak hij het ook probeerde, Dukess kon die eigenaardige mengeling van vrees en wellust niet meer voelen die bij de enkele gelegenheden waarop hij voor zijn leven had moeten vechten in hem was opgelaaid.

Van Avery gromde, deed alsof hij wilde trappen en maakte toen met zijn linkerhand een schijnbeweging naar Dukess' ogen. De arm van Dukess met het mes ging omhoog om de aanval te pareren die niet kwam. Zijn arm zakte omlaag toen Van Avery's rubberen lemmet vinnig neerkwam en een rode striem achterliet op Dukess' pols met de dikke blauwe aderen.

'De eerste tien minuten,' zei Dukess. Nu hij naast Van Avery op de worstelmat lag die een hoek van de zolder besloeg haalde hij gemakkelijker adem. 'Als het ooit weer zover komt, zal ik hem in die eerste tien minuten moeten pakken. Daarna word ik te gauw moe.'

Dit was een gesprek van vaklui onder elkaar en Van Avery kwam dus met vakkundige kritiek. 'Dat geloof ik niet, Harry. Als je tegenover een beroeps stond, zou hij je taxeren op tien minuten en kalm afwachten tot jij uitgeput was. Dat zou iedereen die getraind is doen. Weet je wat mijn tactiek zou zijn?'

'Wat dan?' Die jonge kerels, dacht Dukess cynisch, waren sneller – maar niet slimmer. Dat hadden ze met hun snelheid ook niet nodig.

'Aangenomen dat de vent niet weet wie je werkelijk bent kun je de boot het beste afhouden. Stil blijven staan, je vuisten een eindje omhoog, als een sukkel op hem afkomen. Maar dan – *rats!*, het mes' – Van Avery maakte een kervende beweging met zijn wijsvinger over zijn keel – 'voor hij beseft dat hij met een beroeps te maken heeft.'

'Daar kan ik wel iets tegen inbrengen,' zei Harry Dukess. Hij spande zijn buikspieren, keek langs zijn lichaam omlaag en zag dat zijn middel nog uitpuilde. 'Waarom zou zo'n vent me willen vermoorden als hij niet weet wie ik ben? Geef daar eens antwoord op, jij. Als hij me wil vermoorden, is er een goede kans dat hij mijn naam, mijn rang en mijn nummer kent – en mijn leeftijd. Nee, ik zou al mijn kracht in die eerste tien minuten gooien.'

'En als dat niet lukte?'

'Als dat niet lukte, zou ik het opgeven, geloof ik.' Bij het vooruitzicht het te moeten opgeven voelde Dukess zich futloos na het schijngevecht met Van Avery op zijn zolder. 'Gek, hoe het je ongemerkt besluipt. De ene dag kun je nog twee, tweeënhalf, misschien zelfs drie uur met Curley op het werk trainen. Maar voor je het beseft hou je het geen halfuur meer vol zonder het gevoel dat je longen zullen scheuren.' Dukess ging rechtop zitten, trok het jasje van zijn grijze trainingspak uit en leunde achterover tegen de muur. 'Wat denk je, Fred? Laten we die gin-tonic opdrinken, gaan douchen en dan de houtskool aansteken. Ik heb biefstukken waarvan je zult watertanden.' Van buiten klonk het hoge gillen van op het gazon stoeiende kinderen. 'Ophouden met dat gedonder, voor er iemand een arm breekt!' brulde Dukess in de richting van het openstaande zolderraam. Het gegil verstomde. Dukess wendde zich weer tot Van Avery. 'Die verdomde kinderen worden nooit wijzer, hè?'

Maar Dukess zocht nog steeds naar zijn jeugd. Hij stak zijn rechterhand op, met de palm naar voren, en keek er aandachtig naar: een forse hand, mollig geworden. 'Met deze hand heb ik drie lui gedood.' Dukess sprak nu zacht. 'Twee met een mes en een heb ik onder water gehouden tot er geen belletjes meer kwamen. Ze zouden alle drie hetzelfde met mij hebben gedaan. Gek om nu op een zolder te zitten in afwachting van de zondagse barbecue en daaraan terug te denken. Gek.'

'Ik heb nooit iemand persoonlijk gedood. Daarvoor ben ik te laat in dit vak gekomen,' zei Van Avery. Er klonk een tikje spijt in zijn stem.

'Je zou het kunnen, weet je. Je bent er beheerst genoeg en snel genoeg en nuchter genoeg voor. Ik weet zeker dat je het zou kunnen als het moest.'

'Ik ben blij het te horen, Harry. Maar ze zeggen dat je het nooit weet voor je het doet.'

'Nu ja, die tijd is voorgoed voorbij. Niemand vecht meer op leven en dood. We leven nu in de eeuw van de schijnbewegingen.'

'Har-ry!' Dukess' vrouw, die haar ergernis probeerde te maskeren achter een schertsende langgerekte kreet, riep door de vloerplanken naar omhoog. 'Het is al halfzes en het duurt minstens een halfuur voor de houtskool gloeit. 'Har-ry, hoor je me?'

Dukess boog zijn handen om zijn mond. 'Ik kom eraan, Clara!' brulde hij. Maar hij kwam niet in beweging.

Van Avery stond op en begon tai chi chuan-oefeningen te doen die hij tijdens een verblijf in Saigon van een nationalistische Chinese agent had geleerd. Het was een schouwspel vol stijl en gratie; karateachtige slagen werden als in een handleiding in martelend traag tempo uitgevoerd. 'Hoe... ging... het... in... Bangkok... Harry?' vroeg hij, de woorden aanpassend aan het ritme van de bewegingen.

'Heel vlot,' antwoordde Dukess. 'Zoals ik al zei: weer zo'n sof waarvan geen mens ooit zal horen – hoop ik. Bureau Bangkok had iemand laten verdwijnen die toevallig een paar vrienden te veel had.'

'Heb... je... die... vrienden... ook... laten... verdwijnen?'

'Eén omgekocht, één laten verdwijnen.' Dukess keek toe terwijl Van Avery om zijn as draaide en zijn vuist vanaf de schouder als een langzaam bewegende zuigerstang liet uitschieten. 'Heb je al een hoogleraar gevonden voor die reis naar China, Fred?'

Van Avery zonk terug op de mat. 'Wil je wel geloven dat we het dossier van A tot Z hebben doorgelopen en alleen een vent die in Berkeley kunstgeschiedenis doceert konden opdiepen, die zei dat hij er eens over zou nadenken? We vinden wel iemand, maar misschien kost het ons meer dan we hadden gedacht.'

'Verdomme,' zei Dukess. 'Ik herinner me de tijd nog toen ze ons kwamen smeken om opdrachten. Toen waren we nog geen paria's. Je kon heel gemakkelijk iets van hen gedaan krijgen – wij zorgden dan dat er een boek of een artikel van hen werd gepubliceerd, of zelfs dat ze aan een of andere universiteit werden benoemd. De tijden zijn wel veranderd. Niet alleen wat de wetenschappers betreft. Wanneer hebben we voor het laatst een prima agent aangenomen? De pientere jongelui willen niet meer voor de inlichtingendienst werken. Ze kunnen met ander werk veel meer geld verdienen.'

'Dat lijkt me nog niet eens de voornaamste reden, Harry. Het is meer dat ons werk voor de individualisten die tegenwoordig door de universiteiten worden afgeleverd te collectivistisch is. Ze hebben geen idee van samenwerking.'

'Ik weet alleen dat er van mij sensationele coups worden verwacht met tweederangskrachten – waarmee ik jou natuurlijk niet bedoel, Fred. Verdomme, het is toch te gek dat ik me moet ophouden met de dagelijkse samenvatting van de sovjetpers? Ik kan mijn tijd beter gebruiken. Maar we krijgen eenvoudig geen doordouwers meer. Ik herinner me nog dat jij kwam solliciteren. Je trapte de deur bijna in, zo graag wilde je. En je ging niet tekeer als je een paar avonden moest overwerken of geen vakantie kon nemen.'

Dukess schudde zijn hoofd. 'Maar aan die wetenschappers erger ik me rot. Echte opportunisten. Je hebt van Diamonds CPP zeker ook niemand kunnen strikken?'

Van Avery liet zich met kaarsrechte rug in kleermakerszit op de vloer zakken en begon met zijn ineengehaakte handen isometrische oefeningen te doen. 'Ik heb wel iemand, maar vraag me niet hoeveel het kost.'

'Meer dan 2.500?'

'Op de kop af drie mille.'

Dukess floot. 'Voor zo'n bedrag had ik het hele gemeentehuis van afluisterapparatuur kunnen voorzien. Wie is het geworden?'

'Schindler, die fysicus. Herinner je je dat hij ons vier jaar terug bij die Pugwash-conferentie in Belgrado een dienst heeft bewezen?'

'Had hij het dan nu niet voor niets kunnen doen? Dreigen met een berichtje in de pers…'

'Dat heb ik geprobeerd, maar hij is een sluwe oude vos. Als zich iemand tot de kranten wendde, dan zou hij dat zelf doen, zei hij, en daarna zou er nooit meer een wetenschapper voor ons willen werken. Heibel met een wetenschapper kunnen we helemaal niet gebruiken, en dus heb ik hem betaald.'

'En?'

'En wat?' vroeg Van Avery.

'Wat gebeurt er bij het CPP?'

'O, bedoel je dat. Het is echt bizar, Harry.'

'Hoezo, bizar? Hebben de stofzuigers nog geen inlichtingen verzameld?'

'Inlichtingen hebben ze genoeg, maar tot dusverre weet niemand wat ze eruit moeten concluderen. Het schijnt dat Lewinter dik in de schuld zat. Er liep een aanklacht tegen hem wegens achterstallige alimentatiegelden.'

'Hij is dus gevlucht omdat hij schulden had?'

'Er zit meer achter. Hij had contacten met revolutionaire groeperingen in en om Boston – eerst met de PEACE-beweging…'

'Daar hebben we een dossier over, niet?' Dukess haakte zijn handen ineen zoals Van Avery had gedaan en probeerde ze los te trekken.

'De plaatselijke FBI heeft een agent in het bestuur zitten. Niet zo wild, Harry, een contante druk uitoefenen – ja, zo. Lewinter kende ook mensen van de MDL, maar hoe ver dat ging is nog niet duidelijk. En dan is er nog die rare geschiedenis met de afvalstoffen.'

'Afvalstoffen?'

'Het schijnt dat Lewinter een project had voor het verwerken van vaste afvalstoffen en dat hij daarvoor miljarden dollars wilde loskloppen bij de federale regering. Hij heeft zelfs iemand op Capitol Hill benaderd. Lewinter vond het project blijkbaar enorm belangrijk en – nu komt het interessante – zijn broer, die een nuchtere vent schijnt te zijn, meent dat Lewinter hoopte Rusland voor zijn plan te interesseren.'

'Dat zou het toppunt zijn: overlopen om de communisten aan een vuilnisdienst te helpen!'

'Er komt nog meer. En wat nu volgt is nogal verwarrend. Het schijnt dat Lewinter een fotografisch geheugen had, dat hij zou hebben verloren toen hij een jaar of acht was. Maar vlak voor hij overliep, diezelfde dag, stuurde hij zijn vriendin een kaart waarop hij een gedicht citeerde.'

'Nu ja, een intellectueel. Wat is daar voor bijzonders aan?' vroeg Dukess.

'Het schijnt dat hij het gedicht maar eenmaal in zijn leven had gezien, en wel acht maanden eerder. En toch kon hij het opschrijven.'

'Dat wijst dus weer op een fotografisch geheugen, niet? Misschien had hij het gedicht in Japan ontdekt – daar hebben ze ook bibliotheken, weet je.'

'Nee. Het CPP heeft dat gecontroleerd. De attaché voor culturele zaken in Tokyo zegt dat er geen exemplaar van het gedicht in Tokyo te vinden was. Om de zaak nog verwarrender te maken, heeft het CPP bij artsen geïnformeerd naar het fotografische geheugen. Volgens de een kun je het wel terugkrijgen, volgens de ander niet.'

'Wat heeft het CPP uit al dat materiaal afgeleid?'

'Dat is ook zoiets. Billings, die officieel projectleider is, wil de zaak zo onschuldig mogelijk voorstellen: Lewinter is ervandoor gegaan omdat hij schulden had en zo en heeft niets meegenomen. Hij identificeert zich met zijn departement en wil niet dat het een slechte beurt maakt. En hij wil niet riskeren dat een andere instantie, wij bijvoorbeeld, met de veiligheid van MIRV wordt belast, wat mogelijk gebeurt als blijkt dat Lewinter belangrijke informatie over MIRV heeft meegenomen. Tot zover is het me allemaal wel duidelijk. Maar nu komt Diamond, die de meeste CPP-conferenties heeft bijgewoond en volgens onze bron van drieduizend dollar de baas speelt. En hij is er blijkbaar op uit de zaak zo ernstig mogelijk voor te stellen. Diamond was degene die de aandacht heeft gevestigd op dat fotografisch geheugen en hij vindt Lewinters radicale contacten hoogst verdacht. En de psychiater van de groep valt Diamond in alles bij, volgens onze fysicus louter en alleen omdat hij gloeiend de pest heeft aan Billings.'

'Een gezellig stel, niet?'

Van Avery bleef het een vreemd geval vinden. 'Ik kan me wel voorstellen dat Billings zo weinig mogelijk ophef wil maken, maar waarom probeert Diamond de zaak op te blazen? Jij kent hem, Harry. Misschien heb jij een verklaring?'

Dukess, die met zijn hoofd tegen de zoldermuur leunde, dacht een ogenblik na. Plotseling stond hij op en wenkte Van Avery hem te volgen. 'Ik moet je iets laten zien.' De andere zolderhoek, bij de trap, was Dukess' kantoortje. Er stonden een kleine houten tafel, een boekenkast met publicaties van de buitenlandse dienst, een bureaulamp en een brandkastje. Dukess draaide aan het combinatieslot, opende de kleine safe en haalde er een plakboek met knipsels en foto's uit. Hij legde het op het bureau en begon te bladeren. 'Kijk, hier zie je Diamond en mij bij de parachutistentraining in Engeland. Op deze foto zie je Diamond en Viktor – je herinnert je dat ik je heb verteld over Viktor, die in Tsjecho-Slowakije is gefusilleerd? – in bezet Frankrijk. Hier zie je ons alle drie op de Croisette in Cannes.'

'Is dat een Duitse soldaat daar op de achtergrond?'

'Ja. Ik ben een tijdlang Diamonds contactman in Londen geweest en later heb ik me in de Alpes Maritimes bij hem aangesloten. Die is genomen vlak voor de Duitsers onze organisatie oprolden. Hier is er een van vlak na de oorlog: weer Viktor, Diamond en ik. Waar dat was weet ik niet eens meer, we zwierven toentertijd maar wat rond.'

Dukess keek naar de nu bros geworden foto's; zijn ogen waren tegelijkertijd hard van woede en vochtig van nostalgie. 'Nu begrijp je het wel, Fred.'

'Misschien ben ik maar een domme jongen, Harry, maar je zult duidelijker moeten zijn.'

'Diamond probeert het zo ongunstig mogelijk voor te stellen omdat hij van hetzelfde slag is als ik. We verlangen allebei terug naar de goede oude tijd, toen we 48 uur konden werken terwijl we niet sliepen, zonder er last van te krijgen, toen we een week konden leven op nerveuze energie en peppillen, toen we overal waren waar het er heet toeging, toen we gambieten bedachten en wonnen dankzij onze brutaliteit. Voor mij is het nog niet helemaal voorbij – maar Diamond is na die Cernú-zaak door de CIA afgeschoven. Het geval-Lewinter geeft hem iets van zijn vroegere leven terug. Let op wat ik je zeg, Fred: hij probeert het geval niet alleen zo ongunstig mogelijk voor te stellen. O nee, hij zal verder gaan. Die schoft probeert er een operatie van te maken. Het zal hem een nieuw Cernú opleveren.'

Later, veel later, na de gin-tonic en de biefstuk, toen Van

Avery het gezin bijeendreef om weg te gaan, nam hij Dukess bij de arm en trok hem mee naar de afgeschermde veranda.

'Jullie praten altijd over het werk,' klaagde een van de echtgenoten. 'Wat is daar nu zo interessant aan?'

'Ik heb één ding vergeten,' zei Van Avery snel. 'Toen jij weg was, heb ik een van onze mensen Lewinters papieren laten ophalen. Ik vond dat we ze zelf maar eens moesten bekijken. Maar nu weet Diamond dat iemand ze heeft meegenomen – alleen verdenkt hij er de Russen van. Hij heeft er een B 1642 C over uitgevaardigd. Wat vind je, Harry: moeten we bekennen?'

Dukess dacht over het probleem na. 'Ik verdom het Diamond de kans te geven om ons van bemoeizucht te beschuldigen; laten we even afwachten en zien hoe de zaak zich ontwikkelt, goed?'

11

STRIKT GEHEIM

Compleet Persoonlijkheids-Profiel 327

Onderzochte: Lewinter, A.J.
Projectleider: Billings, Robert
Staf: Kaplan, dr. Jerome S. Farnsworth, Frederick F.
Schindler, prof. Erich T.
Bijlagen: Verslagen van door agenten gevoerde gesprekken op 19 augustus

STRIKT GEHEIM

Verkort verslag van gesprek tussen agent A. Bodkin en dr. Simon Kastner, hoofd afdeling Research en Ontwikkeling Neuskegels Ballistische Raketten. 19 augustus. Ondervraagde was Lewinters chef bij het MIT.
Kastner: Ik neem aan dat u in verband met Lewinter komt. Hij wordt vermist, niet? Hmm, dat dacht ik al. Ik wist dat er iets aan de hand was. Geen Lewinter, geen brief, geen telegram, geen boodschap, niets. Is hij ervandoor?
Bodkin: Ik kan u daarover helaas niets zeggen, doctor Kastner. U weet er waarschijnlijk evenveel van als ik.
Kastner: Ja, natuurlijk, ik begrijp het. Jullie laten liever niets los over zo'n geval. Wat wilt u van mij weten?
Bodkin: Nu, u kunt mij in de eerste plaats vertellen wat voor werk hij voor u deed en hoe goed hij het deed.
Kastner: Wilt u concrete bijzonderheden horen of meer iets in het algemeen? De concrete bijzonderheden zijn nogal technisch.
Bodkin: Ik heb wel genoeg aan wat algemeenheden.

Kastner: Heel verstandig. Kon ik dat maar. Goed. Lewinter was – moet ik de verleden tijd gebruiken of de tegenwoordige tijd? Hij is, was gespecialiseerd in keramische technieken en een zeer bekwame vent, natuurlijk, anders zou hij hier nooit zijn gekomen. Zijn speciale terrein is ballistische neuskegels, wat tot de discipline van de keramiek behoort. Hij is – was – lid van een groep die een keramische stof probeert te ontwikkelen die de elektronische golven niet weerkaatst, maar absorbeert. Wat wij zoeken is iets wat elektronisch poreus is. Het eerste land dat zo'n stof vindt zal uiteraard enorm in het voordeel zijn. Het zal betekenen dat de neuskegels niet worden opgemerkt door de vijandelijke radars. De radarpulsen ketsen dan niet meer af op de neuskegels. In lekentaal betekent dit dat je geen echo krijgt, geen stip op het radarscherm. En verdomme, als de Russen ze niet kunnen opsporen, kunnen ze er ook niet op vuren. Kunt u me tot zover volgen?
Bodkin: Ik geloof het wel. Hebt u al iets ontdekt?
Kastner: Ik zou niets liever willen. Nee, de zogenoemde poreuze neuskegel is jammer genoeg nog altijd een vrome wens, om het zo maar eens uit te drukken. De stoffen die het meest veelbelovend zijn, zijn absoluut niet bestand tegen de hitte die ontstaat bij de terugkeer in de atmosfeer. We hebben ons aanvankelijke budget al bijna verbruikt – circa 17 miljoen dollar – en het enig concrete resultaat tot dusverre is een stof die het dopplereffect van een naderende neuskegel met ongeveer zeven procent kan verminderen, wat volkomen waardeloos is, omdat ze aan de overkant het dopplereffect alleen benutten als snelle bevestigingsmethode dat een raket op een bepaald doel afkoerst.
Bodkin: Lewinter bezat dus geen geheimen op zijn eigen terrein die hij kon weggeven?
Kastner: Ik merk dat er met het ergste rekening wordt gehouden. Inderdaad, hij kon niets weggeven behalve wat formules van de stoffen waarmee wij tevergeefs hebben geëxperimenteerd.
Bodkin: Zouden die niet toch een zekere waarde kunnen hebben? Hun onderzoeksterrein verkleinen of iets dergelijks?
Kastner: Theoretisch hebt u gelijk. Maar in de praktijk zou-

den ze toch hetzelfde terrein moeten bestrijken teneinde de zekerheid te hebben dat het geen blunder van ons was. Nee, meneer Bodkin, als mij een Russische Lewinter werd aangeboden, zou ik zeggen: bedankt, maar liever niet.

Bodkin: Was dat het enige waaraan Lewinter werkte: poreuze neuskegels?

Kastner: Voor mij wel. Enkele maanden terug, toen hij net een cursus van drie maanden in de astrofysica had afgesloten, heeft hij een aantal MIRV-banen ontworpen van het type waarbij de loze raketten de indruk wekken echt te zijn, en die met de werkelijke lading een lokraket schijnt. Ik heb ze doorgegeven aan de afdeling Raketbanen.

Bodkin: Wat heeft men met die banen gedaan?

Kastner: Ze zijn afgekeurd. Amateuristisch, werd ervan gezegd. Niet serieus.

Bodkin: En verder? Heeft hij nog ander werk gedaan?

Kastner: Ha. Ha. Ha. Alleen gewerkt aan zijn vuilnishobby. Hebben jullie daar al van gehoord?

Bodkin: Het project om vaste afvalstoffen te verwerken, niet?

Kastner: Precies. Een vrijetijdsbesteding. En niet geheim.

Bodkin: Hoe staat het hier met de toegang? Heeft hij zich toegang kunnen verschaffen tot gegevens die buiten zijn eigen werkterrein vielen?

Kastner: We zijn hier erg streng wat de veiligheid betreft, meneer Bodkin. Het zou voor hem onmogelijk geweest zijn iets te zien te krijgen, wat dan ook, van hetgeen er buiten zijn eigen lab gebeurde. En, zoals ik u al zei, de resultaten van zijn lab zijn tot nog nu toe nihil.

Bodkin: Als hij kennis heeft genomen van geclassificeerd materiaal, hoe kan hij dat dan in handen hebben gekregen?

Kastner: Zoals ik u al zei: dat is onmogelijk.

Bodkin: Maar hypothetisch?

Kastner: Nu ja, hypothetisch had hij dat materiaal dan op het documentatiearchief beneden in de kluis moeten aanvragen. Hij zou dan een ondertekend bewijs van toegang moeten overleggen om een bepaalde map te kunnen inzien. Wat niet kon, want hij had alleen toegang tot materiaal uit categorie 7: informatie over keramische neuskegels.

Bodkin: Maar stel dat hij het materiaal te pakken had gekregen – wat dan? Had hij het kunnen fotograferen of overschrijven?

Kastner: Ook onmogelijk. Zoals ik al zei: we zijn erg streng wat de veiligheid betreft. Hij zou het materiaal uit het archief moeten meenemen naar de leeszaal, waar hij voortdurend in het oog zou zijn gehouden door een van de bewakers. Als hij iets overschreef, zou dat worden vermeld in het logboek en worden gerapporteerd aan de veiligheidsploeg, die mij zou hebben gevraagd waarom hij iets overschreef.

Bodkin: Juist. Vindt u het goed dat ik even rondkijk in het archief en de leeszaal?

Kastner: Ga uw gang, meneer Bodkin. Maar het is tijdverspilling. Wat de veiligheid betreft zijn we hier erg streng. Verdomme, nuchter bezien had Lewinter alleen die amateuristische raketbanen te bieden, en dat malle vuilnisplan. Nauwelijks genoeg om hem over de grens te helpen, hè?

Verkort verslag van gesprek tussen agent A. Bodkin en P.J. Noble, bibliothecaris in vaste dienst, documentatieafdeling Research en Ontwikkeling Ballistische Raketten, bij het MIT. 19 augustus. Ondervraagde heeft voorzover bekend nooit contacten met Lewinter gehad.

Bodkin: Ik begrijp het niet helemaal, geloof ik. Ik dacht dat u de bibliothecaris zelf was.

Noble: Maar dat ben ik ook, weet u. Ik was assistent-bibliothecaris van de documentatieafdeling en ik heb na het ongeluk promotie gemaakt…

Bodkin: Het ongeluk?

Noble: Onze meneer Marmsbury. Hij was erg bijziend, weet u. Kleine oorzaken, grote gevolgen, *n'est-ce pas*? Hij en ik hadden vlak daarvoor nog een praatje gemaakt over de vakantie. De arme meneer Marmsbury was weduwnaar, weet u, en hij zou een zeereis maken speciaal voor swingende singles. Naar het Caribisch gebied. Geen tien minuten nadat we elkaar een goede avond hadden gewenst lag hij dood onder de wielen van een bestelwagen. Stelt u zich voor, nog geen tien minuten later!

Bodkin: Hoe lang geleden is dat gebeurd?

Noble: Even kijken, vandaag is het de negentiende, niet? Negentien, achttien, zeventien, zestien, vijftien, veertien, dertien, twaalf, elf, tien, negen, acht, zeven, zes. Het was op de zesde, morgen is het twee weken geleden.

Bodkin: U bent dus nog maar pas twee weken bibliothecaris?

Noble: Bibliothecaris van het documentatiearchief in vaste dienst, noemen wij dat. Dat is juist. Nu was ik hier al veertien jaar assistent-bibliothecaris, dus ik weet hoe het hier toegaat. Ik ben niet wat men een groentje in archiefzaken zou kunnen noemen.

Bodkin: Vertelt u me eens, meneer Noble: herinnert u zich een van de stafleden hier die Lewinter heet, A puntje, J puntje Lewinter?

Noble: O, ik heb tot twee weken geleden helaas niet veel contact met de stafleden gehad. U moet weten dat de assistent-bibliothecaris van het archief, wat ik dus was, al zijn tijd doorbrengt met het opbergen van stukken en niet de kans krijgt veel van die boeiende figuren te leren kennen. En ik kan me geen bezoek van een Lewinter in de afgelopen twee weken herinneren.

Bodkin: Hmm. Dan zal ik het eens over een andere boeg gooien. Was uw voorganger, meneer Marmsbury, secuur?

Noble: Hij was uiterst zorgvuldig. Ik bewonderde hem erom, echt waar. Hij was de ideale bibliothecaris, meneer Bodkin. Dat zou zijn grafschrift kunnen zijn. 'Hier ligt de ideale bibliothecaris.'

Bodkin: De ideale bibliothecaris.

Noble: Absoluut. In al de jaren dat ik hem heb gekend heeft hij maar één foutje gemaakt. Kent u iemand, meneer Bodkin, die veertien jaar lang een zware taak heeft verricht en maar eenmaal een onbeduidende vergissing heeft gemaakt?

Bodkin: Volgens mij niet. Nee, dat moet wel een record zijn. Waarmee vergiste hij zich die ene keer?

Noble: Och, het stelde niets voor. Een van de kleine vergissingen die ons eraan herinneren dat wij allen mensen zijn. Een van de stafleden kwam hier een maand of twee geleden aan met een handvol raketbaanformules in zijn hand en vroeg naar de map met de banen omdat hij iets wilde vergelijken. Als hij zijn eigen formules niet in de hand had gehad, zou meneer Marmsbury hem die map nooit hebben gegeven. Maar het ontwapende hem bij wijze van spreken dat het staflid zijn eigen baanformules bij zich had. En het was maar een kwestie van minuten.

Bodkin: Minuten?

Noble: Ja, enkele minuten later drong het al tot meneer Marmsbury door dat de man geen recht van inzage had getoond. Hij kan de map in de leeszaal amper hebben geopend. Maar wat brutaal, niet, dat iemand die alleen categorie 7-materiaal mag inzien hier komt vragen naar informatie over raketbanen?

Bodkin: Hondsbrutaal. Heeft meneer Marmsbury het incident gerapporteerd?

Noble: Hij heeft het natuurlijk in het logboek opgenomen. In zulke dingen was hij erg consciëntieus. Maar omdat hij de map al terug had voor de indringer er iets in kon lezen, geloof ik niet dat hij er, zoals ze dat noemen, een staatszaak van heeft gemaakt. Ha, dat is wel de uitdrukking in dit geval, niet? Een staatszaak!

Bodkin: Een zeer passende uitdrukking, meneer Noble.

Verkort telefoongesprek tussen agent A. Bodkin en luitenant Merton Frank van de Bostonse politie. 19 augustus. Ondervraagde kent Lewinter voorzover wij weten niet.

Frank: Marmsbury, Arthur, voorletter R., blank, mannelijk geslacht, 62 jaar, lengte 1 meter 69, gewicht 62 kilo, bruine ogen, grijs haar – die bedoelt u?

Bodkin: Precies, luitenant.

Frank: Juist. De bestuurder is doorgereden, ja zeker.

Bodkin: Hebben jullie die vent te pakken gekregen?

Frank: Nee. Ik herinner me het geval. Vreemd. Hij is overreden door een bestelwagen met een opschrift in felgele letters op beide zijkanten. Een stuk of wat mensen hebben dat opschrift gelezen. Het viel zo op dat niemand de moeite heeft genomen om het autonummer te noteren. FAIRFAX DAIRIES. Dat stond erop. FAIRFAX DAIRIES.

Bodkin: Wat was er vreemd aan?

Frank: Fairfax Dairies is een zaak die niet bestaat – niet in Boston, niet in heel Massachusetts, nergens aan de Oostkust, voorzover we kunnen nagaan.

Verkort verslag van gesprek tussen agent A. Bodkin en Louis Mendelini, bewaker veiligheidsdienst van de leeszaal. 19 augustus. Ondervraagde heeft Lewinter bij diverse gelegenheden in de leeszaal gezien.

Bodkin: Wanneer ben je met pensioen gegaan?

Mendeline: Een jaar geleden, in september. Dertig jaar bij de politie. Met al dat langharige tuig, de seksmaniakken en de drugs heb ik er geen spijt van. Ik hoef niet meer.

Bodkin: Het gaat hier wel heel wat rustiger aan toe.

Mendelini: Een saaie boel, dat wel. Maar de mensen hier zijn tenminste heren. O, ik verveel me rot. Maar als aanvulling op je pensioen is dit niet slecht, begrijp je?

Bodkin: Later zal ik waarschijnlijk ook wel zoiets zoeken. Zeg, vertel eens hoe de zaak hier georganiseerd is.

Mendelini: O, heel eenvoudig. Als zo'n vent iets uit het archief haalt, kan hij het stuk alleen meenemen naar de leeszaal. Chuck – dat is de wacht bij de deur – controleert zijn naam en functie en het etiket op de map, en belt die via de intercom – dat ding hier – door aan mij. Ik noteer in het logboek wat hij zegt, met de tijd van binnenkomen en weggaan – kijk, hier, zo doe ik het. Dan blijf ik rustig zitten en hou hem door dit raam in het oog. In de leeszaal lijkt het een spiegel, je kunt er alleen van deze kant doorheen kijken. Vroeger hadden we hier een gewone ruit, maar die geleerden worden zo zenuwachtig van het idee dat er iemand naar hen kijkt dat we deze oplossing hebben gevonden. Het gekke is: ze weten best dat er iemand zit – sommigen zwaaien zelfs naar de spiegel als ze binnenkomen – maar je zou eens moeten zien wat anderen doen.

Bodkin: Wat dan bijvoorbeeld?

Mendelini: In hun neus peuteren, bijvoorbeeld, of aan hun kont krabben. Ik verwacht altijd nog dat iemand zich gaat aftrekken. En dan zal ik het noteren. Aangekomen zo en zo laat, afgetrokken, dan en dan weggegaan. Ha!

Bodkin: Zeg, herinner jij je een zekere Lewinter, 39 jaar, gemiddelde lengte, kalend, buikje?

Mendelini: Ik herinner me de namen van al die kerels niet. Dat wordt niet van me verwacht. Maar hij zal wel in het logboek staan. Lewinter, zei je?

Bodkin: A puntje, L puntje, Lewinter, hoofdletter L, kleine w.

Mendeline: Kijk, ik heb een alfabetische lijst van hen gemaakt met daarachter de paginanummers van het logboek waarop ik heb genoteerd dat ze hier zijn geweest. Dat systeem heb ik zelf bedacht.

Bodkin: Mag ik zijn laatste bezoek zien?

Mendelini: Laatste bezoek komt eraan. Bladzijde 245. Dat is 44, alsjeblieft, 45. Aha, Lewinter, zie je wel? Komt om 15.35 uur binnen met een map, getiteld *Banen van nuttige lastraketten*, die dat ook mag zijn.

Bodkin: Wat betekent 'ingek'?

Mendelini: Dat is mijn eigen afkorting voor 'ingekeken'. Ik bedoel ermee dat hij het spul alleen heeft doorgebladerd, niet 'verd', mijn afkorting voor 'zich erin verdiepen', die ik gebruik als iemand er echt studie van maakt. Maar kijk, om 15.42 uur, zeven minuten later dus, komt Marmsbury binnen en pakt hem de map weer af.

Bodkin: Marmsbury is dus binnengekomen en heeft hem de map afgepakt! Herinner je je dat incident?

Mendelini: Ach, jezus, nee. Marmsbury kwam zo vaak binnenstormen om lui mappen af te pakken. Hij was erg bijziend, weet je. Ze zeiden dat je de formule van de atoombom kon loskrijgen door hem een lidmaatschapskaart van een oudervereniging onder de neus te duwen. Het zijn mijn zaken niet, weet je. Ik werk hier alleen maar. Maar het is toch wel een verdomd gekke manier om met geheime informatie om te springen, niet?

Bodkin: Dat lijkt mij ook.

12

Leo Diamond was geen nieuw leven begonnen; als een loco-
motief die briesend op een zijspoor staat met een goederen-
wagon achter zich wilde hij het oude weer opvatten waar dat
was geëindigd. En het eerste punt op de agenda, zo scheen
het hem toe, was zich te bevrijden van de zware last die hij
tijdens het interregnum had meegezeuld, de gewoonte om
bij alles wat hij deed de traditie te volgen, de onverschillig-
heid, waarmee hij zijn inzichten voor zichzelf aanvaardbaar-
der maakte en vooral de klok die in zijn brein tikte en hem
er, als hij eens een enkele maal terugkeek, aan herinnerde dat
het halverwege een levensreis te laat was om nog op zoek te
gaan naar oude zijsporen.

De klok tikte niet meer toen Sarah en hij twee dagen voor
het werk aan het CPP zou beginnen het vliegtuig naar New
York namen. In de koele avondschemering van Washington,
terwijl de stad al draaiend achteruitweek, weg van het vliegtuig, leek het een verstandig idee om een vroeger bestaan
voort te zetten.

'... hoe je je voelt als lid van een onderdrukte minderheid,'
zei Sarah. Het lichtje NO SMOKING was uitgegaan. Romme-
lend in een kakikleurige visserstas volgepropt met allerlei
dingen haalde ze een sigaret voor den dag en stak hem op.

'En tot welke onderdrukte minderheid behoor jij dan?' vroeg
Diamond schertsend.

'Die van de linkshandigen natuurlijk,' zei Sarah. 'Jouw mensen van de Veiligheidsdienst hebben je zeker niet verteld dat
ik links ben, wel? Wij zijn de meest gediscrimineerde groep
ter wereld, wij linksen. Alles wordt voor rechtshandigen gemaakt: gitaren, blikopeners, versnellingspoken, geweergren-
dels, camera's en ga zo maar door. We zijn paria's, Leo. Weet
je dat een met de linkerhand afgelegde eed niet geldig is? Dat

het boze oog het linkeroog is, heb je dat ooit gehoord? Als de Fransen van iemand zeggen dat hij *gauche* is, bedoelen ze onhandig. Als de Italianen iemand *mancino* noemen, bedoelen ze dat hij onbetrouwbaar is. Zelfs de Russen zijn tegen ons: als die iets *na levo* doen, dan gebeurt het stiekem.'

Haar lach, zowel teder als triomfantelijk, omspon hen als een cocon en gaf Diamond een gevoel van intimiteit, vertedering, uitverkoren zijn.

Aan de overkant van het gangpad zat een ambtenaar van het Bureau Maten en Gewichten nerveus te spelen met een rekenliniaal; vanuit zijn ooghoek wierp hij af en toe een jaloerse blik op de cocon; hij wist dat die er was en het ergerde hem dat hij erbuiten stond.

In New York was het niet anders. Sarah kon beschikken over een flat aan de East Side – een mannequin die de zomer aan de Egeïsche Zee doorbracht had haar de sleutel gegeven – zodat Diamond en zij veel alleen konden zijn. Maar voor het eerst sinds het begin van hun verhouding zochten ze het gezelschap van anderen. Het was alsof een in het donker gekweekte plant in het zonlicht werd geplaatst. Het gevolg van deze milieuverandering was dat de genegenheid tussen Diamond en Sarah werd versterkt door een broos nieuw element: twee uitverkorenen die samen de wereld trotseerden.

'Heb je haar gehoord?' zei Sarah na het feestje voor de pers in het atelier van de fotograaf voor de groep – waartoe ook Sarah behoorde – die naar Rusland zou gaan om daar de Amerikaanse confectiemode te showen. 'Op het redactiebureau van haar tijdschrift is ze een echte dictator. Ze stelt memo's op met uitspraken als: "Bestaat er iets mooiers dan één enkele tere parel? Absoluut niet!" Dat is haar stijl, weet je: eindigen met een vraag en die dan zelf beantwoorden.'

En Sarah imiteerde haar treffend: '"Wat vind je van oud worden, schat? Het is gewoon ontzettend, niet? Oud worden, bedoel ik. Het is zo... hoe moet ik het beschrijven... zo onvermijdelijk, vind je niet? Ik wel. Ik troost me door mezelf voor te houden dat het onvermijdelijk is. Heb jij een filosofie? Dit is de mijne. Als iets onvermijdelijk is – nu ja, dan kan er echt niet van je worden verwacht dat je eraan ontsnapt, wel?"' En weer voelde Leo zich veilig in de cocon van Sarahs lach.

'Dat gedoe in Rusland,' zei Diamond, 'moet je daar echt heen?' Hij had natuurlijk geweten van de reis, maar om de een of andere reden had de gedachte dat Sarah een week weg zou zijn hem nog niet eerder verontrust.

Pas na het feestje voor de pers begon hij erover. Sarah en Diamond deelden een tafeltje met de Kruzmans, John en Joan, in een propvolle, lawaaiige, groezelige kroeg aan de East Side, waar een enorm dikke dame de leiding had. Ze sloot de deur met haar lichaam af als er binnen helemaal geen plaats meer was. Er ontstond deining aan het tafeltje naast het hunne – een dronken homo had zich opgedrongen aan een groepje dinerende bezoekers en werd door de jeugdige vriend van de man die hij had aangehaald naar de deur getransporteerd. De Kruzmans – zij was moderedactrice, hij werkte voor een reclamebureau – hadden het feestje in het atelier ook bezocht, en omdat ze niets beters te doen hadden wijdden ze zich aan nabeschouwingen. Ze zeiden wat hun inviel, praatten soms door elkaar, luisterden nauwelijks naar elkaar en hadden allebei hun eigen manier om wederzijdse interrupties onmogelijk te maken: hij verhief zijn stem als zij hem het woord wilde ontnemen, zij ging steeds sneller praten en sprak door als het natuurlijker geweest zou zijn te wachten en opnieuw adem te halen of iets nieuws te bedenken. Daarbij zwierven hun ogen voortdurend door het lokaal heen en weer, alsof ze patrouilledienst hadden.

'... die vent met die hangsnor, je moet hem hebben gezien,' zei John Kruzman. 'Die hebben we in Amagansett ontmoet, in Lills schuur, weet je nog...'

'... Lills schuur, zoals jij het uitdrukt, is toevallig...'

John won het van Joan door een half octaaf hoger te gaan en enkele decibels toe te voegen. 'Het is godverdomme een schuur...'

'... verschil... gerenoveerd...'

'... hoe dan ook... gaat het niet om... hangsnor vertelt aan een naïef grietje zonder beha dat hij Fitzgeralds raad wil opvolgen, die van F. Scott, bedoel ik, en zijn roman zo schrijven

alsof hij op de dag nadat hij ermee klaar was zou worden onthoofd...'
'... dat meisje is toevallig Beatrice Joiner... haar lay-outs zijn
zo razend knap dat...'
'... heeft me een idee gegeven voor een kort verhaal...'
'... je kent haar ex-man...'
John ging nog een kwart octaaf hoger en stormde verder:
'Over een vent in een dodencel die een boek schrijft. Kijk...'
'Hoe kom je zo gek, geen beha – bodystocking...'
'... de gevangenisdirecteur is bereid de executie uit te stellen
tot hij het af heeft... Snap je? Hij schrijft die roman alsof hij
zou worden onthoofd zodra hij ermee klaar is! Dus maakt hij
zijn boek nooit af.' John Kruzman beging de fout te lachen
om zijn eigen inval, en zijn vrouw benutte deze pauze en
stoomde door.
'... jullie mannen allemaal hetzelfde kijken nooit naar een
meisje als jullie ergens doorheen kunnen kijken knoopsga-
ten, oksels, bodystocking de geweldigste uitvinding sinds...'
Ze ratelde verder, terwijl haar echtgenoot wachtte op de ha-
pering die hem in staat zou stellen het gesprek weer van haar
over te nemen.
In de cocon waarvan de wanden het gesprek dat als vocht in
de lucht hing absorbeerden herhaalde Diamond zijn vraag:
'Dat gedoe in Rusland, moet je daar echt heen?'
Sarahs vingertoppen lagen luchtig op de rug van zijn hand,
een onderkoelde vorm van intimiteit die de emotie verhe-
vigde. 'Als jij liever hebt dat ik blijf, Leo, dan ga ik niet.'
'Ik wil liever dat je niet gaat.'
'Dan doe ik het niet.'
Die avond in bed sneed Diamond het onderwerp opnieuw
aan.
'Weet je zeker dat je het niet erg vindt?'
'Weet ik zeker dat ik wat niet erg vind, Leo?'
'Die reis naar Rusland,' zei hij. 'Weet je zeker dat je het niet
erg vindt ervan af te zien?'
Opnieuw zei ze hem dat ze niet zou gaan als hij het liever niet
wilde.
De vertrouwelijkheid, altijd ingehouden, altijd opzwepend,

was er nu steeds tussen hen – de druk van haar borst tegen zijn arm terwijl ze zich in de dierentuin naar hem toe boog om te zeggen: 'Ik haat dierentuinen', de vage glimlach wanneer het gesprek verflauwde die leek te zeggen dat woorden als communicatiemiddel tussen hen onnodig waren.

Langzaam, moeiteloos, begon Diamond de details van haar leven waaraan hij iets had te verzamelen. Zo ontdekte hij dat ze ooit actrice had willen worden en daarvoor zelfs twee gloeiendhete maanden op Cape Cod bij een voor de zomer gevormde toneelgroep had gewerkt. 'Het hoogtepunt van mijn carrière,' zei ze vrolijk, 'kwam toen ik de titelrol kreeg in *Tea and Sympathy.*'

Diamond liep erin. 'Dat is niet slecht, de titelrol.'

Sarah vervolgde: 'Ik speelde de thee – ik was de enige van het gezelschap die kon fluiten als een ketel die begint te koken, zodat ik elke avond tussen de coulissen stond en op het juiste moment de thee speelde.'

Ze demonstreerde het, begon zacht en floot steeds luider en schriller, een stoom afblazend gefluit dat ze aanhield tot ze geen lucht meer in haar longen had en haar ogen uitpuilden. En toen gaf ze zich over aan een spasmodisch geschater dat de tranen over haar wangen deed rollen. Later herinnerde Diamond zich die tranen en besefte hij dat ze het zilte residu waren van wat een bittere teleurstelling moest zijn geweest.

Bij een andere gelegenheid vertelde Sarah hoe ze, uitgedost in een matrozenpakje met marineblauwe plooirok, naar een kostschool was gezonden, waar ze het grootste deel van haar vrije tijd had gebruikt met het schrijven van wanhopige brieven aan haar vader waarin ze hem smeekte weer thuis te mogen komen. Na acht maanden had hij eindelijk toegegeven – maar het in die tussentijd verkregen patina van eenzaamheid was gebleven als een zwakke geur die met wassen niet verdwijnt.

'Wat deed je op die kostschool?' vroeg Diamond.

'Als ik geen lange brieven vol zelfbeklag naar huis schreef, zat ik op een bed over seks en acne te praten met een kamer vol puisterige maagden.'

'Waar praten meisjes over als ze over seks praten?'

'In de loop der tijd zo ongeveer over alles: maagdelijkheid, oraal contact, hoeveel calorieën sperma bevat, of je hem bij de seks zou leiden of alles aan hem zou overlaten. Dat was een belangrijke vraag, herinner ik me: of je hem moest leiden.'

'Wat heb jij besloten?'

Sarah glimlachte onschuldig. 'Weet je dat niet?'

Geleidelijk begon Diamond Sarah door die confidenties en nieuwe inzichten in een ander perspectief te zien. Wat hij voor kinderlijke onschuld had aangezien – een eendimensionale fictie, ontsproten aan zijn eigen naïveteit, zoals hij nu besefte – was kinderlijk noch onschuldig, maar eerder een resolute, bijna verbeten openheid. Het was die eigenschap, besloot Diamond nu, die hem had aangetrokken: haar weigering zich zelf te beschermen uit vrees daardoor een ervaring te missen. 'Ik heb nooit iemand kunnen bereiken zonder dat ik muren omvergehaald had,' zei hij haar op zo'n ogenblik van peinzende vertedering. Ze liepen van de dierentuin terug naar de flat en wandelden in oostelijke richting door 60th Street langs het stof en afval van de metrobouw, langs rijen arbeiders die nors kijkend op de stoep zaten met hun rug tegen de muur en de meisjes opnamen. Om Sarah en Diamond heen vormden mensen een stroom in tegengestelde richting of formeerden kleine draaikolken, wachtend tot het verkeerslicht op groen zou springen of een stemming zou omslaan. 'Het is bijna…'

'Bijna wat?' drong Sarah aan.

'Bijna alsof ik mijn hele leven tegen muren heb gevochten en of jij het eerste wezen van vlees en bloed bent met wie ik werkelijk contact heb.'

Vlak voor ze de flat hadden bereikt kwam Diamond op die openheid terug. 'Elke keer dat ik de liefde bedreef met mijn vrouw' – en hij moest zich beheersen bij dat 'vrouw' niet ineen te krimpen – 'kreeg ik het gevoel dat ze me een gunst bewees. Jij geeft me het gevoel dat je jezelf een gunst bewijst.'

Sarah dacht hierover na. Even later zei ze: 'Wat een andere manier is om te zeggen dat ik een zelfzuchtig kreng ben.'

'Nee, dat niet, dat helemaal niet. Iedereen is zelfzuchtig, iedereen houdt zich bezig met zichzelf. Maar jij, jij snakt naar ervaringen.' Na een poosje vervolgde Diamond: 'Soms vrees ik dat ik voor jou alleen maar een nieuwe ervaring ben.' Hij wilde nu dat ze hem zou tegenspreken, zou protesteren dat hij veel meer voor haar betekende. Maar ze registreerde alleen wat hij zei en wat hij wilde en bleef zwijgen.

Sarah had nog een andere kant, en die ontdekte Diamond toen hij haar opbelde van het huis waar het CPP bijeenkwam. Hij zei haar dat hij zojuist de tweede serie rapporten van door agenten gevoerde gesprekken had ontvangen en ze wilde lezen voor hij terugging naar de flat.

'Kun je dat morgenochtend niet doen, Leo? Ik voel me verschrikkelijk rot.' Haar stem, nors en toonloos, klonk niet vragend meer, maar bijna smekend.

'Ik wil het liever nu doen,' zei Leo vlug. Zijn blik ging al snel over het eerste blad. 'Ik wil niet achter raken.'

'Sorry, Leo.' Het was een verontschuldiging die niets verklaarde. 'Laat maar.' En ze hing onmiddellijk op.

'Wat had jij nou?' vroeg Diamond toen hij eindelijk in de flat aankwam.

'Af en toe heb ik zo'n bui,' zei ze. Ditmaal verklaarde ze het wel, maar verontschuldigde ze zich niet. 'Dan lijkt alles me zo grijs op grijs: de lucht, de straat, de toekomst, het verleden, mijn leven, jou en mij – alles. Op zo'n moment heb ik iets nodig om me even aan vast te klampen – jou zien binnenkomen. Het is nu voorbij. Laat maar.'

Maar Diamond kon het niet vergeten; het drong tot hem door dat hij in Sarah de echo had gehoord van een geluid waarmee hij vertrouwd was: de vluchtige klank van de wanhoop. Zoals Don Quichot zijn lans richtte op de windmolens in zichzelf, zo vocht zij tegen een haar bijna overweldigende radeloosheid. Haar bijna manische openheid, besefte Diamond nu, was een laatste bolwerk tegen de apathie, en apathie lag in het grensgebied van de wanhoop. Zelfs haar verzameling dingen – haar wortels, zoals zij ze noemde – werd hierdoor verklaard, want die schiep een vertrouwd milieu van waaruit ze haar strijd kon voeren en waarop ze zich kon terugtrekken als ze een slag had verloren. Op zo'n ogenblik van ijskoude objectiviteit waartoe hij in staat was zag Diamond zichzelf niet als haar minnaar, maar als een bolder waaraan ze had afgemeerd – voor een dag of een week of een maand – tot de wanhoop haar zou overweldigen en dwingen verder te varen.

'Ik heb spijt van daarstraks, Leo' – kijk, een volledige verontschuldiging – 'toen ik zomaar ophing, bedoel ik.' Plotseling sloeg Sarahs stemming om. Ze spreidde haar armen wijd, handpalmen naar buiten – ze droeg een blauwe spijkerbroek en was tot aan haar middel naakt – glimlachte koket en vroeg: 'Je bent niet boos, hè?'

'Niet boos,' beaamde hij, haar stemming overnemend.

'Wil je vanavond nog uitgaan?'

'Niet als jij geen zin hebt,' zei hij.

'Ik heb geen zin,' zei ze. 'Er zijn nog eieren in de koelkast. Wat denk je van een omelet als avondeten?'

'Een omelet is prima. In de oorlog heb ik in Frankrijk altijd *fines herbes* gegeten. Ik woonde op een boerderij bij een stad die Plascassier heette. Ze hadden er een heleboel kippen en een heleboel eieren, en wanneer alle andere dingen schaars waren aten we dus omelet.'

'Ik kan me jou in de oorlog helemaal niet voorstellen,' zei Sarah, en ze glimlachte, kuste hem op de mond en ging de eieren klutsen. Later, na het eten, vroeg ze hem hoe hij ketchup op een omelet kon doen. 'Dan proef je niets meer,' zei ze.

'Dat is nu juist de bedoeling,' antwoordde Diamond ernstig. 'Sinds Frankrijk haat ik eieren.'

'Verdomme, waarom heb je dat niet gezegd?'

'Dat heb ik, min of meer. Ik heb je verteld dat ik daar altijd eieren moest eten.'

'Maar je hebt niet gezegd dat je ze niet meer lustte.'

'God beware me, heb jij dan helemaal geen fantasie?'

Nog later betrapte Sarah Diamond erop dat hij uit het raam naar de rivier stond te staren in de richting van Manhattan. De zon ging onder achter de torens van Wall Street, zodat de bruggen die het eiland met Brooklyn verbonden zich in al hun contouren scherp aftekenden en de East River veranderde in een vlechtwerk van kwikzilver en schaduwen.

'Zeg het eens?' vroeg Sarah, en toen hij verward opkeek vervolgde ze: 'Waaraan je denkt.'

'O, ik dacht aan Lewinter – je weet wel, die vent die is overgelopen naar de Russen.'

'Hoe gaat het met het CCP?'

'Het heet CPP: Compleet Persoonlijkheids-Profiel. Helaas gaat het precies zoals ik al dacht dat het zou gaan.'

'Hij heeft dus geheimen meegenomen?'

'Het lijkt er wel op. Natuurlijk zullen we het nooit definitief weten, maar alles wijst erop dat hij wel eens de overloper zou kunnen zijn die ons land de meeste schade heeft toegebracht.' En Diamond vertelde verder, waarbij hij de bij het CPP aan het licht gekomen details koos die zijn stelling leken te bewijzen. 'Lewinter had blijkbaar in zijn eigen vak niets bijzonders te vertellen, maar hij heeft een blik kunnen slaan op uiterst waardevol materiaal op een ander terrein.'

'Maar een blik, Leo – wat zou hij daaraan hebben? Hij zou die gegevens dan toch moeten overschrijven of fotograferen of van buiten leren?' Sarah speelde de rol van de amateur tegenover de beroepsman Diamond; ze vuurde snelle vragen op hem af, zoals de aangever de komiek een kans geeft om te schitteren.

'Normaal gesproken wel – aan toegang heb je niets tenzij je het materiaal kunt meenemen. Maar er blijkt een goede kans te bestaan dat onze vriend Lewinter een fotografisch geheugen had.' Diamond vertelde haar van het gedicht en van de dokter die gezegd had dat het mogelijk was zo'n geheugen te verliezen en het later terug te krijgen. 'Hij hoefde de informatie dus maar te lezen en hij was klaar – daarna kon hij de ene formule na de andere opdreunen.'

'Er zit nog meer achter, hè, Leo? Anders zou je niet zo zeker van je zaak zijn.'

Diamond staarde naar de schaduwen die de lichtpuntjes op de rivier doofden. 'Er zit nog veel meer achter – de onderdelen grijpen zo goed in elkaar dat het moeilijk wordt ze op een andere manier te rangschikken. In de eerste plaats is er nadat Lewinter was overgelopen iemand in zijn flat geweest die al zijn persoonlijke papieren heeft meegenomen. We hebben gecontroleerd of het een van onze eigen agenten was. Dat bleek niet zo te zijn, dus het is een van hun mensen geweest. Kennelijk hechten ze er grote waarde aan te weten wie zich tot hen heeft gewend – een duidelijke aanwijzing dat ze hem belangrijk vinden. En dan is er nog de kwestie met die bibliothecaris, Marmsbury. Drie dagen nadat Lewinter was overgelopen – hij moet toen al voor de eerste keer ondervraagd zijn – is de bibliothecaris die hem de map met de geheime informatie had gegeven door een bestelwagen van Fairfax Dairies aangereden en gedood.'

'Samenloop van omstandigheden,' zei Sarah niet erg overtuigend.

'De politie heeft de zaak onderzocht – Fairfax Dairies is in geen enkele staat aan de Oostkust te vinden.'

'Maar waarom zouden ze die bibliothecaris willen vermoorden?'

'Om te verbergen dat Lewinter toegang heeft gehad tot strikt geheime informatie. Zolang wij daarvan geen idee hadden, zouden wij zijn overlopen niet als een ramp beschouwen – en de formules die hij heeft gepikt niet veranderen.'

'Geloof je nou echt dat ze die bibliothecaris hebben vermoord?' vroeg Sarah zacht, ontzet. De hele zaak was plotseling beklemmend geworden.

'In mijn vak, Sarah, geloven we niet in een samenloop van omstandigheden.'

'Wat ga je nu doen in die zaak-Lewinter?'

Diamond lachte, en er klonk niet meer dan een spoortje verbittering in zijn stem. 'Er is een goede kans dat ik er niet meer aan te pas kom. Tenzij ik dringende redenen kan aanvoeren waarom ik eraan moet doorwerken, zal het zaakje wel worden overgedragen aan de CIA.'

'Jij wilt er liever zelf mee doorgaan, hè?'

'Ja, inderdaad, een zaak als deze is… nou ja, een uitdaging. Zoiets is bijna een spel. Je bedenkt zelf een zet. Dan vraag je je af hoe ze je zet zullen interpreteren en wat ze erop zullen antwoorden. En je probeert na te gaan of zij zullen denken dat je hebt bedacht wat hun volgende zet zal zijn. Dan bedenk je een nieuwe zet. Het is net zoiets als schaken, Sarah. Er zijn voor de hand liggende, logische zetten en soms doe je zo'n soort zet. Maar je blijft altijd zoeken naar de briljante nieuwe vondst, de geniale vonk van de fantasie of de intuïtie die je in één op de honderd partijen aantreft. Je herinnert je wat ik je heb verteld over die Cernú-zaak – dat was iets dergelijks, een geweldige manoeuvre die had kunnen slagen... hád kunnen slagen...' Diamond liet de herinnering zwijgen in een suggestie van onuitgesproken spijt. Toen begon hij weer te spreken, op de energieke toon van iemand die nieuwe moed heeft verzameld. 'Schaak jij?' Ze schudde ontkennend haar hoofd. 'Er zijn niet veel meisjes die schaken. Het is ook meer een spel voor mannen – het is een kwaadaardig spel, schaken, sluw en kwaadaardig. Het is oorlog voeren en agressie en de kunst van het winnen – alles tegelijk. Weet je, ik heb vaak gedroomd van een partij schaak met echte mensen als stukken. De stukken die van het bord verdwenen zouden worden gedood...'

'Zou je dat kunnen?' vroeg Sarah zacht. 'Zou je dat echt kunnen?'

'Dat weet ik zeker. Ik zou zelfs kunnen offeren – een man opgeven om een stelling te bereiken, een gambiet te introduceren. Ik weet dat ik er het lef voor heb.'

Het gesprek stokte terwijl Sarah deze mededeling verwerkte. Even later zei ze: 'Wat zou je doen als jij met de zaak-Lewinter zou worden belast? Ik weet al wat ik zou doen.'

Diamond, nog bezig met zijn menselijke schaakspel, toonde maar weinig belangstelling. 'Wat dan?'

'Nou, heel eenvoudig: ik zou de formules die hij heeft gestolen vervangen, nieuwe formules gebruiken. Daarmee zou de informatie die hij kon geven verouderd zijn.'

'Dat zou te veel geld kosten – rond de zestig of zeventig miljard. Probeer het nog eens.'

Het was nu een spel tussen hen tweeën geworden en Sarah was vastbesloten haar amateurstaat te verdedigen. 'Dan zou ik de Russen op een dwaalspoor brengen door hun nog een overloper te sturen met een andere versie van dezelfde informatie. Wat heb je daarop aan te merken?'

'Kost te veel tijd. Het vergt jaren om zo'n intrige voor te bereiden. Als zo'n vent zich maar één keer vergist – met de middelbare school bijvoorbeeld die hij zogenaamd heeft bezocht – dan bereik je er alleen maar mee dat je hen ervan overtuigt dat de eerste overloper een heel belangrijke figuur is met heel belangrijke informatie. Maar laat je niet ontmoedigen. Wil je nog een kans wagen op de hoofdprijs? Stel je de krantenkoppen voor als je wint: BEELDSCHONE MANNEQUIN REDT MIRV.
'Wat is MIRV?'
'Vergeet dat woord maar. Vooruit, probeer het nog eens.'
'MIRV heeft iets te maken met wat hij heeft gestolen, hè? Goed, wat denk je hiervan?' Sarah staarde met gesloten ogen naar het plafond, alsof ze uit haar hoofd een moeilijke som probeerde uit te rekenen. 'Nu weet ik het. Eigenlijk is het heel eenvoudig. Het gaat er alleen om Lewinter in diskrediet te brengen, toch? Of ze hem houden kan ons niet schelen, als ze hem maar niet geloven. Het enige wat je dus hoeft te doen is de Russen ervan overtuigen dat jij hen ervan probeert te overtuigen dat hij een echte overloper is. Als ze merken dat jij hen probeert te overtuigen dat hij echt is, leiden zij daar natuurlijk uit af dat hij een bedrieger is. Wat heb je daarop aan te merken?' Ze was er zeker van dat hij weer kritiek zou hebben.
'Begin eens opnieuw, wil je?'
Ze deed het en eindigde weer met: 'Wat heb je daarop aan te merken?'
Diamond keek met afgewend hoofd naar de rivier, nu een stroom gitzwarte vloeistof. 'Voorlopig heb ik nog helemaal geen aanmerkingen. Ik zal er eens over nadenken.'
De volgende dag zou hun laatste in New York zijn en dus gingen ze vroeg naar bed om er zo veel mogelijk van te profiteren. Lang nadat Sarah in slaap was gevallen lag Diamond nog met wijdopen ogen te staren naar de duisternis van zijn brein. Om twee uur die nacht ging hij naar de keuken en zette een kop koffie voor zichzelf, die hij een tijdlang vergat op te drinken. Toen hij eraan dacht, was de koffie te koud. Om kwart voor zes, toen de eerste strepen lichtgrijs boven de vensterbank zichtbaar werden, schudde Diamond Sarah wakker.

'Hè?' vroeg ze, haar ogen dik van de slaap.

Diamond keek glimlachend op haar neer, alsof hij een binnenpretje had. 'Hoe zou je het vinden om te leren schaken?' zei hij.

DEEL 3
DE REACTIE (USSR)

13

Het grootste deel van de middag regende het, lange ketens van verbonden tranendruppels, die de bladeren als boksballen heen en weer mepten, die zich ophoopten in de uitgeslagen koperen dakgoten en neerkletterden op de grond eronder. Toen Pogodin en Lewinter geruime tijd na donker aankwamen, regende het niet meer maar was het ongeveer honderd meter lange stuk tussen het geplaveide straatje en de datsja in een modderzee veranderd.

'Ik had planken willen neerleggen, maar om een of andere reden lukt het me nooit de kloof tussen de gedachte en de daad te overbruggen,' zei Zaitsev lachend terwijl hij hen binnenliet.

'Dat is een op aarde veelvoorkomende zonde... Ik vergeef je,' zei Pogodin plechtig, en hij beschreef met zijn duimnagel een kruis op Zaitsevs voorhoofd.

'Welkom, welkom, paus Pogodin,' brulde Zaitsev, terwijl hij hartelijk zijn arm om Pogodins schouders sloeg. 'Vertel eens: hoe zeg je "welkom" in het Engels?' Toen Pogodin het hem had gezegd, wendde Zaitsev zich officieel tot Lewinter, stak zijn hand uit en zei: 'Vel-koem.' Zaitsevs adem rook sterk naar drank, zodat Lewinter even rilde. Zaitsev wendde zich weer tot Pogodin. 'Je reisgenoot ziet eruit als een al te weldoorvoed mietje, maar dat dondert niet. Zeg hem dat ik hem welkom heet ondanks zijn zwakke karakter – in mijn zomerhuisje, in Rusland enzovoort, enzovoort, enzovoort.'

Binnen rook de datsja naar nat hout, natte wol en blote voeten. Bemodderde schoenen stonden bij de deur verspreid, waar Zaitsevs gasten ze hadden achtergelaten om te drogen. De kamer zelf was tweemaal zo lang als breed, gebouwd in de stijl van de achttiende-eeuwse Russische landhuizen. De rijk met houtsnijwerk versierde luiken stonden open, zodat de vochtige nachtlucht naar binnen stroomde. Ruiten ontbraken, omdat Zaitsev het huisje alleen in de zomer gebruikte; zodra het warme weer voorbij was, waagde hij zich nooit ver van het comfort dat zijn van centrale verwarming voorziene flat in Moskou hem bood.

Aan de overkant van het vertrek drongen enkele nog natte takken van een plataan door een open raam naar binnen. Een spinnenweb, zo teer dat het uit lichtdraden scheen te bestaan, verbond twee van de bladeren. Een twaalftal mensen, onderling zo verschillend als een Russische intellectueel ze in augustus maar onder één dak bijeen kon brengen, zat, stond of leunde tegen de wanden. Lege en halflege flessen Glenfiddich-whisky en Rémy Martin-cognac en Poolse wodka (van het soort dat op één avond moet worden leeggedronken omdat de fles geen kurk heeft) stonden op de tafels dooreen. Sigarettenpeuken, as en met as bedekte klokhuizen van appels en kersenpitten lagen op en om propvolle schoteltjes. Naast de opening die vroeger de schouw was geweest, maar nu van deuren was voorzien en als drankkast fungeerde, zat een erg mooie, erg dronken ballerina in kleermakerszit op de vloer hevig te snikken. Als iemand haar probeerde te troosten, snikte ze nog wanhopiger omdat, zoals ze al hikkend uitlegde, het enige wat haar carrière als prima ballerina in de weg stond de homoseksuele instelling van haar man was. Homoseksuelen waren de paria's van het Russische ballet.

'Er wordt voorgesteld!' klonk de zware stem van Zaitsev, die met een mes tegen een van de wodkaflessen sloeg om de aandacht te vragen. Zijn ogen waren roodomrand en bloeddoorlopen; hij was vuurrood van de drank en de hitte, en voelde zich in topvorm.

'Vertaal voor me, Jefgenj,' beval hij Pogodin. 'Maak je niet te druk over de namen, want die kan je Amerikaan toch niet onthouden. Maar wees zorgvuldig met mijn verbale kanttekeningen. Die zullen zoals gewoonlijk briljant zijn.' Nu er een nieuwe monoloog van Zaitsev te verwachten was, zweeg het lusteloze gemurmel van de weinig geanimeerde gesprekken; de stemming werd levendiger.

'Dat huilebalkje is Valentina Berezjkova,' begon Zaitsev, wijzend naar de ballerina op de grond. 'Als ze niet snottert, heeft ze het gezicht van een Odette – en de ziel van een Odile.' Iedereen lachte, zelfs de ballerina, door haar tranen heen. De gasten kregen er plezier in.

'Dit is Aleksander Timosjenko, een middelmatige vertaler, laffe hoofdredacteur, een verblekend liberaal licht in de redactie van *Novi Mir*, de traagste activist achter de schermen van de Schrijversbond.' In werkelijkheid was Timosjenko een van de invloedrijkste liberale literaire voormannen van het land, die door Zaitsev zeer werd gerespecteerd. 'Aleks, begroet Jefgenj Michailovitsj Pogodin, een ambivalente intellectueel, een ambivalente humanist, een ambivalente marxist, een ambivalente bureaucraat. Aan de oppervlakte is hij een echte communist. Maar krab iets van de bovenste laag weg en je zult niet Lenin of Marx vinden, maar Taras Bulba. Wat dit betreft deelt hij het lot van Rusland. Ambivalentie, Aleks, vormt de sleutel tot onze zielen. De Engelse schrijver Thomas Carlyle heeft dit al aangetoond, nietwaar, in zijn figuur Diogenes Teufelsdreck – Diogenes – "Uit God geboren", Teufelsdreck – "Duivelsstront". Verder kan de ambivalentie niet gaan. Weet je dat je toestemming moet hebben van het ministerie voor Cultuur om vertalingen van Carlyle uit de Lenin-bibliotheek in te zien? Jammer. Die begreep precies de verhouding tussen het materiële en het spirituele. Zo gaat dat. Kijk, Aleks, hier kun je ook een van de weinigen begroeten die hun uiterste best hebben gedaan om ín Moedertje Rusland te komen, de Amerikaanse overloper Lewinter.'

Zaitsev gebruikte het woord 'overloper' alsof hij een beroep noemde. Pogodin, die over Lewinters schouder leunde, vertaalde slechts een deel van de monoloog – voldoende om het gelach te verklaren, maar zonder de hatelijkheden. Timosjenko, een breedgeschouderde man met een warme glimlach, drukte iedereen de hand.

Een voor een, zoals een onderwijzer de presentielijst voorleest, stelde Zaitsev zijn gasten voor. Zo was er Salomon Kaganovitsj, de befaamde Jiddische romanschrijver, die veertien jaar in een Siberisch gevangenkamp had gezeten en nu als

klusjesman werkte bij Dom Modeli, het bekendste modeate-
lier van Moskou. Eerder op de dag had Kaganovitsj het enige
toilet in het huis gerepareerd, en daarom stelde Zaitsev hem
onder grote hilariteit voor als de 'meester-loodgieter' – wat
ook de titel was van Kaganovitsj' beroemde ongepubliceerde
boek over Stalin. Dan was er Sergei Jevdokimov, componist
van kinderliedjes, die daarnaast aan de lopende band schun-
nige balladen voor de ondergrondse pers vervaardigde.
Zaitsev stelde hem voor als 'Ruslands bekendste specialist op
het gebied van toiletgraffiti'. Zaitsevs vroegere echtgenote,
een verlepte vrouw met een blikkerende gouden tand en een
gênant platte boezem, was er met haar nieuwste echtgenoot,
een weinig bekende journalist die Boebnov heette. Zaitsev
sprak zijn naam opzettelijk verkeerd uit toen hij hen voorstelde en Boebnov durfde hem niet te corrigeren: hij voelde
zich al opgelaten vanwege het feit dat hij zich hier bevond.
Zaitsevs tegenwoordige maîtresse, de Dikke Koe – zoals hij
haar onder vrienden noemde – was de volgende. 'Hier,' zei
Zaitsev, terwijl hij haar rechterborst met één hand omvatte,
'is de godin van de hooikoorts, die van gewoon niezen een
aria weet te maken. Mijn Katrina.' Als op bevel nieste ze en
Zaitsev zei: 'God zegene je, geliefde dame.'
In een hoek bij het raam waar de plataan naar binnen drong
zat Sjliapnikov, een pezige, stille, stomdronken timmerman
uit een naburig dorp. Jevdokimov, de graffitispecialist, had
hem in een café ontdekt en had hem meegebracht om te tonen hoe weinig klassebewust hij was. Maar, zoals Zaitsev opmerkte, dit bewees alleen hoe klassebewust hij in werkelijkheid was. Pal naast de timmerman zat een gast met een
grimmig gezicht, een biochemicus van achter in de dertig,
die Andrej Antonov-Ovsejenko heette. Zijn vader was een
veelbelovende generaal in het leger geweest, tot Stalin hem
bij de zuivering van 1936 had laten executeren. Antonov-
Ovsejenko, die zijn hele leven nog nooit tegen iets had ge-
protesteerd, had zich kortgeleden laten overhalen zijn handtekening te plaatsen onder een manifest waarin van de
regering de heropening werd geëist van de zaak tegen een zekere A. Akselrod, een openhartige dichter, van wie werd aan-

genomen dat hij wegkwijnde in een psychiatrische inrichting voor losgeslagen intellectuelen. Diezelfde ochtend had Antonov-Ovsejenko gehoord dat het manifest, met zijn naam vetgedrukt, in de *New York Times* was verschenen.

'Andrej is amateur-schaatser,' zei Zaitsev, hem voorstellend. Antonov-Ovsejenko begroette de nieuwe gast met een matte glimlach. 'Op het moment,' voegde Zaitsev eraan toe, 'schaatst hij op zeer glad ijs.'

'Als God je niet bijstaat, gaat het jou ook zo!' riep een hoge stem uit een hoek.

Hierom werd algemeen gelachen.

'Wat bedoelt bij daarmee?' vroeg Lewinter toen Pogodin dit had vertaald.

'Ik weet het niet,' zei Pogodin met een verbaasde blik in zijn ogen.

Er waren nog een paar gasten aanwezig: enkele musici van het Bolsjoi, nog een man die niemand kende, door Zaitsev voorgesteld als 'de onbekende gast', en een jongeman van de diplomatieke dienst die Krestinski heette, maar wiens voornaam onherroepelijk verloren was gegaan – tenminste voor de gastheer – toen hij de kamer had betreden. Krestinski, net terug van een dienstperiode op de ambassade van Cairo, had een blikje hasj meegebracht en sommige gasten hadden er voor het diner mee geëxperimenteerd. Na een stuk of wat trekken hadden ze nerveus gelachen en waren teruggekeerd tot de sterkedrank.

'Zaitsev, lieveling,' riep de Dikke Koe, en haar stem klonk op een nasale manier nog muzikaal, 'als je klaar bent met voorstellen, draai dan nog eens een plaat.'

'Ik zal er een draaien voor de Amerikaan,' zei Zaitsev terwijl hij de diamant behoedzaam liet zakken. 'Zeg hem, Jefgenj, dat ik dit doe opdat hij zich thuis zal voelen. Sfeer is alles. Ik hoor dat deze op zijn terrein klassiek is.'

De plaat die Zaitsev opzette was een acht maanden oude rockhit van een Amerikaanse groep die zich de Sins of Omission noemde. De tekst begon:

Ashes to ashes, and yeah
Shit to shit, oh yeah

Everyone's hung up, oh my good christ yeah
On the mirror bit.
(As keert terug tot as en ja,
stront tot stront, o ja
Iedereen krijgt de pest in, o lieve christus, ja,
Van dat spiegelgedoe.)

Overal in de kamer werd door Zaitsevs gasten in extatisch stilzwijgen geluisterd naar woorden die ze niet begrepen. Lewinter had het lied nooit eerder gehoord en begreep het evenmin, maar hij knikte waarderend.

Het feestje had het niveau bereikt dat de stemming nu bloedserieus kon worden of uitgelaten vrolijk – of beide.

Automatisch stak de Dikke Koe haar hand in een enorme tas die aan haar voeten stond en haalde er een nieuwe Franse antibiotische keelspray uit die ze voor een krankzinnig hoog bedrag van een pas uit Parijs teruggekeerde vriend had gekocht. Ze voorzag het plastic apparaatje van een onder druk staande capsule, stak het hele geval in haar mond en begon gelijktijdig te drukken en te zuigen. Het middel, waarvan de geur aan insecticide deed denken, werd tegen de achterwand van haar keel verneveld en steeg op naar de gangen van haar neus, waardoor de verstopping werd opgeheven. Katrina snoot haar neus in een papieren servetje: eerst het ene neusgat, toen het andere. 'Hè, dat lucht op,' zei ze. 'Die Franse middelen helpen echt.'

'Jullie hebben zojuist Katrina bezig gezien met haar hobby,' legde Zaitsev uit. 'Sommige mensen verzamelen schilderijen of postzegels of minnaars, maar onze hypochondrische hooikoortskoningin hier verzamelt medicijnen. En niet zomaar medicijnen, alleen westerse. Jullie zouden haar kast boven moeten zien: een hele apotheek vol Amerikaanse pillen, Engelse zalven en Franse sprays.'

'Ik hecht het meest aan mijn West-Duitse anticonceptiepillen en een Zwitsers laxeermiddel – de chocoladesmaak is hemels,' viel Katrina hem bij.

Pogodin, die ijverig vertaalde voor Lewinter, dacht aan de hooikoortspillen die de Amerikaan had meegebracht.

'Zaitsev, oude zwetser,' zei Timosjenko, de hoofdredacteur van *Novi Mir*, 'ben jij tegen medicijnenverzamelingen, of tegen het verzamelen als zodanig? Als ik je zo hoor, krijg ik de indruk dat je een omgekeerde acrobatische sprong maakt van het bijzondere naar het algemene.'

'Geen vorm van geestelijke acrobatiek gaat jou te snel, Aleks,' zei Zaitsev. Hij nam Katrina de Franse keelspray plotseling af en deed alsof hij zijn keel, toen zijn neus, daarna zijn oren en ten slotte zijn achterste ermee behandelde. Iedereen gierde van het lachen.

'Je vriend,' fluisterde Lewinter Pogodin in, 'is een echte grappenmaker.'

'Ik ben tegen alle verzamelingen,' begon Zaitsev, die kennelijk aan een vrij lang betoog wilde beginnen. 'Ze gaan lijnrecht in tegen het marxisme-leninisme, een melange die hier tegenwoordig communisme wordt genoemd.'

Uit de toehoorders stegen kreten op om Zaitsev aan te vuren.

'Preciseer dat, Zaitsev,' riep de Jiddische romanschrijver Kaganovitsj.

'Je hebt gelijk, ik moet dit nader preciseren. Laat me mijn tong scherpen. Dingen verzamelen – wat dan ook verzamelen – is een vorm van pervers materialisme; het houdt de erkenning in dat er in dit land van de overvloed wel eens iets schaars zou kunnen worden.' Zaitsev sprak sarcastisch, en iedereen vatte het ook zo op – behalve Katrina.

'Maar, Zaitsev, lieveling,' klonk haar zilveren stem, 'er zijn toch schaarse artikelen? Wanneer heb jij voor het laatst een lamp van 100 watt kunnen kopen?'

'Je weet wat de boeren zeggen,' zei Kaganovitsj. 'Het tekort zal onder de boeren worden verdeeld.'

'Precies,' zei Katrina zonder enige logica. 'En wat vind je dan van iemand die mooie dingen verzamelt, kunstvoorwerpen en zo? Dat is toch niet hetzelfde als medicijnen verzamelen die je wel eens nodig zou kunnen hebben?'

'Lieve kind, kunstvoorwerpen of deodorants, het is allemaal een vorm van hamsteren,' antwoordde Zaitsev. 'Waarom zou het verdienstelijker zijn het schone te verzamelen voor de tijd waarin er geen schoonheid op aarde meer zal zijn? Hamsteren blijft hamsteren; het is antisociaal en antisocialistisch, en daarmee uit.'

'En jij, Zaitsev, als jij zou hamsteren, zoals je het noemt, wat zou je dan verzamelen?' De vraag kwam van Timosjenko, die op de rand van een oude divan zat, zijn knieën ver uiteen en zijn gevouwen handen ertussen.

Zaitsev legde twee vingers langs de brug van zijn neus en dacht even na. Zijn blik viel op het tere weefsel dat de twee plataanbladeren verbond. 'Spinnenwebben,' zei hij. 'Ik zou spinnenwebben hamsteren voor de tijd waarin de spin uitgestorven zal zijn.'

'Maar waarom spinnenwebben?' vroeg Pogodin.

'Ach, beste vriend, omdat ze alle door de mens gemaakte bouwwerken belachelijk maken. De harmonie tussen krachten en tegenkrachten is volmaakt. Het ontwerp is functioneel. De bouwmaterialen zijn goedkoop en gemakkelijk beschikbaar. En ze vermoeien de blik nooit, in tegenstelling tot die postneostalinistische afgrijselijkheden die in Moskou worden gebouwd. Heb je van de nieuwe kantoorgebouwen aan de Koetoezovski Prospekt gehoord? Er stond een artikel over in de *Komsomolskaja Pravda*. Ze zijn zo ontworpen dat de ramen niet open kunnen, maar de luchtverversingsinstallatie heeft een veel te geringe capaciteit. In juni is het metallurgische secretariaat er ingetrokken. Een paar weken achtereen hebben ze er zoveel zweet geproduceerd dat de bureaucraten die zich voor dit soort dingen interesseren meenden dat het werktempo er fantastisch hoog moest liggen en alle personeelsleden een premie gaven. Maar in juli weigerde het personeel daar nog langer te werken, premie of geen premie, en toen is het oude gebouw aan de Gorki-straat weer betrokken – zo'n antiek complex dat de ramen er nog scharnieren hebben.'

Het was een boutade van het soort waarmee Zaitsev op elk feest kwam als de stemming minder levendig werd. Sommige van zijn grappen zouden nog weken achtereen de ronde doen. De toehoorders behoefden alleen maar waarderend te luisteren – en hem aan te moedigen met korte vragen. Het ging er altijd weer goed in.

'Verstaat je vriend er wel iets van, Jefgenj?' vroeg Zaitsev. 'Tenslotte willen wij graag dat hij een goede indruk krijgt van onze partij.'

De woordspeling ontging de gasten niet.

Lewinter, voor wie Pogodin hier en daar wat had vertaald, praatte nu zacht met zijn begeleider. 'Hij zegt,' zei Pogodin, 'dat Katrina's probleem wel eens door haar geest en niet door haar neus kan worden veroorzaakt. Haar drang om medicijnen te verzamelen wekt bij hem de indruk dat ze een psychiater zou moeten raadplegen.'

Het was een heel geschikte opening.

Zaitsev reageerde met een theatraal gebrul. 'Ik dank God,' zei hij, zijn handen opstekend alsof hij zich overgaf, 'dat Marx en Freud onverenigbaar zijn. Anders zouden de krankzinnige hyena's van de psychiatrie ook in ons deel van de wereld patiënten zoeken. Er bestaat een fundamenteel verschil tussen Oost en West, meneer Lewinter. Bij u heerst niet het kapitalisme, maar de psychiatrie. Wij leven daarentegen in een wereld waarin de psychiatrie een weggejaagde dorpspastoor is. Als ú verkouden wordt, komt dat doordat u uw werk of uw vrouw haat, of uw leven; bij ons is een verkoudheid eenvoudig een kwestie van bacillen. Uw psychiaters hebben een sfeer geschapen waarin de alledaagse emoties zoals bezorgdheid, angst, moedeloosheid, verveling, liefde, haat enzovoort, enzovoort medische behandeling vereisen. Hier nemen we gewoon nog een borrel. En daarvoor dank ik God. Als u het mij vraagt, is het de grote fout van de psychoanalytici dat ze de normaliteit als iets gewensts beschouwen.'

'Maar dat is toch ook zo, Zaitsev, lieveling? Is het dan niet goed normaal te zijn?'

'De normaliteit, mijn beste Katrina,' verklaarde Zaitsev plechtig, 'is fnuikend voor het creatieve denken. Welke beroemde schaker is ooit normaal geweest? Hebben jullie gehoord dat sommige van de fabrieken die op het Nieuwe Economische Plan zijn overgeschakeld nu volgens de westerse methode bedrijfsleiders kiezen met psychologische tests? Heilige moeder in de hel, het heeft niet veel zin de mensen te testen om na te gaan of ze als bedrijfsleider zullen voldoen zolang je niet weet waarom de goede goed zijn!'

Sjliapnikov, de dronken timmerman, had het grootste deel van het gesprek niet gevolgd. Maar de woorden 'psychologische tests' maakten iets bij hem wakker en nu flapte hij eruit: 'De meesten van onze gekken zitten in gekkenhuizen. God geve dat het zo blijft.' Hij keek om zich heen, zoekend naar iemand die deze motie zou ondersteunen.

'Er zitten heel wat mensen in gekkenhuizen die niet gek zijn, vriend,' zei Timosjenko zacht, op ijskoude toon.

'Zoals Akselrod,' zei Antonov-Ovsejenko, blij dat hij iemand kon verdedigen.

'Jij bent een idioot,' beet Zaitsev hem toe, en hij keek Antonov-Ovsejenko woedend aan. 'Een verdomd stom idee. Akselrod is zo dood als een pier. Al enige tijd.'

Er viel een diepe stilte; alleen Timosjenko, die altijd goed op de hoogte was als het om zulke dingen ging, wist dat Akselrod dood was.

'Wat zei hij daarnet?' vroeg Lewinter aan Pogodin.

'Ze praten over een gemeenschappelijke vriend,' antwoordde Pogodin ontwijkend.

'Hoe weet je dat hij dood is?' vroeg Antonov-Ovsejenko met bijna onverstaanbare stem.

Timosjenko viel hem in de rede. 'Dit is een gesprek voor een andere tijd en een andere plaats. Alsjeblieft.'

Zaitsev schonk zichzelf nog een whisky in en sloeg die met een snelle soepele beweging achterover. 'Een andere tijd, een andere plaats,' herhaalde hij. 'Een goede titel voor een boek.'

'Het is gek,' zei Lewinter tegen Pogodin, 'ik versta er geen woord van, en toch voel ik dat de sfeer is veranderd.'

Maar Zaitsev was al in een andere richting gestart.

'Wisten jullie,' zei hij, 'dat Xerxes bijziend was? Dat was de reden waarom hij op die heuvel boven Salamis bleef zitten en zonder van tactiek te veranderen toekeek terwijl vijftig Griekse schepen zijn vijfhonderd Perzische versloegen. Hij kon niet goed zien.'

'Vertelden zijn generaals hem dan niet wat er gebeurde?' vroeg de onbekende gast.

'Xerxes leed aan nog een kwaal die bij veel beroemde mannen voorkomt,' zei Zaitsev. 'Hij vertrouwde de mensen in zijn omgeving niet.'

'Veel beroemde mannen hadden fysieke gebreken,' zei Pogodin. 'Daarover zou een interessant proefschrift te schrijven zijn.'

'Ik hoor dat Brezjnev aan aambeien lijdt,' zei Zaitsev. Zijn ex-echtgenote en de Dikke Koe lachten hysterisch. 'Waarom lach je, beste Katrina? Heb je daar soms ook een pil voor?'

'Om je de waarheid te zeggen wel.' Ze giechelde. 'Een Italiaanse zetpil.'

'Over beroemde mensen gesproken, Zaitsev: is het je ooit opgevallen dat bijna alle beroemde schrijvers van katten houden?' vroeg Jevdokimov, de graffiti-expert. 'Onze eigen Toergenjev, Tolstoj, Poesjkin – de lijst is eindeloos. Jij hebt er ook een in Moskou, niet?'

'Ja. Ik noem hem Tsjitsjikov, naar de schurk in Gogols *Dode zielen,* die door het land zwierf en de zielen opkocht van slaven die zo lichtzinnig waren geweest te sterven en zo hun meesters van kapitaal beroofden. Kattenliefhebbers zijn een speciaal slag mensen. Je ontdekt veel over iemand als je weet hoe hij staat tegenover honden en katten. Napoleon en Mussolini haatten katten. Hitler was gek op honden. Autoritaire figuren en sadisten zoals de Duitsers en masochisten zoals de homoseksuelen houden van honden. Mensen die sexy, onafhankelijk en vrijheidlievend zijn houden van katten.'

'Vergeet Koeblai Khan, Julius Caesar en Richard Leeuwenhart niet – die hielden ook van honden, Zaitsev,' zei Pogodin. 'Ze moeten iets gemeen hebben gehad.'

'Jefgenj is erg goed in geschiedenis,' zei de Dikke Koe.

'Dat zit in zijn familie,' zei Zaitsev. Hij voelde zich plotseling erg moe, verveeld en wreed – zijn monoloog werd venijnig. 'Hij is de achter-achterkleinzoon van Michael Petrovitsj Pogodin, die een geschiedenis van Rusland in zeven delen in elkaar heeft geflanst en zich enorm heeft uitgesloofd om Nicolaas I te verdedigen.'

Pogodins mond zakte open van verbazing; hij kende Zaitsev al sinds hun studententijd, maar ze hadden nooit bijzonderheden over hun stamboom uitgewisseld.

'Als dat impliceert dat Michael Petrovitsj een goedprater was, dan neem ik daar aanstoot aan.'

'Ga je gang. Neem twee aanstoten. Nicolaas was een tiran, en wie hem probeerde te verdedigen was een even grote schurk als Tsjitsjikov. Zelfs jouw betovergrootvader. Op de eerste dag van zijn regering heeft Nicolaas de dekabristen vernietigd. Hij heeft de rest van zijn dienstperiode – om het zo maar eens uit te drukken – doorgebracht met schijten op minderheden, liberalen onderdrukken die het waagden hem te kritiseren en de geheime politie opbouwen. Nicolaas was een paternalistisch kankergezwel in het lichaam van de Russische politiek.'

'Kun je niets goeds aan hem ontdekken?' vroeg Pogodin. Hij kon elk ogenblik woedend worden; Zaitsev scheen louter en alleen voor de sport te willen vernederen.

'Maar één ding: hij heeft het decor geleverd voor de gouden eeuw van de Russische literatuur; uit het Rusland van Nicolaas zijn Poesjkin, Lermontov en Gogol voortgekomen.'

'Ah, Zaitsev, lieveling, jij weet overal waar je kijkt wel iets goeds te vinden,' zei de Dikke Koe.

'Zeer juist – zelfs in jou.'

Er viel een pijnlijke stilte. Tranen welden op in Katrina's ogen. Wat Zaitsev nu deed, was niet grappig meer. Timosjenko, de hoofdredacteur van *Novi Mir*, schoot te hulp. 'Zaitsev, heeft het cyrillisch schrift volgens jou in Ruslands nadeel gewerkt of in het voordeel?'

'In politiek of in literair opzicht?'

'Literair.'

'Dan moet het antwoord natuurlijk luiden dat het ons heeft geschaad, zoals het verschil tussen Rusland en het Westen in spoorbreedte ons heeft geschaad; het heeft het intellectuele goederenvervoer over de grens vertraagd – en dat was voor ons nadelig.'

'Inderdaad,' zei Timosjenko, 'maar ik geloof dat het voor het Westen nog nadeliger was dan voor ons. Kun je je een literatuur voorstellen die Poesjkin of Tolstoj of Dostojevski of Gogol nooit volledig in zich heeft opgenomen? Een absurd idee.'

'Laten we eens een proef nemen,' zei Kaganovitsj. Hij wendde zich tot Lewinter. 'Hebt u onze Russische genieën gelezen?' Pogodin vertaalde.

'Ik heb als student Dostojevski's *Schuld en boete* gelezen, maar meer niet, geloof ik,' antwoordde Lewinter. Hij hoopte dat er geen gedetailleerde discussie zou volgen; hij wist nog dat hij het boek had gelezen, maar herinnerde er zich weinig meer van dan de titel.

'Zaitsev, lieveling, stel hem eens een paar intelligente vragen over Amerika,' zei de Dikke Koe. Ze was zichzelf weer, een halfleeg glas in de ene hand, een sigaret in de andere.

'Ja, vertel eens, meneer Lewinter: is het waar dat de Amerikanen negers haten?' vroeg Jevdokimov, de graffiti-expert.

'Hoe kunnen ze dertig miljoen mensen op de rand van de hongerdood laten leven?' vroeg Boebnov, de journalist.

'Hoe hebt u kunnen toestaan dat Kennedy – twee Kennedy's – werd vermoord?' vroeg de Dikke Koe, wijzend met haar sigaret. 'Dat wil ik wel eens weten. Hoe?'

'Mijn lieve, mooie, naïeve Katrina, daar was Lewinter toch niet persoonlijk verantwoordelijk voor?' zei Zaitsev. 'Hij zou met evenveel recht kunnen vragen: hoe hebben jullie kunnen toestaan dat Lenin door een moordenaar in het hoofd werd geschoten? Kom, één vraag – een redelijke vraag – tegelijk.'

Timosjenko begon Lewinter te ondervragen. 'Kunt u ons een beeld geven van het leven in Amerika? Wij leven in zo'n andere maatschappij dat ik me afvraag of we er wel een duidelijk idee van hebben.'

Terwijl Pogodin vertaalde, deed Lewinter zijn best het leven in de Verenigde Staten te beschrijven. Hij sprak langzaam, aarzelend, alsof hij zocht naar de juiste woorden; in werkelijkheid had hij de vraag verwacht en wist hij al precies wat hij ging zeggen. 'Hoe kan ik een land samenvatten dat vijfduizend kilometer breed is en tweehonderd miljoen mensen diep?' begon hij. 'Het woord dat tot de kern van de zaak doordringt lijkt me "onpersoonlijkheid".'

Er volgde een korte discussie toen Pogodin dit had vertaald; Zaitsev vroeg zich af of Lewinter 'onpersonen' bedoelde, wat hijzelf min of meer als een sovjetverschijnsel had beschouwd.

Het misverstand werd snel opgehelderd.

Lewinter vervolgde: 'Enkele jaren geleden werd er in een wijk van New York een vrouw aangevallen en vermoord. Het gebeurde op straat, laat op de avond. De kranten ontdekten later dat dertig of veertig mensen haar hulpkreten hadden gehoord of vanuit hun slaapkamerraam naar de aanval hadden gekeken; toch was niemand haar te hulp gekomen, niemand had een raam geopend en alarm geslagen, niemand had de politie ook maar opgebeld. Dit lijkt me de essentie van Amerika: tweehonderd miljoen eigen wereldjes, omringd door tweehonderd miljoen slotgrachten van vrees en wantrouwen. Met andere woorden: een overweldigend isolement.'

Het was een interessant antwoord, interessant omdat het bevestigde wat de aanwezige Russen altijd in hun eigen kranten lazen – en omdat ze het in hun eigen kranten lazen niet geloofden.

'En wat verwacht u hier dat u in Amerika niet kon ontdekken?' vroeg Timosjenko. Terwijl Pogodin de vraag vertaalde, bogen sommige gasten zich naar voren; ze verwachtten een boeiend antwoord.

'Bruggen,' antwoordde Lewinter. En hij voegde er op luchtiger toon aan toe: 'Misschien ook een paar spinnenwebben.'

Lewinter besefte dat hij een heel goede indruk had gemaakt.

'Bereid je voor op een teleurstelling, mijn Amerikaanse vriend,' zei Zaitsev. 'Een van je Angelsaksische dichters heeft al gezegd dat ieder mens een eiland is. Uiteindelijk is dat hier even waar als elders.' Zaitsev peuterde in zijn oor, dacht een seconde na en voegde er terloops aan toe: 'En onze spinnenwebben zijn in de meeste gevallen de spinnenwebben van de vrees.'

'Hij is heel anders dan je me beschreef,' zei Zaitsev. 'Toen jullie binnenkwamen leek hij me nogal een mietje, maar uiteindelijk vond ik hem heel aardig.'

De laatste gasten waren weg; de ballerina, die een van haar schoentjes niet kon vinden, had het andere ook weggegooid en was op blote voeten door de modder weggehuppeld. Nu lag Zaitsev languit op een divan, zijn ogen bedekt met een vochtige theedoek. Pogodin, zijn hemdsmouwen tot de ellebogen opgestroopt, zat aan een tafel oud zwart brood met geitenkaas te eten. Lewinter en de Dikke Koe waren allebei boven, vast in slaap, Lewinter in een rieten stoel, waarvan als hij wakker werd zijn vlees nog de gearceerde afdrukken zou dragen; Katrina opgerold tot een bal, op een hoek van de enorme matras die ze met Zaitsev deelde.

Het was tijd voor nabeschouwingen.

'Eigenlijk had ik niet verwacht dat jullie ook echt zouden komen,' zei Zaitsev. Hij doopte de theedoek in een kom water die naast hem stond, wrong hem uit en legde hem weer op zijn ogen. 'Toen je opbelde en zei dat je hier met hém zou komen, was ik verbaasd. Hoe is het mogelijk dat ze daarvoor toestemming hebben gegeven? Is dat een nieuwe ondervragingstechniek?'

Pogodin nam een teugje Bulgaarse witte wijn. 'Te lang opgesloten gezeten... werd onrustig... humeurige uitvallen... sliep slecht.' Pogodin kauwde en praatte nu tegelijkertijd. 'Goede therapie. Mijn idee, weet je. Het kostte me moeite hen over te halen, tot ze hoorden dat jij het feestje gaf...'

'En toen ze hoorden dat het bij mij was?' zei Zaitsev dringend.

'Toen zeiden ze: geen sprake van.' De twee mannen barstten in lachen uit – een lach die de band tussen hen versterkte.

'Je kon het niet laten, hè?'

'Met jou nooit,' zei Pogodin. 'Jij brengt het ergste in me naar boven... Maar ik ben nieuwsgierig. Hoe heb ik hem beschreven?'

'Wie beschreven?' vroeg Zaitsev.

'Onze meneer A.J. Lewinter.'

'O ja, Lewinter. Je had me de indruk gegeven dat hij een nogal oppervlakkig exemplaar van de *Homo sapiens* was, iemand die praatte in leuzen en intellectueel niet diep groef. Maar ik vond dat hij ontroerend sprak. O, zijn naïveteit wat Rusland betreft moet je hem vergeven; hij is ook door propaganda beïnvloed.'

De twee mannen zwegen enige tijd. Zaitsev, ontspannen, bevrijd van de druk gasten te moeten onderhouden, concentreerde zich op pogingen de herinnering aan licht uit zijn ogen te verbannen; Pogodin leunde achterover in zijn stoel en voelde zich behaaglijk moe. Buiten regende het weer, en de eerste druppels tikten tegen de bladeren van de plataan. Zaitsev verbrak de stilte. 'Overlopen is iets wat ik niet kan begrijpen. De vervreemding die eraan voorafgaat begrijp ik wel. Wie heeft daarmee nooit van zijn leven ervaringen opgedaan? Maar helemaal opnieuw beginnen... afstand doen van alle kleine dingen... Waarschijnlijk weet hij niet eens hoe je bij ons een telefoonnummer draait, laat staan dat hij iemand zou hebben die hij kon opbellen. Hij zal nog een schok krijgen als hij ontdekt dat er in Moskou niet eens een telefoongids bestaat!'

'Zaitsev, voor jij onder die theedoek in slaap valt, moet je me eens vertellen wie Akselrod is, of liever: was.'

Zaitsev verroerde zich even niet. 'Zou je me geloven, Jefgenj, als ik je zei dat ik er liever niet over praat?' Plotseling schoot hij overeind en veegde zijn gezicht af met de theedoek. 'Misschien zou je beter af zijn, je rustiger voelen, als je van zulke dingen niets wist.'

'Misschien wel. Wie zal het zeggen?' Pogodin was erg verontrust. Hij wilde het weten – en hij wilde het niet weten.

Voor hij kon aandringen, veranderde Zaitsev van onderwerp. 'Heb je je geamuseerd vanavond? Wat vond je van Timosjenko?'

'Het verbaasde me hem hier te zien. Ik wist niet dat jullie bevriend waren. Ik heb kennis met hem gemaakt, misschien heeft hij je dat verteld, toen hij twee jaar terug met vakantie in Japan was; de ambassadeur heeft een cocktailparty voor hem gegeven. Hij is een echte wilde, niet?'

'Heb je ooit gehoord hoe hij Solzjenitsyn heeft ontdekt?' vroeg Zaitsev. 'Op een avond keek hij in zijn flat manuscripten voor *Novi Mir* door, toen hij er een in handen kreeg dat *Een dag in het leven van Ivan Denisovitsj* heette. Hij heeft me dit verhaal zelf verteld. Nadat hij een bladzijde of tien had gelezen, stond hij op en trok zijn smoking aan. Hij stak een kaars aan, opende een fles champagne, ging in zijn gemakkelijke stoel zitten en las het boek diezelfde nacht uit. Hij wist, zei hij, dat hij een Russisch genie las – dat hij de wedergeboorte van de Russische literatuur aanschouwde. Door het te publiceren nam hij een enorm risico. Hij heeft veel lef.'

'Hoe lang zijn jullie al vrienden?'

'Goede vrienden pas enkele maanden. We… Nou ja, dat hele verhaal vertel ik je nog wel eens. Daarvoor is het nu te laat. Maar vertel jij me nu eens, Jefgenj: hoe is het in Obninsk gegaan?'

'Ik wist dat je daarop zou terugkomen. Je bent nieuwsgierig, hè? Laten we dit afspreken: jij vertelt me van Akselrod en ik vertel jou van Lewinter en Obninsk.'

'God, je bent – hoeveel is het? – nog geen drie weken in Rusland terug en je doet alweer helemaal mee.' Zaitsev lachte onwillekeurig – maar zijn lach had een bittere klank, bitter bij de gedachte aan het verhaal. 'Akselrod. Ja, Akselrod. Wil je het inderdaad weten? Het is niet zo ingewikkeld. Vorig jaar om deze tijd heeft Akselrod op het partijcongres een redevoering gehouden. Hij zei dat de censuur zijn laatste manuscript had geweigerd, had geëist dat er een aantal dingen werden geschrapt – stel je voor: boerenkinkels die Akselrod zullen voorschrijven welke woorden hij wel en niet kan gebruiken. Hij zei dat hij lastig was gevallen door de politie. Hij zei dat het manuscript van een werk waaraan hij nog schreef in beslag was genomen en niet was teruggegeven. Hij zei dat hem een visum voor een buitenlandse reis was geweigerd. Hij sprak zijn afkeuring uit over de censuur, over de Unie die de censuur toestond, over het systeem dat onontwikkelde knechten van de communistische partij toestaat de geniale schrijvers van ons land te censureren. En al de lui die op de een of andere manier voor de censuur bukken, die zichzelf al censureren voor de redacteuren hun manuscripten in handen krijgen, zaten erbij en luisterden zonder ook maar eenmaal goedkeurend te knikken. Akselrod wist natuurlijk heel goed wat hij op het spel zette. Hij is opgenomen in een psychiatrische inrichting even buiten Leningrad – waar het, naar wordt beweerd, stampvol zit met schrijvers en dichters uit die stad. Ongeveer drie maanden terug heb ik via ondergrondse kanalen gehoord dat Akselrod zich had opgehangen. Hij zou toen hij latrinedienst had de zwabber uit elkaar hebben gehaald, een strop hebben gemaakt van de eindjes en zich aan de stortbak hebben opgehangen. Heb je ooit zijn roman *Een stap naar achteren* gelezen? Nee, dat kan niet, want die is nooit verschenen. Een van zijn personages, ik geloof een zwakzinnige die Dmitri heet, pleegt op diezelfde manier zelfmoord.'

Nu was alleen het geluid van de regen buiten nog te horen. 'Ik hoor dat er een plan is om aan te kondigen dat hij aan kanker of zoiets is gestorven – er wordt gewacht tot na het Schrijverscongres om ophef te voorkomen. Alsof iemand zich er druk over zou maken.'

De regen klonk luider dan ooit. Zaitsev zei nog: 'Ik weet het niet, maar het is best mogelijk dat hij al krankzinnig was.'

Zaitsev schonk zichzelf nog een whisky in en tuurde naar zijn spiegelbeeld in het glas. 'Zo, vriend, nu is het jouw beurt om openhartig te worden. Vertel eens: hoe ging het in Obninsk?'

'Dit is geen onderwerp voor borrelpraat, Zaitsev, dat begrijp je. Ik ben gek dat ik er met je over praat.'

'Ach, Jefgenj, zou ik staatsgeheimen rondvertellen? Zie me toch niet voor aan een idioot. Vertel op!'

'Nou ja, de ondervragingen zijn best vlot verlopen. Onze vriend Lewinter maakte in elk opzicht een betrouwbare indruk. Ze hebben hem eindeloos vragen gesteld en aan kruisverhoren onderworpen, en weer aan nieuwe kruisverhoren. God, wat was het vervelend!'

'En ze geloofden hem?'

'Ja, mijn indruk was dat ze hem geloofden. Het enige probleem was dat het allemaal zo fantastisch klonk. Hij beweerde dat hij in een kamer een doorslag had gevonden met de formules van de raketbanen erop. Moet je je voorstellen: hij had het eenvoudig van de vloer opgeraapt. Hij had de formules van buiten geleerd, zegt hij, en zou toen naar de bibliotheek zijn gegaan om ze met de originelen te vergelijken en te zien of hij inderdaad de juiste had. Hij kreeg de kans de originelen lang genoeg in te zien om hem ervan te overtuigen dat zijn formules inderdaad die van de MIRV-banen waren. Toen ontdekte volgens hem de bibliothecaris dat de naam Lewinter niet op de lijst stond van degenen die toegang tot dit materiaal hadden en werden de originelen hem afgenomen.'

'De Amerikanen weten dus dat hij kennis heeft genomen van de formules?'

'Dat hoeft nog niet. Lewinter vermoedt dat de bibliothecaris het incident heeft verzwegen. Hij zou zijn ontslagen als hij had toegegeven dat hij dit supergeheime materiaal had uitgereikt aan iemand die niet op de lijst stond.'

'Er zijn dus helemaal geen bedenkingen?'

'Eén ding klopte niet – maar hoe we dat moeten interpreteren weten we niet. Een van de zestien formules die hij ons heeft gegeven moet fout zijn; het is geen formule voor een raketbaan. Lewinter heeft die óf verkeerd onthouden...'

'Maar hij heeft ze toch zorgvuldig vergeleken met de originelen?'

'Nee, hij heeft de originelen maar enkele minuten in handen gehad en kon dus niet elke formule controleren.'

'Aha!'

'Het kan dus ofwel een normale geheugenfout zijn – hij heeft die ene hetzij direct verkeerd van buiten geleerd, hetzij goed gememoriseerd, maar later een deel ervan vergeten – ofwel hij liegt. Of de Amerikanen hebben één MIRV met nucleaire lading die recht omhooggaat en nooit neerdaalt... wat hoogst onwaarschijnlijk is, maar in een wereld als deze niet onmogelijk.'

'Het wil mij voorkomen,' zei Zaitsev, 'dat die ene verkeerde formule juist het bewijs vormt voor zijn authenticiteit. Tenslotte zouden de Amerikanen niet zo onnozel zijn om ons veertien goede formules te sturen en één die niet klopte.'

'En ik dacht nog wel dat jij zo sluw was.' Pogodin lachte. Spionage was zijn vak en hij was er goed in. 'Wat zou je beter kunnen doen als je hoopte dat de tegenstander erin zou lopen dan één werkelijk domme fout tussen het andere materiaal te voegen? Nee, uiteindelijk bewijst het feit dat één van de zestien formules niet klopt helemaal niets.'

'Waartoe leidt dat dan?' vroeg Zaitsev. 'Het wordt steeds boeiender.'

'Wist ik dat maar.' Plotseling leek Pogodins zelfverzekerde houding te verdwijnen. Hij liep met grote stappen naar de plaats waar de plataan door het raam naar binnen was gedrongen en duwde de takken met kracht terug, zodat het spinnenweb werd vernield. 'Dat kreng heeft me de hele avond al gehinderd,' zei hij.

Toen het gesprek zo abrupt van toon en tempo veranderde, draaide Zaitsev zich op zijn plaats om en keek zijn vriend aan. Eenmaal eerder had hij Pogodin als een getergde leeuw door een kamer heen en weer zien lopen: dat was geweest in de nacht toen Pogodins vrouw bij de geboorte van haar eerste kind was gestorven. Aangezien hij niet in staat was de situatie het hoofd te bieden, de afloop te beïnvloeden, of zelfs maar te begrijpen wat er gebeurde, was Pogodin een psychische instorting nabij geweest. Nu herinnerde iets in zijn optreden aan de stemming van die nacht.

'Wat scheelt eraan, Jefgenj Michailovitsj?' vroeg Zaitsev. Elk spoor van scherts, ironie of dronkenschap was uit zijn stem geweken.

'De zaak is doodeenvoudig dat ik maar geen besluit kan nemen. Je weet even goed als ik hoe dat bij ons gaat, Zaitsev. Eén fout is voldoende. Eén fout, en al die jaren van hard werken zijn tevergeefs geweest. Als ik deze zaak verpest... Ik ben echt bang. Ik ben bang voor mijn eigen eerzucht. Maar de kans dat mijn eerzucht onbevredigd zal blijven schrikt me nog meer af. Ik heb me altijd zo zeker van mezelf gevoeld... maar wie kan zeggen wat hier juist is? Wie is die Lewinter? Ik bedoel, wie is hij in werkelijkheid? Wat moeten we met zijn informatie doen? Mijn god, soms verwens ik het ogenblik waarop ik hem voor het eerst heb gezien. Ik heb me altijd buiten de politiek gehouden... Ik weet niet hoe ik dit moet aanpakken.'

Er schoot Zaitsev niets beters te binnen dan: 'Misschien denkt niemand er over een poosje nog aan', en dus zei hij dat maar.

'Nee, dat kan niet. Er hangt een enorme knokpartij in de lucht. Iedere bureaucraat in Moskou kiest partij in dit geval. Het leger, de marine, de raketspecialisten, de lui van het

Nieuwe Economische Plan, waarschijnlijk ook die zwetende metallurgen van jou. Als we Lewinters informatie aanvaarden en ernaar handelen, moeten wij een antiraketsysteem van de grond af aan opbouwen. En dat zal zware offers vragen van alle andere regeringsinstanties. Maar als we het geheim van de Amerikaanse MIRV's bezitten, zouden we wel gek zijn als we er geen gebruik van maakten.'

'Ik ben maar een amateur, Jefgenj, dat weet je, maar ik heb de indruk dat mensen in jouw branche altijd dezelfde fout maken. Ze gaan ervan uit dat ze de gegevens die hun in handen vallen moeten gebruiken. Waarom zou je er anders moeite voor doen? En toch hoeft dat niet de meest logische oplossing te zijn. Ik kan me gevallen voorstellen waarin het beter zou zijn de gegevens te verzamelen – en ze dan te vergeten.'

'Dat is de lijn die Avksentjev heeft gekozen.'

'Je wilt toch niet zeggen dat Avksentjev erbij betrokken is?'

'Precies. Kameraad minister Avksentjev is bang dat zijn economisch hervormingsprogramma, dat toch al zo slecht vordert, door een urgent militair project als dit helemaal onmogelijk zou worden. In het politbureau leidt Avksentjev de aanval tegen Lewinter. Om je de waarheid te zeggen ga ik morgen bij hem op bezoek.' Pogodin aarzelde en zei toen nog: 'Ik vrees dat ik me te veel heb vastgelegd.'

'Trek het je niet te veel aan,' repliceerde Zaitsev snel. 'In jouw kringen is dat normaal.'

14

In de Sovjet-Unie zijn vierbaanswegen een betrekkelijk nieuw verschijnsel. Als gevolg daarvan zijn ze gewoonlijk voorzien van alle moderne hulpmiddelen – waaronder bordjes. Elke oneffenheid, bocht of dwarsweg wordt een paar honderd meter van tevoren aangekondigd om de automobilist voor te bereiden op die speciale oneffenheid, bocht of dwarsweg. Op de plek zelf staat dan nog een bordje dat het punt aangeeft. Maar bij de kruising van deze goedgeplaveide secundaire weg, een afslag van de Moskou-Smolensk-snelweg, stond helemaal geen bordje – een duidelijke aanwijzing dat wie er gebruik van maakte moest weten wat hij deed en anders maar beter kon wegblijven.

Kort voor tien uur 's morgens zwenkte een zwarte Zil met een gedeukt spatbord en roestig chroom de zijweg op. 'Zo meteen worden de papieren gecontroleerd, kameraad,' zei de chauffeur tegen de achterin zittende passagier. Pogodin haalde zijn identiteitsbewijs uit zijn portefeuille en bekeek de foto. Hij stond erop in zijn uniform van luitenant-kolonel bij de KGB. Hij probeerde in de ogen van de foto te kijken om na te gaan wat hij had gedacht toen hij werd gefotografeerd, maar zag niet meer dan de uitdrukkingsloze starende blik die het kenmerk is van alle officiële foto's.

Pogodin speelde met zijn identiteitsbewijs terwijl hij uit het raampje keek. Het speet hem achteraf dat hij de nacht in Zaitsevs datsja had doorgebracht. Het feestje en de nabeschouwingen waren niet de juiste voorbereiding geweest op het onderhoud met Avksentjev; hij zou meer hebben gehad aan een goede nachtrust. En Pogodin was moe, dat stond wel vast. Hij had onder zware druk gestaan gedurende de negentien dagen na zijn terugkeer in de Sovjet-Unie met wat hij als een zeer goede vangst had beschouwd – misschien wel de belangrijkste voor de inlichtingendienst in al die jaren na de Tweede Wereldoorlog. Pogodins carrière was in deze dagen op de een of andere manier onverbiddelijk verstrengeld geraakt met het lot van Lewinter. Pogodin had hem binnengeloodst (al was dat zuiver toeval geweest) en dus was hij verantwoordelijk.

Tijdens de ondervragingen in Obninsk had die verantwoordelijkheid zwaar op hem gedrukt. Hij had alle tot diep in de nacht durende zittingen bijgewoond en aandachtig geluisterd naar de experts die Lewinter op een fout probeerden te betrappen. Alles was vlot verlopen, tot er vragen binnenkwamen vanuit Moskou. En toen was Lewinter plotseling geen trofee meer geweest waarmee de inlichtingendienst kon pralen, maar een politiek probleem. In die fase had Avksentjev zich met de zaak bemoeid.

En Avksentjev was iemand met wie je rekening moest houden. Pogodin had hem gekend, vroeger tenminste. Avksentjev was zijn afdelingschef geweest toen ze enkele jaren geleden nog in Praag werkten. Daarna had zijn chef promotie gemaakt, zoals iedereen al had voorspeld. Pogodin vroeg zich af of Avksentjev sinds Praag veranderd zou zijn. In die dagen had Avksentjev zijn plannen met de grootste zorg opgesteld, ze grondig voorbereid en zich bij het oplossen van problemen gehouden aan hetzelfde principe als bij het nemen van beslissingen: één ding tegelijk. Hij had een bijzonder talent gehad voor delicate kwesties; hij sprak in beeldrijke taal, trapte niemand op de tenen en kreeg gewoonlijk zijn zin. Maar met die beeldrijke taal zou Pogodin moeten oppassen.

Achter de eerste bocht van de afslag, geheel onzichtbaar vanaf de grote weg, stopte de Zil voor een slagboom. Op een stoel voor een kleine hut zat een vrouw. Boven de deur hing een ingelijste foto van Lenin. De vrouw zat daar om iedereen die toevallig of uit nieuwsgierigheid de weg af was gereden terug te sturen. Niemand had het ooit gedaan. Niet één keer. Vierhonderd meter verderop kwam de eerste van de twee militaire controleposten. Na een rit van zes kilometer over de zijweg werd Avksentjevs landgoed zichtbaar, dat zich zo ver het oog reikte uitstrekte op een strook vlak, vruchtbaar terrein. Het hoofdgebouw – grijs, rechthoekig, sober – was opgetrokken uit natuursteen en in de zeventiende eeuw neergezet door een Russische graaf die zichzelf beschouwde als beschermheer van het toneel. In de hal liet hij zelfs door zijn lijfeigenen toneelstukken opvoeren; sommige had hij zelf geschreven, omdat hij geloofde in zijn eigen genialiteit. De paardenstal, een lang, laag gebouw, verscholen achter een lage heuvel, werd nu als slaapgelegenheid gebruikt voor het militaire onderdeel dat hier zijn vaste basis had. Vlak achter het grote huis was de ruïne van een kapel; op sommige muren waren nog fragmenten van fresco's te zien. De kapel was door de boeren van de streek opgeblazen toen ze kort na de bolsjewistische revolutie een tijdje zeer antigodsdienstig waren geweest.

Halverwege de negentiende eeuw had een afstammeling van de graaf die een schilderij van Versailles had gezien op het landgoed een stijltuin laten aanleggen. Precies midden in die tuin stond een schuilkelder van staal en beton met een dak met een dikte van ruim één meter, een overblijfsel van wat de Russen de Grote Patriottische Oorlog noemen. Aan die schuilkelder was een verhaal verbonden. De Duitsers hadden het landgoed tijdens hun opmars naar Moskou in 1941 als commandopost van een divisie gebruikt. Op het hoogtepunt van de campagne had de Duitse generale staf alle divisiecommandanten opdracht gegeven zware schuilkelders te laten bouwen voor het geval Hitler besloot het front te bezoeken. Dat was nooit gebeurd. Later, tijdens de koude oorlog, werd de kelder voorzien van luchtverversing en moderne communicatieapparatuur, voor het geval Stalin mocht besluiten het landgoed te bezoeken. Dat was ook nooit gebeurd. Nog maar kortgeleden had Avksentjev de kelder in gebruik genomen als opslagplaats voor wijnen en aardappelen.

Pogodins auto zwenkte langs de schuilkelder en kwam tot stilstand op het grind van de oprijlaan bij de hoofdingang. Een stokoude man, die Pogodin voor een bediende aanzag, stond op het bordes. Hij was meer dan een meter tachtig lang en broodmager. Zijn broek was hem veel te wijd en hij droeg er een ruwe boerenkiel bij die tot aan zijn hals was dichtgeknoopt. Zijn brillenglazen waren zo dik als de lenzen van een verrekijker. Enigszins schuifelend lopend en met kromme rug, ging de oude man hem voor het huis binnen. Zijn blik was voortdurend op de grond gericht, alsof hij – zo scheen het Pogodin toe – een onzichtbaar pad over de tegels volgde.

Dit spoor leidde hem door de toneelzaalhal, waar olieverf-portretten in vergulde lijsten hingen en marmeren beelden stonden. In het vertrek stonden ook zes enorme zuilen van wat roodbruin porfier scheen; in werkelijkheid waren ze gemaakt van balsahout, zodat ze gemakkelijk konden wor-den verplaatst en gebruikt als decors voor uiteenlopende stukken. In een hoek, bij een enorme houten machinerie voor het imiteren van wind en donder, zaten twee kleine meisjes in kleermakerszit op de grond te knibbelen. Ze keken allebei op naar Pogodin, glimlachten en gingen door met hun spelletje. De oude man opende een lage deur – zo laag dat Pogodin zich moest bukken – en beduidde hem dat hij naar binnen kon gaan. De deur werd achter hem geslo-ten en Pogodin stond alleen boven aan een stalen ladder, die in een spiraal afdaalde in het donker. Er hing hier een zwakke geur van zwavel. Aangekomen op de onderste sport bleef Pogodin staan, zoals je dat doet bij het betreden van een bioscoopzaal, om zijn ogen aan de duisternis te laten wennen. Het enige licht kwam van een handjevol smalle ramen hoog in de muren. Langzaam begon hij zwart en grijs te onderscheiden, en nu kreeg Pogodin enig idee van zijn omgeving. Deze ruimte bevond zich onder de toneelzaalhal en was ongeveer even groot. Aan de overkant drongen gele puntjes van elektrisch licht onder een gordijn door: daar was dus een andere kamer. Onder aan de wand met de ramen stonden rekwisieten opgestapeld: kunstbomen, een roeiboot met zadels erin, een grote rieten mand vol wapen-rustingen, een nagemaakte bron. Afhangend van het pla-fond, aan touwtjes van uiteenlopende lengte, hingen tientallen silhouetten, gemaakt van papier, stro en gekleurde wol. Sommige leken vogels in de vlucht, andere huizen of kastelen, weer andere bloemstukken, en van enkele had

Pogodin geen idee wat ze moesten voorstellen.

'Ze worden *piunks* genoemd; de Poolse boeren versieren hun huis ermee. Heb je de vloer al gezien?' De stem, die een exact, bijna klassiek Russisch sprak, klonk vanachter het gordijn waar licht onderdoor drong. Het was onmiskenbaar Avksentjevs stem.

'Het licht is te vaag om iets te onderscheiden, kameraad minister.'

'Ach ja, natuurlijk. Wrijf dan eens met je schoenzolen over de vloer.'

Pogodin bewoog zijn rechtervoet heen en weer, en nu voelde en hoorde hij zand. Laag neerhurkend keek hij scherper; de vloer was met een zandtekening bedekt, een ingewikkeld patroon van cirkels, vierkanten en driehoeken, dat vanuit een centraal punt begon en spiraalsgewijs uitgolfde als kringen in een vijver.

Weer klonk de stem van Avksentjev: 'Ik hoor dat het bepaald uniek is. Er leven waarschijnlijk geen tien mensen meer die zoiets nog kunnen maken. Kom bij me zitten, Jefgenj Michailovitsj.'

Toen Pogodin niet in beweging kwam, vervolgde Avksentjev: 'Maak je geen zorgen over de vloertekening. Kom, vooruit. De eerste stap is de moeilijkste.' En Avksentjev lachte goedig om de psychologische remming die zijn bezoekers altijd even tot roerloosheid dwong.

'Het is net zoiets als over een beroemd schilderij lopen, kameraad minister,' zei Pogodin, die nu op zijn tenen in de richting van de lichtpuntjes sloop en zijn best deed binnen de patronen te blijven en zijn hakken niet neer te zetten.

Het felle licht van een onafgeschermde gloeilamp trof Pogodins ogen toen hij het gordijn opzijschoof. Nu was de zwavelgeur overweldigend. Hij stond onzeker in de kamer, knipperend met zijn ogen, opnieuw wachtend tot hij weer zou kunnen zien.

'Je bent niet veranderd, Jefgenj, geen spat,' zei Avksentjev. 'Je lijkt nog zo Amerikaans dat ik zenuwachtig word als ik met je praat. Ik heb je niet meer gezien sinds... Waar was dat?'

'Tsjecho-Slowakije.'

'Precies, dat had ik me moeten herinneren. Tsjecho-Slowakije.'

Pogodin kon Avksentjev nu onderscheiden. Hij zat geheel naakt op een houten bank, van hoofd tot voeten bedekt met een dunne laag opgedroogde modder.

'Doe je mee, Jefgenj? Ik laat dit spul per vliegtuig overkomen van de Zwarte Zee. De modder daar is bijzonder rijk aan zwavel. Uitstekend voor artritis. Maar jij lijdt waarschijnlijk niet aan artritis, wel? Doe toch maar mee. Er zitten vast andere ingrediënten in die goed voor je zijn.'

'Heel vriendelijk, kameraad minister, maar voor mij is modder iets wat je afveegt, niet opsmeert.'

'Jij hebt altijd een orthodoxe instelling gehad. Nu, Jefgenj Michailovitsj, het doet me plezier je na al die jaren terug te zien. Je ziet er goed uit. Moe misschien, maar goed. Ga zitten en schenk jezelf in. Ik zal die modder afspoelen en dan praten we wat.' Avksentjev liep naar een betegelde hoek en zette de kraan van een douche open. De droge modder loste zich op tot beekjes die door de afvoer verdwenen.

Boris Avksentjev was een van de opkomende sterren in de Russische communistische partij. Met zijn 51 jaar was hij al kandidaat-lid van het politbureau, onderminister, belast met de algemene leiding van de economische hervormingen en secretaris van het supergeheime comité dat toezicht hield op de organen van de buitenlandse veiligheidsdienst. In zijn tijd als komomol was hij kampioen worstelen geweest; men had overwogen hem uit te zenden naar de Olympische Spelen, maar daarvan was afgezien toen Avksentjev belangstelling toonde voor het werk van de veiligheidsdienst, waaraan hij enige tijd verbonden was geweest. Zijn chefs daar wilden niet dat hij te vroeg al te zeer zou opvallen. Terwijl Avksentjev zich afspoelde, zag Pogodin nog de worstelaar in hem: stevige schouders, een smal middel en gespierde dijen. Het enige wat op Avksentjevs lichaam aan te merken viel was dat zijn benen wat te kort waren in verhouding met zijn bovenlijf; mensen die Avksentjev alleen in zittende houding hadden gezien, kregen de indruk dat hij veel langer was dan in werkelijkheid.

Avksentjev wikkelde zich in een witte basjas, klopte zijn lichaam droog en ging tegenover Pogodin zitten. 'Wat vind je van het huis? Het is wat je noemt een curiositeit. Dat toneel, bedoel ik. Heb je die houten machinerie op de begane grond gezien? Als je daaraan zwengelt, krijg je de geluidseffecten van een storm.'

'Ik vroeg me al af wat het was,' zei Pogodin. Hij begreep dat het gesprek zou worden ingeleid met wat luchtige conversatie.

'Op deze verdieping is de rekwisietenkamer, er staan nog wat van de oorspronkelijke zetstukken. Daar achteraan is een valluik naar het toneel. Het is een charmant huis – een authentiek stukje Russische geschiedenis.'

'Ik dacht dat je in Moskou woonde – ik was verbaasd toen de auto de stad uit reed,' zei Pogodin. Hij draaide zijn stoel een kwartslag om Avksentjev te kunnen aankijken. De poten krasten over de vloer, wat hem een koude rilling bezorgde.

'Ik heb een flat in Moskou, maar als ik de kans krijg ga ik hierheen. Ik heb hier contact, maar met wie of wat weet ik niet precies.' Pogodin lachte beleefd, nerveus.

'Wie heeft die zandtekening gemaakt? Het is een meesterstuk.'

'O, dat is een heel verhaal. Maar ik zal het je vertellen. Heb je de oude man opgemerkt die je heeft opengedaan? Die maakt ze. Hij maakt de piunks ook. Die kunst heeft hij in Polen geleerd; van moederskant is hij een Poolse boer, en hij is daar opgegroeid tot zijn familie in 1907 naar Odessa is verhuisd. Toen was hij zestien, geloof ik.'

Afwezig schonk Avksentjev zichzelf een glas mineraalwater in. ''s Morgens, lang voor er verder iemand op is, veegt de oude man het zand van de vloer in een emmer. Hij maakt een trechter van een krant, scheurt het puntje eraf en vult de trechter met zand. Dan begint hij, voorovergebogen vanuit zijn middel, aan zijn ontwerp. Hij werkt altijd in steeds bredere kringen vanuit het midden en eindigt bij de metalen wenteltrap. Elke dag, 365 dagen per jaar, creëert hij een nieuw patroon op de vloer; het is steeds weer anders. Hij begint steeds slechter te zien, maar hij gaat door tot hij blind is.'

'Waarschijnlijk herinnert het hem aan zijn jeugd,' merkte Pogodin op.

Maar Avksentjev sprak door alsof hij de ander niet had gehoord. 'Het zal je misschien verbazen te horen dat hij mijn vader is. Ah, ik zie dat je verbaasd bent. Hij heeft een interessant leven gehad, mijn vader. Hij heeft zijn laatste jongensjaren dus in Odessa doorgebracht. Een van zijn jeugdvrienden was een leerling aan het seminarie, genaamd Jozef Vissarionovitsj Dzjoegasjvili, die wij natuurlijk kennen als Stalin. Toen Stalin lid werd van de communistische partij, heeft mijn vader dat voorbeeld gevolgd. Voor de revolutie hebben ze met zijn tweeën banken beroofd in Odessa. Tijdens de burgeroorlog is Stalin in Moskou gebleven, maar mijn vader koos toen een baantje dat niemand anders wenste: het executeren van deserteurs. Hij reisde langs de fronten, drukte zijn pistool tegen de schedels van sidderende mannen en haalde de trekker over. Hij had ergens gelezen dat ter dood veroordeelden het recht om te kiezen moesten hebben, en dus had hij altijd twee wapens bij zich: een grote revolver met gladde loop en een pistool van klein kaliber; ze mochten zelf zeggen welke van de twee hij zou gebruiken. Toen Stalin tegen het eind van de jaren twintig zijn macht consolideerde, besloot hij zijn oude kameraden te belonen. Op een mooie dag belde hij mijn vader op en schonk hem dit landgoed. In de jaren dertig heeft Stalin al zijn oude vrienden weggezuiverd, de kameraden met wie hij banken had beroofd, de leden van de partij in Odessa – iedereen, iedereen, behalve mijn vader. Die zat hier met bungelende benen op het toneel, wachtend tot hij zou worden gehaald. Ik herinner me dat hij me elke avond omhelsde en altijd "vaarwel" zei, niet "welterusten". Na een poos begon bij zich vast te klampen aan de dingen uit zijn jeugd, dingen die hem herinnerden aan zijn kinderjaren in Polen, toen bij zich nog niet bedreigd voelde door een irrationele dood. In die tijd is hij begonnen met de piunks en de zandtekeningen. Hij praat tegenwoordig niet veel meer. Hij is niet gek, hij leeft alleen in een andere, eenvoudiger wereld.'

Pogodin had zwijgend geluisterd, zowel gegeneerd als nieuwsgierig. Zijn nieuwsgierigheid won het.

'En heb je ooit gehoord waarom je vader gespaard is?'

'Ah, nee. Enkele jaren geleden heb ik er discreet naar geïnformeerd, maar niemand kon het me zeggen. Misschien is zijn naam eenvoudig over het hoofd gezien. Misschien herinnerde Stalin zich een dienst die mijn vader hem eens had bewezen en heeft hij hem daarom gespaard. Misschien is er iemand vertrokken om hem te arresteren die de weg niet kon vinden. Wie zal het zeggen?'

Pogodin had veel verhalen gehoord over de periode van de stalinterreur – een van zijn eigen vader, die uit het buitenland was teruggeroepen en, voorbereid op gevangenis of executie, had gehoord dat hij was bevorderd. Maar het verhaal over Avksentjevs vader trof hem bijzonder. 'Het heeft iets heel melancholieks dat iemand zand gebruikt om kunst te scheppen. Het is zo... nou ja, zo vluchtig. Niemand zal de traditie voortzetten als je vader er niet meer is.'

'O, jawel hoor,' zei Avksentjev. 'Ik heb me namelijk in de kunst verdiept, weet je. Tekenen met zand is op zichzelf niet moeilijk, het is net zoiets als een taart met glazuur bestrijken. Maar je eigen patronen ontwikkelen en de concentrische symmetrie handhaven, dat is het probleem. Ik kan wel een vrij eenvoudige tekening maken van verbonden cirkels en ik oefen me nu in meer gecompliceerde ontwerpen.'

'Wat fascinerend,' zei Pogodin. 'Ik benijd je omdat je zoveel over hebt voor een traditie.'

'Ik heb veel over, Jefgenj Michailovitsj, voor de status-quo, wat die status-quo dan ook mag zijn.' Avksentjev sprak nu op koele, docerende toon, als een leraar die na een lange inleiding een meetkundige stelling formuleert. En Pogodin begreep nu dat het hele verhaal over de zandtekeningen geen luchtige conversatie was geweest, maar beeldspraak.

'Neem me niet kwalijk, kameraad minister,' zei Pogodin. 'Ik besefte niet dat we een ernstige zaak bespraken.'

'Als je nog even scherpzinnig bent als vroeger, Jefgenj, zal mijn bedoeling je duidelijk zijn.'

'Je hebt me gezegd dat je antwoord nee is.'

'Precies. Op zichzelf kan het dwaas lijken om geen praktisch gebruik te maken van de informatie die de Amerikaanse overloper ons heeft verstrekt. Maar je moet goed begrijpen dat mijn collega's en ik onszelf in dienst hebben gesteld van de status-quo – uit intuïtie, uit gewoonte, uit persoonlijke voorkeur. Het maakt niet zoveel uit wat die status-quo nu is. Ons land heeft tientallen jaren van chaos en terreur achter de rug. Nu is eindelijk een periode van vrede, stabiliteit en consolidatie aangebroken. Als wij ons enigszins van het centrum verwijderen, zoals we nu doen met economische hervormingen in enkele industrieën, dan doen we dat langzaam, zonder haast, aarzelend – en alleen na een omvangrijk en zorgvuldig onderzoek. Als we de informatie van deze overloper serieus nemen, zouden we een snelle zwenking moeten uitvoeren. Dat zou een enorme verschuiving teweegbrengen; de financiën, de prioriteiten, reputaties en invloedssferen in het regeringsapparaat en – nog belangrijker – in de partij, zouden er de invloed van ondergaan. Je snapt wel dat het verre van gemakkelijk zou zijn.'

Nu begreep Pogodin waarom hij was ontboden voor dit gesprek onder vier ogen met Avksentjev. Hier werd hem te verstaan gegeven dat hij zich afzijdig moest houden. Avksentjev en zijn collega's uit regeringskringen, namens wie hij sprak, voelden zich meer op hun gemak als er niets gebeurde.

'Jefgenj, je hebt jezelf altijd een vindingrijke en tactvolle ambtenaar van de veiligheidsdienst betoond. Nu breng je je reputatie van onbevooroordeelde deskundige in gevaar. Je hebt partij gekozen – en daarmee kom je op gevaarlijk terrein. Er wacht je nog een mooie toekomst. Maar probeer ons te begrijpen. Sommigen van ons vertrouwen die Amerikaanse overloper echt niet. Onze vrees voor afwijkingen van de status-quo wordt versterkt door intuïtieve twijfel aan de eerlijkheid van iemand die zomaar onuitgenodigd bij ons binnenkomt en ons een van Amerika's scherpst bewaakte geheimen aanbiedt. We zijn dus geneigd hem te wantrouwen. Voorlopig spreken we geen oordeel uit. Misschien zullen de Amerikanen iets doen wat onze houding bepaalt. Weet jij wie bij hen met deze zaak belast is?'

'Daarover is me niets gezegd, kameraad minister.'

'Een oude vriend van ons, dezelfde die de operatie Cernú in Tsjecho-Slowakije heeft geleid toen wij daar waren – Leo Diamond. Toevallig, niet?'

'Heb jij daaruit afgeleid dat het geval-Lewinter een operatie is?'

'Gedeeltelijk. Diamond denkt in termen van operaties. Het zou echt iets voor hem zijn om dit te hebben bedacht.'

'We schrijven Lewinter dus af. Dat is je conclusie.'

'Nee, niet helemaal. Qua propaganda heeft hij wel enige waarde voor ons. Tenslotte is dit een man die uit Amerika is weggelopen omdat hij het leven daar ondraaglijk vond. Het minste wat we kunnen doen is hem een kans bieden zijn hart daarover te luchten. Wat de rest betreft zullen we afwachten.'

15

'Als het te lastig is, dan wil ik natuurlijk…' zei Lewinter zonder zijn zin af te maken.

Het was een pijnlijk moment. De serveerster, een forse vrouw die zich over Lewinter heen boog als een vogel die een worm wil oppikken, wachtte tot iemand haar zou zeggen wat ze moest doen. Boris Miljoetin, afdelingschef op het ministerie van Propaganda, die opdracht had gekregen de persconferentie te leiden, hield zijn adem in terwijl zijn mes en vork boven de biefstuk van een half pond op zijn bord zweefden.

'Dat begrijp ik niet,' zei Avksentjev toen Pogodin had vertaald. 'Als wát te lastig is?'

'Het gaat over het vlees, kameraad minister,' legde Pogodin met gedempte stem uit. 'Ik geloof dat hij het te rauw vindt. Hij zou willen dat het nog wat langer werd gebakken.'

Avksentjev knipte met zijn vingers, wees op Lewinters bord en zei enkele woorden in het Russisch. De serveerster boog zich over Lewinters schouder en graaide het bord weg. Miljoetin, een magere, onverstoorbare ambtenaar met een arendsneus en een bril die voortdurend afzakte, schoof zijn mes en vork onder de rand van zijn bord en stak een sigaret op. Hij hield die met het vuur omhoog tussen zijn duim en wijsvinger, zodat hij zijn pols helemaal moest omdraaien als hij een trek wilde doen.

'U zou ons uw indrukken van Moskou geven?' zei Avksentjev. Uit beleefdheid raakten Avksentjev, Pogodin en Miljoetin het eten dat voor hen stond niet aan. Het kwam niet bij Lewinter op hen uit te nodigen vast te beginnen.

'Ja, meneer Av-sen-tjev' – Lewinter sprak de naam nog niet helemaal goed uit – 'ik hoop dat ik niemand op zijn tenen trap als ik zeg dat Moskou me op het eerste gezicht een bijzonder naargeestige stad lijkt.'

'Wat bedoelt hij daarmee "op tenen trappen"?' vroeg Avksentjev toen Pogodin dit letterlijk had vertaald.

Miljoetin, die de Sovjet-Unie nog nooit had verlaten, maar schoolengels sprak, begon uit te leggen. 'Excuseer me, kameraad minister, maar dat is een uitdrukking die "ergeren" betekent. Ik trap op iemands tenen, ik erger iemand, dat is de gedachte erachter.'

Pogodin vlocht zijn vingers door zijn kroezende haar terwijl hij zijn bruine ogen agressief half dichtkneep. 'Hij gebruikt het hier in de zin van "beledigen". "Ergeren" is wel goed, maar "beledigen" is juister.'

'Ik begrijp niets van die vertalingen,' zei Lewinter. 'Telkens als ik iets zeg beginnen jullie te discussiëren. Hé, dát niet vertalen. Ik klaag niet, het is alleen interessant.'

'Wat zegt hij?' vroeg Avksentjev.

'Hij zegt dat we altijd een discussie beginnen als hij een woord heeft gezegd,' zei Pogodin.

'Laat hem dan Russisch leren,' snauwde Avksentjev. Hij had honger, en het eten dat voor hem stond begon koud te worden.

'Wat zei hij?' vroeg Lewinter.

'Kameraad minister Avksentjev vraagt of je al wat Russisch verstaat,' zei Pogodin. 'We moeten zorgen dat je een leraar krijgt.'

'Ja, doe dat. Ik wil het graag proberen. Als ik hier blijf, kan ik beter de taal leren. Nu ja, het heeft de tijd; Rome is niet op één dag gebouwd…'

'Aha, ik hoor dat hij Moskou vergelijkt met Rome. Zeg hem dat ik ook in Rome ben geweest, tweemaal zelfs, en dat het mij er ook goed is bevallen.'

Het viel Pogodin zwaar de twee gesprekken op één spoor te krijgen. Hij wilde net een nieuw onderwerp aansnijden toen de serveerster met Lewinters bord terugkwam. Lewinter sneed de biefstuk onderzoekend middendoor en kondigde aan dat die nu prima was. Plotseling viel hem op dat de andere drie mannen op hem hadden gewacht. Hij bloosde, verward, onzeker. 'Jefgenj, wachten jullie toch niet op mij – eet.'

Een poosje aten de vier mannen zwijgend; Lewinter laadde

bij elke hap zorgvuldig eenzelfde hoeveelheid vlees, sperzie-bonen en taaie frieten op zijn vork; de andere drie raakten het koude onsmakelijke voedsel nauwelijks aan en nipten van hun Bulgaarse wijn.

'Vraag hem, Jefgenj, of hij er al over heeft nagedacht waar hij zou willen wonen en wat hij zou willen doen.'

'Ik ben blij dat hij daarover begint,' zei Lewinter. Hij had zich al afgevraagd wanneer iemand hem daarop zou aanspre-ken. 'Ik vind het heel prettig waar ik nu woon, op de Lenin-heuvels. Natuurlijk zou ik geen heel huis nodig hebben; ik kan me best redden met een vier- of vijfkamerflat. Wat mijn werk betreft zou ik graag iets doen op het gebied van de mi-lieuproblematiek; met name de verwerking van vaste afval-stoffen interesseert me. Ik geloof dat ik op dat terrein een waardevolle bijdrage zou kunnen leveren.'

Avksentjev verwerkte dit. 'Nou, Jefgenj, welk huis zullen we hem toewijzen? Dat van Podgorny of dat van Kosygin? De Lenin-heuvels! Daar zou ik ook wel willen wonen. Hij moet nog veel leren, die Amerikaanse vriend van je. Leg hem alsje-blieft uit dat de heuvels gereserveerd zijn voor hoge rege-ringsfunctionarissen en belangrijke bezoekers zoals hij. Zeg hem dat hij in de stad een behoorlijke flat kan krijgen, met een eigen auto en een toelage. De gebruikelijke regeling. Wat zijn werk betreft zullen we moeten nagaan waar hij het meest kan bijdragen tot de groei van de socialistische maatschappij, nietwaar?'

Er viel een stilte toen de serveerster vla en koffie bracht.

'Kun je hem vragen naar die hooikoortspillen, Jefgenj?'

'Wat zegt hij nu?'

'Kameraad minister, meneer Lewinter heeft veel last van hooikoorts. Hij had Amerikaanse pillen meegebracht, maar die hebben we hem natuurlijk afgenomen om ze te laten ana-lyseren. Nu zijn ze kennelijk verdwenen.'

'Ja, natuurlijk, buitengewoon interessant. Misschien kan Miljoetin hier onze Amerikaanse vriend nu beter wat advie-zen geven over de persconferentie. Het is wel belangrijk dat die een goede indruk maakt.'

'Wat zei hij over de pillen?' vroeg Lewinter. 'Ik vind het afschuwelijk hem erover lastig te vallen…'

'Meneer Lewinter,' zei Miljoetin in het Engels, 'zou ik nu enkele ogenblikken uw aandacht mogen vragen?' Hij stak een nieuwe sigaret op met de peuk van de vorige en legde een aantekenboekje geopend op tafel. 'U zult de vertegenwoordigers van de pers, ook enkele vertegenwoordigers van de kapitalistische pers, ontmoeten in een conferentiezaal, dicht bij de Grote Spiegelzaal hier op het Kremlin-terrein. Het is maar een eindje lopen vanwaar we zitten. Ik zal zelf aanwezig zijn om u bij te staan en eventuele misverstanden op te helderen.'

'Ik moet u van tevoren waarschuwen,' zei Lewinter, 'dat ik van grote groepen mensen altijd erg nerveus word.'

'Maar u hoeft niet nerveus te zijn, meneer Lewinter. In de meeste gevallen zullen het vriendschappelijke vragen zijn. Ik kan u zelfs met enige zekerheid voorspellen wat u zal worden gevraagd – en misschien kunt u ons na elke vraag enig idee geven van het antwoord dat u zult geven.'

En zo begon de generale repetitie van de persconferentie.

'De eerste vraag zal hoogstwaarschijnlijk van algemene aard zijn, iets over de situatie in de Verenigde Staten van Amerika, een situatie die u naar we mogen aannemen de moed heeft gegeven bij ons asiel te vragen. En wat zult u daarop antwoorden, meneer Lewinter?'

Voor zijn geestesoog zag Lewinter de journalisten al wachten op zijn antwoord, en bij het idee alleen al werd hij nerveus. 'Ik, eh… ik geloof dat ik, eh… dat ik zou beginnen…' Hij schraapte zijn keel en begon Miljoetin te vertellen wat hij meende dat Miljoetin wilde horen.

'… binnenkort te verwachten ineenstorting van het kapitalisme zoals wij dat kennen. Het kan zich eenvoudig niet staande houden nu de kloof tussen mens en maatschappij steeds groter wordt. Ik zou spreken over de onvrijheid, over de concentratiekampen voor mensen met afwijkende meningen, over de economische en culturele chaos. Ik zou iets zeggen over de enorme ontevredenheid van de Amerikaanse middengroepen, over al die mensen die hebben ontdekt dat je met auto's en televisietoestellen en wasmachines op krediet nog geen paradijs schept. Ik zou zeggen dat de middengroepen de ruggengraat vormen van de revolutie die in Amerika dreigt.'

Lewinter was ervan overtuigd dat hij een bijzonder goed antwoord had gegeven. Miljoetin trok nog eens aan zijn sigaret en wierp hem over de tafel heen een kille blik toe. Maar hij verstond zijn vak. Even zweeg hij. Toen zei hij: 'Meneer Lewinter, er zijn drie redenen waarom ik kritiek op uw antwoord heb. Twee zijn punten van ondergeschikt belang, één is zeer belangrijk. Ik hoop dat u daarmee rekening wilt houden. Eerst de punten van ondergeschikt belang: u hebt niets gezegd over het racisme en de morele ontaarding van de jeugd. Ons Russische volk is over deze problemen voorgelicht, en het zou vreemd worden gevonden als u daarover zweeg. Bovendien zegt u dat de middengroepen de revolutie zullen brengen. Met die gedachte zijn onze mensen niet vertrouwd. In de geschriften van Lenin spelen de middengroepen geen rol bij de val van het kapitalisme; het is de polarisatie waardoor de middengroepen uiteenvallen in uitbuiters en proletariërs, en bij de strijd daartussen zal het kapitalisme ten val worden gebracht. U moet bij uw antwoorden daarmee rekening houden – al moet u natuurlijk niet dezelfde woorden gebruiken.'

'Je neemt wel een erg katholiek standpunt in, kameraad,' zei Pogodin. Hij speelde met zijn lepeltje en morste al roerend koffie op het schoteltje.

'Ik begrijp niet helemaal hoe ik hier jouw uitdrukking "katholiek" moet opvatten,' zei Miljoetin, voet bij stuk houdend. Zijn hoofd ging schuin omlaag en hij keek Pogodin over zijn brillenglazen aan.

'Katholiek in die zin dat je dingen die vijftig jaar geleden zijn geschreven als dogma's aanvaardt. De middengroepen zijn in de Verenigde Staten numeriek zeer sterk, en zoals meneer Lewinter al zei, wordt juist daar de ontevredenheid hoofdzakelijk aangetroffen. Lenin heeft de rol van de middengroepen in een hoogontwikkelde kapitalistische maatschappij niet juist beoordeeld, en Marx trouwens evenmin. Het negeren van die middengroepen doet ze niet verdwijnen, is het wel? We moeten toch wijzer zijn.'

'Ik denk, kameraad Pogodin, dat we wel iets beters te doen hebben dan de weinige minuten die we hier hebben te verspillen met een theoretische beschouwing over de rol van de middengroepen in een kapitalistische economie.'

Bij de discussie werd Engels gesproken en Avksentjev keek van de een naar de ander alsof hij een tafeltenniswedstrijd gadesloeg zonder er iets van te begrijpen.

'Maar het gaat hier om iets belangrijkers, kameraad Miljoetin.'

'Iets belangrijkers?' vroeg Miljoetin koel.

'Ja zeker, iets belangrijkers. Volgens mij is de hoofdzaak dat meneer Lewinter een geloofwaardige indruk maakt. Daarom moet hij de vragen openhartig beantwoorden, niet als een grammofoonplaat van het ministerie van Propaganda. Ik zou het zelfs raadzaam vinden als hij iets waarderends zei over Amerika – of in elk geval onderscheid maakte tussen het Amerikaanse volk, dat een vrijheidslievend proletariaat vormt, en de regeringskringen.'

Nu boog Miljoelin zich naar voren en keek Pogodin door zijn brillenglazen heen strak aan. Hij was erg bijziend, zodat zijn ogen twee kleine klinknagels leken. Ditmaal sprak Miljoetin in het Russisch. 'Je gaat je boekje te buiten, kameraad Pogodin, en komt daarmee op gevaarlijk terrein!'

Het was de tweede maal die dag dat iemand deze uitdrukking tegen hem gebruikte.

Avksentjev stortte zich in het gesprek: 'Ik krijg de indruk dat jullie een meningsverschil hebben.'

Pogodin bracht hem snel, met gedempte stem, op de hoogte. Lewinter, die hierbij werd genegeerd, leunde verveeld achterover. Sinds zijn aankomst in Moskou was hij de centrale figuur geweest. Nu drong het tot hem door dat hij een buitenstaander was – en dat zou blijven.

Avksentjev luisterde naar Pogodin en sprak zonder ook maar een moment te aarzelen zijn oordeel uit. 'Je hebt natuurlijk gelijk, Jefgenj, wat die middengroepen betreft. Ik twijfel er niet aan of kameraad Miljoelin zou dat onder andere omstandigheden direct toegeven. Maar we moeten doen wat hij zegt. Kijk, jij vergeet tot welk publiek we ons richten. We spreken nu niet tegen de mensen in de kapitalistische landen. Die zullen onvermijdelijk aannemen dat Lewinter krankzinnig is, of ze zullen de leugens geloven die de Amerikaanse bladen ongetwijfeld zullen opdissen: dat Lewinter schulden heeft of zijn vrouw slaat of een pederast is. Nee, wij richten het woord tot onze eigen mensen en dat begrijpt kameraad Miljoetin, omdat het zijn vak is. We laten Lewinter zien, niet om kapitalisten te bekeren, maar als bevestiging van wat wij onze eigen mensen, altijd voorhouden, dat het hier beter is dan in het Westen. Om nog even terug te komen op ons gesprek van vanmorgen: openhartigheid zou hier de status-quo kunnen ondermijnen. Kameraad Miljoetin is een trouwe verdediger van de status-quo, we kunnen meneer Lewinter veilig aan hem overlaten.'

Miljoetin schoof zijn bril omhoog en wendde zich weer tot Lewinter. 'En als ik me nu afvraag, meneer Lewinter, wat de tweede vraag zal zijn…'

'En mag ik nu de tweede vraag?' Miljoetins lange, magere vinger ging over de tafel heen naar een man op de tweede rij. 'Meneer Vlasek, de vertegenwoordiger van de *Rude Pravo*.'

De Tsjechische correspondent van de *Rude Pravo* had zijn benen over elkaar geslagen en stelde, met een potlood op zijn gelinieerde blocnote tikkend, zijn vraag. Was het waar, kon meneer Lewinter hem dat vertellen, dat de meeste Amerikaanse hoogleraren door het establishment werden aangewezen om voor militaire doeleinden en voor de inlichtingendienst te werken?

Ja, zei Lewinter, dat was zo. Hij was zelf min of meer gedwongen geweest mee te werken aan een militair project om aan het Technologisch Instituut van Massachusetts te mogen doceren. O ja, het werd heel subtiel gedaan. Niemand zei ronduit: meewerken aan een bepaald project of je krijgt geen aanstelling. Maar er werd je van het begin af aan duidelijk gemaakt dat je positie als docent en eventuele promoties en salarisverhogingen afhankelijk waren van je medewerking aan regeringsprojecten, die als tegenprestaties enorme sommen beschikbaar stelden voor de universiteiten. Vroeger was 'pu-

bliceren of verdwijnen' de stelregel geweest voor de universiteiten van Amerika. Nu gold 'produceren of verdwijnen'.
'Heb ik daarmee uw vraag beantwoord?' vroeg Lewinter.
De persconferentie verliep nu vlot; zelfs Miljoetin begon zich te ontspannen. Er was een afschuwelijk moment geweest toen Lewinter op de drempel van het conferentiezaaltje zo'n dertig, veertig journalisten had gezien plus batterijen schijnwerpers en filmcamera's. Hij had zelfs een stap achteruit gedaan en wanhopig gezocht naar een aanvaardbaar excuus, zodat hij niet naar binnen hoefde te gaan om met de pers te spreken. Maar hij had niet terug gekund; vanaf het moment waarop hij de Russische ambassade in Tokyo had betreden, was teruggaan al onmogelijk geweest. En dus, aangemoedigd door Miljoetins vlakke handpalm tegen zijn schouder, was hij over de drempel gestapt; hij was gaan zitten naast een schrijfbureau en had geluisterd terwijl Miljoetin hem aan de wereld voorstelde. Dit was nu een man, zei Miljoetin, die de kapitalistische tirannie was ontvlucht en politiek asiel had gekregen in de Unie van Socialistische Sovjetrepublieken.
Toen was de eerste vraag gekomen – over de situatie in de Verenigde Staten – en daarmee was Lewinter in het licht van de publiciteit getreden. Hoestend en kuchend om te verbergen dat hij telkens halverwege een zin naar adem snakte, had hij gesproken over de naderende ineenstorting van het kapitalisme, over de vrijheidsbeperkingen en de concentratiekampen, over de economische en culturele chaos in Amerika. Hij vergat niet het racisme en de zedenverwildering van de jongere generatie te vermelden. En hij beschreef hoe de Amerikaanse middengroepen zich polariseerden in bezitters en niet-bezitters. Al pratend kreeg hij steeds meer zelfvertrouwen.
Miljoetins vingers beschreven een boog en wezen een verslaggeefster aan van de *Narodna Mladege,* een Bulgaars dagblad. 'Welke indruk heeft meneer Lewinter gekregen van het leven in de socialistische sfeer?' vroeg ze.
'Ik ben hier natuurlijk nog maar kort,' zei Lewinter. Hij had nog nooit iets meegemaakt wat hiermee te vergelijken was en hij begon er plezier in te krijgen dat die journalisten alles no-

teerden wat hij zei, alsof zijn woorden grote waarheid hadden. 'Maar ik wil u met genoegen mijn indrukken geven. In de eerste plaats geloof ik dat de normale menselijke omgang hier eenvoudiger en oprechter is. Ik bedoel dit: iedereen is er hier tenminste niet op uit iets voor niets te krijgen...' Lewinters eentonige stem sprak verder; dingen die hij had gehoord of gelezen presenteerde hij als eigen waarnemingen.

In het felle licht turend koos Miljoetin de volgende ondervrager, een Fransman, die een klein persbureau leidde voor Engelstalige communistische bladen. 'Hoe bent u hier behandeld, meneer?' vroeg hij. 'Hebt u klachten?'

'Ik ben bijzonder hoffelijk behandeld,' zei Lewinter. 'Mijn enige klacht is dat ik mijn hooikoortspillen ben kwijtgeraakt die ik uit de Verenigde Staten had meegebracht, maar mijn gastheren zullen stellig ook goede middelen tegen deze kwaal hebben.' Om deze opmerking werd gelachen.

Een Russische journalist vroeg Lewinter of er in de Verenigde Staten meer mensen waren zoals hij, zo ontevreden over de toestand dat ze wilden vluchten.

'Heel wat, geloof ik,' zei Lewinter. 'De uittocht is begonnen.' Miljoetin wees nu een dikke Oost-Duitse journalist aan die al bijna twintig jaar in Moskou woonde. Maar voor die zijn vraag kon formuleren schoot een brutale jongeman van Reuter die naast hem zat overeind. Hij had zich al zeer impopulair gemaakt door zijn contacten met literaire dissidenten. Miljoetin vermoedde dat deze Engelsman degene was geweest die Akselrods ketterse rede voor het partijcongres het land uit had gesmokkeld.

'Laten we het nu eens over enkele ongerepeteerde nuchtere feiten hebben, meneer Lewinter,' begon de Engelsman. 'Kameraad Miljoetin heeft toen hij u voorstelde gezegd dat u natuurwetenschappelijk werk deed. Wat doet u precies? En hebt u informatie meegebracht?'

Het werd doodstil in het zaaltje; zelfs de Russische en Oost-Europese journalisten wachtten Lewinters antwoord vol spanning af.

Miljoetin glimlachte flauwtjes in de richting van de Engelsman en knikte. Dit was een vraag die hij had verwacht.

'Ja, wat voor werk doe ik precies? Goed werk, hoop ik.' Gelach. 'Ik ben eigenlijk – en dat is meer een kwestie van opleiding dan van voorkeur – keramisch ingenieur, iemand die weet hoe je schalen maakt. Zoals ik al zei, ben ik aangeworven door het militair-industriële complex. Dat heeft me laten werken aan de neuskegels van ballistische raketten. Daarbij komen niet veel geheimen te pas. Maar terwijl ik werkte, kwam ik tot de overtuiging dat het Amerikaanse militaire establishment, daarbij gesteund door gigantische economische belangen in het land, een nucleair raketaanvalswapen voorbereidde, dat kon worden gebruikt – en naar mijn mening als de mogelijkheid bestond onvermijdelijk ook zou worden gebruikt – om een preventieve oorlog tegen de Sovjet-Unie te beginnen. Daaraan wilde ik niet meewerken – en dus ben ik hierheen gegaan. Natuurlijk voel ik me verplicht het weinige wat ik van ballistische neuskegels weet te delen met mijn Russische collega's. Maar zoals ik al zei: er komen niet veel geheimen aan te pas; dat ik mijn kennis wil delen is meer een gebaar.'

Enkele Russische journalisten in het zaaltje applaudisseerden na deze principiële uiteenzetting van Lewinter. Miljoetin schoof zijn bril met zijn wijsvinger omhoog. Zijn gezicht was uitdrukkingloos; zelfs aanwezigen die vaak met hem in contact waren gekomen en hem goed kenden konden alleen maar vermoeden dat hij zich voldaan voelde.

'Volgende vraag alstublieft,' zei Miljoetin, en zijn vinger zweefde door de lucht.

Moskou, 22 augustus (Reuter). De Sovjet-Unie heeft vandaag bekendgemaakt dat hier politiek asiel is verleend aan een Amerikaanse expert op het gebied van ballistische raketten.

19.45 uur Moskouse tijd

Moskou, 22 augustus (Reuter). Moskou heeft vandaag politiek asiel verleend aan een Amerikaanse geleerde die meewerkte aan het ontwerpen van neuskegels voor ballistische raketten. Op een van de weinige in het Kremlin gehouden persconferenties hebben de Russen de overloper A.J. Lewinter, 39, aan Russische en westerse journalisten voorgesteld. 'Het Amerikaanse militaire establishment werkt aan een raketaanvalswapen, waarmee een preventieve oorlog tegen de Sovjet-Unie zal worden gevoerd,' verklaarde Lewinter. 'Daaraan wilde ik niet meewerken en dus ben ik hierheen gegaan. Natuurlijk zal ik het weinige wat ik van ballistische neuskegels weet delen met mijn gastheren.'

19.49 uur Moskouse tijd

DEEL 4
HET GAMBIET

16

Voor alles wat het inlichtingenwerk betrof was dit de plaats waar de verantwoordelijkheid praktisch gesproken niet meer kon worden afgeschoven: in deze opvallend onopvallende gecapitonneerde conferentiekamer op de derde verdieping van het regeringsgebouw, op een steenworp afstand van het Witte Huis, vielen de beslissingen. Op de deur stond het nummer van de kamer en verder was er alleen met inmiddels uitgedroogde en omkrullende hechtpleister lang geleden een archiefkaart opgeplakt waarop enkele slecht getypte regels stonden.
De tekst luidde:
ABSOLUUT GEEN TOegang
ZONDeR
Schriftelijke MAchtiging

Als Commissie 303 (de naam was aan het kamernummer ontleend) er niet vergaderde, was de deur op het nachtslot en werd de omgeving tweemaal per dag door technici van de Veiligheidsdienst op elektronische afluisterapparatuur gecontroleerd. Wanneer de commissie vergaderde, meestal op donderdagavond, moest er officieel een gewapende wachtpost voor de deur staan. Maar in de praktijk leende de commissie de eerste de beste figurant die maar beschikbaar was om toevallige bezoekers tegen te houden.
De donderdag waarop 303 de zaak-Lewinter besprak, was er een meisje van de typekamer dat avonddienst had voor opgetrommeld. Ze was zo verdiept in haar boek (*Games People Play*) dat ze niet opkeek toen Circ Martin zijn hoofd om de deur stak. 'Het spijt me dat ik je moet storen,' zei hij een tikje cynisch. 'Er staat beneden een heer te wachten – lang, een jaar of veertig, achternaam Diamond. Wil jij hem vragen hier te komen, schat?'

'Natuurlijk wel,' zei ze, en ze ging op weg naar de hal.

Commissie 303 was in wezen een centraal orgaan voor alle Amerikaanse instanties die zich met geheime operaties bezighielden. Ze was in 1961 ingesteld, toen president John F. Kennedy, woedend over het fiasco van de Varkensbaai, een methode zocht om deze operaties beter in de hand te houden. Daarna moesten alle clandestiene acties – vooral die van de CIA – eerst door 303 worden besproken en goedgekeurd.

Ondanks haar hoogst belangrijke functie – of misschien wel juist daardoor – was Commissie 303 gehuld in mysterie; in heel Washington wisten hoogstens enkele honderden van het bestaan ervan. Circ Martins echtgenote behoorde niet tot die ingewijden. Zo was haar man nu eenmaal: iemand die in zijn privé-leven de conventies en in zijn beroep de geheimhouding hoogst serieus nam. Die zwijgzaamheid van hem was de president opgevallen, toen die jaren geleden een speciale assistent zocht voor zaken betreffende de nationale veiligheid. Nu vertegenwoordigde 'Circ' Martin (zijn bijnaam dankte hij aan een al vroeg verworven reputatie dat hij als een cirkelzaag door moeilijke problemen heen ging) in de commissie de belangen van de president. De snelle jongen van toen was nu een nuchtere man van middelbare leeftijd die opging in zijn werk en maar één passie scheen te hebben: de macht, het prestige en de persoon van de Amerikaanse president te beschermen, wat er ook mocht gebeuren.

Martin demonstreerde dit opnieuw aan het begin van de conferentie toen Harry Dukess, de vaste, niet-stemgerechtigde vertegenwoordiger van de CIA in 303, rapport had uitgebracht over het 'heibeltje' in Bangkok. 'We hebben wat geld uitgedeeld en het zaakje gesust,' had Dukess verklaard toen hij het incident probeerde te verdoezelen.

'Maar dat gaat toch niet?' had Martin gezegd, terwijl hij een pafferige wang met de palm van zijn hand omvatte. Hij beoordeelde iedere functionaris naar zijn vermogen de president in verlegenheid te brengen – en de mensen van de CIA stonden hoog op zijn lijstje. 'Ik heb nooit iemand gekend die zoveel tijd doorbracht met gevaarlijke spelletjes en het tarten van het noodlot als die mensen van jullie...'

'Dat is niet helemaal fair,' begon Dukess te protesteren. 'Als je nu weer wilt beginnen over dat geval in Indonesië...'

Maar Martin legde hem met een handgebaar het zwijgen op. 'Een dezer dagen bezorgen jullie me weer een compleet U2-incident. Maar denk eraan: als er van die zaak in Bangkok iets aan het licht komt, geldt onze eerste verantwoordelijkheid de president, wat betekent dat we misschien een of twee van jullie mensen voor de wolven moeten gooien.'

'Dat trekt hij zich niet aan, iemand voor de wolven gooien, zolang hijzelf maar niet wordt gegooid,' zei de oudste senator van North Carolina grinnikend, die ook permanent zitting had in 303. William Jennings Bryan Talmidge was een man die het meest leek op een met paarlemoer ingelegd pistool: decoratief en hoffelijk als dat hem uitkwam, maar explosief als hij driftig werd. En de 72-jarige Talmidge werd gauw driftig, vooral als het over de CIA ging. 'Godverdomme, mijn subcommissie weet niet eens hoeveel geld ze uitgeven, laat staan waaraan,' klaagde hij vaak. 'Het wordt tijd dat iemand die lui een toontje lager laat zingen.'

Talmidge maakte de indruk van iemand die daartoe zeer goed in staat was. Op Capitol Hill gold hij als de machtsfiguur par excellence. Dat dankte hij niet zozeer aan zijn fijne neus voor schandaaltjes – hoewel hij, zoals hij zelf toegaf 'meer dan een vermoeden' had van de meeste. De werkelijke bron van zijn kracht was het militaire apparaat en zijn contacten daarmee. Hij verdedigde hartstochtelijk de stelling dat voldoende materieel nooit een surrogaat mocht zijn voor mathematische suprematie, en hij overlaadde het militaire establishment met installaties van alle soorten, maten en beschrijvingen. Het verbaasde niemand dat meer dan een rechtmatig deel hiervan werd gebouwd in de staat die hij vertegenwoordigde. 'Als hij daar nog één ding neerzet,' klaagde een republikeinse tegenstander van Talmidge in een vertrouwelijk gesprek, 'zinkt de hele staat nog weg.'

Theoretisch hadden Talmidge en de andere leden van Commissie 303 gelijke rechten, maar Circ Martin, die de president vertegenwoordigde, en senator Talmidge, die zichzelf vertegenwoordigde, hadden (zoals dat heet) de meeste gelijke rechten. Dit was een situatie die de andere leden en de organisaties die ze vertegenwoordigden met berusting – zij het niet van harte – aanvaardden. De enige potentiële tegenstander, luitenant-kolonel Pruchnik, die de chefs van staven vertegenwoordigde en het elan van de tweede generatie paarde aan het geduld van de derde, wachtte voorlopig rustig af. De andere leden – adjunct-staatssecretaris van Buitenlandse Zaken Kenneth Foss, de vertegenwoordiger van de republikeinse partij Howard Snell, adjunct-staatssecretaris van Defensie Richard Kunen – wachtten met hun oordeel tot de grote twee het eens waren en volgden hen dan.

Nu de zaak-Bangkok was afgehandeld, sneed Dukess een andere kwestie aan. De CIA vroeg definitieve toestemming voor Operatie 85 Bravo, die de vorige maand door Commissie 303 in principe was goedgekeurd. Operatie 85 Bravo beoogde het droppen van wapens, munitie, nagemaakte documenten en vals geld boven Cuba ten behoeve van spionageteams die niet bestonden. De bedoeling hiervan was het geleidelijk tot de Cubaanse autoriteiten te laten doordringen dat de Amerikanen loze droppings organiseerden – een oude truc, met succes tegen Noord-Vietnam gebruikt – in de hoop dat hun waakzaamheid zou verslappen en de Amerikanen, als ze ooit echte spionageteams zouden inzetten, die met minder risico konden bevoorraden.

'Nou, het zou misschien een heel slim idee zijn om met dat plan nog eens even te wachten,' had senator Talmidge gezegd, en Circ Martin was hem bijgevallen: 'Wat het Witte Huis betreft moeten we rekening houden met de mogelijkheid dat we een van de toestellen na verloop van tijd zullen verspelen. Wat dan?'

'Maar dat hebben we toch allemaal al besproken, dacht ik?' had Dukess gezegd. 'De kisten worden bestuurd door Cubaanse ballingen, niet door Amerikanen, en ze zullen vanuit buitenlandse bases opereren. Wie het contract ondertekent weet dat hij zichzelf moet redden als zijn toestel omlaag wordt gehaald.'

'Dat weten die jongens nu,' had Martin gezegd. 'Maar als ze in zo'n Cubaanse gevangenis zitten kun je erop rekenen dat ze alles vertellen: wie hen betaalt, waar ze zijn opgeleid, voor wie ze werken. Zou het niet beter zijn het hele plan maar op een laag pitje te zetten nu we voorlopig toch nog niet met echte spionageteams willen werken?' Er was algemeen instemmend geknikt.

'Goed, als die zaak uit de weg is, kunnen we nu aan het geval-Lewinter beginnen,' zei senator Talmidge. 'Wat denk je, Circ: wil jij even je hoofd buiten de deur steken en die Diamond hierheen halen?'

'Heren,' zei Diamond, toen bij binnenstapte. Zijn ogen gingen van het ene commissielid naar het andere en bleven op Dukess rusten. 'Harry, ik wist niet dat ik jou hier zou aantreffen,' zei hij met vlakke stem – zonder dat zijn toon ook maar iets verried van de haat die hij voor de ander voelde.

'Ik vertegenwoordig de CIA,' zei Dukess neutraal.

'Ik had niet anders verwacht,' antwoordde Diamond. Hij zette zijn zware aktetas op tafel en knipte die open. 'Augustus Jerome Lewinter, heren,' zei hij, de dikke map voorstellend alsof het de persoon in kwestie was.

'Jouw aanwezigheid hier betekent zeker dat er een probleempje is gerezen, jongen?' Talmidge tuurde met half dichtgeknepen ogen over de tafel naar Diamond alsof hij door schel licht werd verblind – of zich voorbereidde op een aanval.

'Dat is juist, senator,' zei Diamond. En hij begon voor 303 aan een gedetailleerd verslag van de manier waarop A.J. Lewinter was overgelopen.

Diamond had de map opengeslagen voor zich neergelegd, maar hij nam niet de moeite die te raadplegen. 'Zo is het dus gegaan,' besloot hij. 'De Russen hebben hem getoond – ik neem aan dat u de berichten hebt gelezen – en ze hebben hem uitgeperst voor binnenlandse propagandadoeleinden.'

'Hoe is onze lezing van het gebeurde ontvangen? Ik bedoel, geloofde iemand wat wij schreven?' De vraag werd gesteld door Kunen, een overijverige, overrijpe politicoloog.

'Dat is vrij handig aangepakt,' zei Diamond. 'We wisten wat ons wachtte en zijn met de politie van Boston overeengekomen dat er een arrestatiebevel tegen hem zou worden uitgevaardigd – exhibitionisme met minderjarige meisjes. Drie getuigen nog wel. Voorts werd hij in Boston bovendien gezocht wegens achterstallige alimentatie – dat was overigens echt. Omdat het arrestatiebevel enkele dagen eerder gedateerd was dan de Russische persconferentie, is onze lezing door de jongens van de pers min of meer aanvaard en als waar afgedrukt.'

'Dan komen we dus nu zeker tot wat bij ons thuis het klokhuis of de pruimenpit wordt genoemd, niet?' vroeg Talmidge.

'U bedoelt: wat heeft Lewinter meegenomen?' zei Diamond.

'Precies, mijn jongen. Wat had die Lewinter in zijn plunjezak gestopt toen hij besloot te vertrekken naar weidevelden waar het gras groener, of moet ik zeggen roder is?' Talmidge vouwde zijn handen achter zijn hoofd en leunde op de samengevoegde palmen.

'Het gaat niet zozeer om wat hij in zijn tas had, senator. Het gaat om wat hij in zijn hoofd had. We hebben goede reden om aan te nemen dat...'

Zich naar voren buigend, zijn ellebogen op de tafel, hen toesprekend alsof hij hen in vertrouwen nam, begon Diamond zijn theorie over 'het ergste geval' uiteen te zetten: de aanwijzing dat Lewinter zijn als kind verloren fotografische geheugen had teruggekregen, het bewijs dat hij lang genoeg toegang had gehad tot de strikt geheime MIRV-formules om ze in dat fotografische geheugen te prenten.

'Had hij een motief?' vroeg Martin. Wanneer Diamond sprak, maakte hij aantekeningen op een gele blocnote. Hij deed dit uit gewoonte: voor hij die avond wegging zou hij de velletjes in de zak met te verbranden materiaal deponeren en de president mondeling op de hoogte brengen van hetgeen de president volgens hem moest weten. Martin schreef: 'Motief', zette er een dubbele punt achter en wachtte op Diamonds antwoord.

'Er is keuze genoeg,' zei Diamond. 'De psychiater van ons CPP heeft ten slotte geconcludeerd dat Lewinter uit was op status. De overloper, zegt onze psychiater, vooral een die waardevolle informatie meebrengt, staat daardoor in het middelpunt van de belangstelling. En dat wilde Lewinter graag. Zelf ben ik geneigd het motief te zoeken in Lewinters linkse – misschien is "revolutionaire" een beter woord – activiteiten. Hij was blijkbaar diep teleurgesteld in de Verenigde Staten. Hoe dan ook, er zijn motieven genoeg voor die overlopers.'

'Goed, laten we terugkomen op de MIRV-map die hij volgens u heeft gezien. Wat stond daarin?' Martin schreef: 'MIRV', met een dubbele punt en wachtte Diamonds antwoord af.

'De Verenigde Staten, heren, hebben zo ongeveer 1.170 raketten in hun arsenaal – de meeste zijn Minuteman-raketten, opgesteld in ondergrondse silo's, of Polaris-raketten, aan boord van atoomonderzeeërs. U kent de cijfers waarschijnlijk beter dan ik, maar er is me gezegd dat aan het einde van deze maand de meeste uitgerust zullen zijn met MIRV's, meervoudige, onafhankelijk van elkaar te richten projectielen. Voorzover ik het begrijp, splitsen deze projectielen zich bij hun terugkeer in de dampkring, zodat ze drie ladingen vervoeren in plaats van één, waardoor onze vuurkracht en onze kansen om door het vijandelijke afweerscherm heen te dringen worden verdrievoudigd. Op een bepaalde afstand van het doel splitst het projectiel zich dus en gaan de kernkoppen naar van tevoren gekozen doelen. Er bevinden zich zestien typen MIRV in het arsenaal van de Verenigde Staten; sommige zijn inderdaad kernbommen, andere hebben loze ladingen en wekken alleen de indruk van kernbommen en weer andere zijn antiradarmechanismen, die op de radarschermen de ontvangst van het antiraketsysteem storen. Goed. Nu heeft elk van die zestien MIRV-typen een eigen baan – ze zijn dus geprogrammeerd voor een bepaalde taak als de splitsing eenmaal heeft plaatsgevonden. Het ligt voor de hand dat iemand die deze baan zou kennen een computer zo zou kunnen programmeren dat die met de gegevens van de opsporingsmechanismen als input binnen enkele seconden zou kunnen uitmaken welke op het scherm verschijnende stippen van echte kernladingen zijn voorzien, welke loze ladingen hebben en welke storingsmechanismen.'

Diamonds verhemelte was droog geworden. Hij zweeg en verzamelde wat speeksel.

'Die gegevens heeft Lewinter meegenomen,' vervolgde Diamond. 'Het is althans mijn overtuiging, heren, dat we moeten aannemen dat Lewinter ze heeft meegenomen.'

'Met andere woorden,' zei Martin grimmig, 'hij heeft hun de sleutel tot ons raketsysteem overhandigd.' Dit was nog erger dan Martin had verwacht; hij was al bezig over de potentiële gevolgen hiervan voor de president na te denken – en de keuzemogelijkheden.

'Ik kreeg de indruk dat hij ons helemaal heeft ontwapend,' zei senator Talmidge. Er gleed een raadselachtige, fronsende glimlach over zijn gezicht.

Kunen, aan de overkant van de tafel, floot lang en zacht.

Alleen Dukess – die allang had geweten wat er zou komen – reageerde laconiek op Diamonds uiteenzetting. 'Ik geloof...' begon hij aarzelend, en toen hij zag dat alle hoofden in zijn richting draaiden, herhaalde hij met meer overtuiging: 'Ik geloof dat het waarnemend adjunct-hoofd van de afdeling Veiligheidsbeleid' – Dukess sprak Diamonds titel zo langgerekt uit dat die een tikje belachelijk werd – 'een al te grimmige interpretatie van de beschikbare feiten heeft gegeven.'

Dukess had geaarzeld voor hij zich in het gesprek mengde. Talmidge en Circ Martin zaten aan weerskanten van hem als twee zeloten die bereid waren de ketter tussen hen in te verpletteren. Maar terwijl hij aarzelde, was zijn blik gevallen op Diamonds gezicht: de onpersoonlijke ogen, vochtig en zwart als inktpotten, de zelfvoldane mond met de in de aanzet van een glimlach opgetrokken hoeken. En toen had de herinnering aan wat er in het verleden was gebeurd Dukess gedwongen zich in de realiteit van het heden te storten.

'Het waarnemend adjunct-hoofd' – ditmaal legde Dukess de volle nadruk op het woord waarnemend – 'heeft ons het ergste geval beschreven, waarbij hij hoofdzakelijk schijnt uit te gaan van een aangeboren neiging om altijd het ergste te denken.' Dukess wendde zich tot Diamond en vroeg hem op de man af: 'Heb je ook maar een spoor van bewijs dat het ergste inderdaad gebeurd is?'

Diamond keek uit het raam terwijl hij zijn feiten rangschikte. 'Je wilt mijn stelling bevestigd zien, en dat is begrijpelijk. Vertel me eens, Harry: wat zou jij doen als er een Rus op de Amerikaanse ambassade in Japan verscheen en asiel vroeg? Tenzij het om een grote trofee ging als Svetlana, zou je voorzichtig aan doen, niet? Je zou met alle mogelijkheden rekening houden – denken aan een list, aan een dubbelagent, aan een komediant, op je afgestuurd om je een figuur te laten slaan. Voor je hem ook maar de hand drukte zou je hem laten bewijzen dat hij de moeite waard was om risico's voor te lopen. Als hij dat bewijs leverde, zou je hem het gevraagde asiel geven. Goed, draai dat bandje nu eens achterstevoren af: de Russen kenden Lewinter pas een paar uur en hebben hem toen al onder escorte op het vliegtuig naar Moskou gezet. Ze hebben hem geaccepteerd. Kennelijk waren zíj er in elk geval wel van overtuigd dat hij de moeite waard was.' Diamond wendde zich tot de andere leden van 303 zoals een advocaat zich wendt tot een jury. 'Het wil me voorkomen, heren, dat we bij al onze pogingen om het overlopen van Lewinter te evalueren moeten' – Diamond dempte zijn stem en herhaalde fluisterend het woord 'moeten' – 'uitgaan van dit eenvoudige feit: ze hebben hem geaccepteerd. Er zijn nog meer stukjes van de legpuzzel die in de richting van het ergste wijzen. U weet dat de Russen Lewinters persoonlijke papieren hebben gestolen toen ze blijkbaar hun eigen antecedentenonderzoek naar hem instelden – iets wat ze alleen doen met hoogst belangrijke overlopers. Vergeet ook niet dat ze waarschijnlijk de bibliothecaris hebben vermoord om hun sporen uit te wissen. En verder is het van belang dat nu Avksentjev zelf bij de hele zaak betrokken is…'

'Hoe weet je dat?' vroeg Dukess uitdagend.

'Onze militair attaché in Moskou kwam met dat nieuwtje,' zei Dick Kunen. 'Het schijnt dat Lewinter voor de persconferentie met Avksentjev heeft geluncht. Het bericht kwam vandaag binnen – je zult op je bureau wel een doorslag vinden.'

Dukess keek snel naar Diamonds onbewogen gezicht – en ging weer in de aanval. 'De hele zaak heeft nog een ander aspect. Laten we even aannemen dat vriend Diamond gelijk heeft met zijn ergste geval. Voorzover ik weet, zouden we met tweehonderd voltreffers van kernbommen de Sovjet-Unie kunnen verwoesten – of, zoals onze experts dat uitdrukken: zoveel materiële schade en verlies aan mensenlevens veroorzaken dat dit voor een rationele Russische regering onaanvaardbaar zou zijn. De experts zeggen ook dat de Russen bij de huidige stand van hun verdediging, ook al zouden ze weten welke van de 3.600 projectielen een kernlading hebben, geen schijn van kans zouden hebben om minder dan achthonderd voltreffers te krijgen. Met andere woorden: het ergste geval is nog een zinloos geval. We kunnen hun antiraketverdediging met onze MIRV's altijd in puin schieten, zodat de afschrikwekkende werking van onze tegenaanval geloofwaardig blijft, ook al is Lewinter overgelopen.'

Kunen wipte achterover met zijn stoel, zodat zijn lichaamsgewicht nu op de achterpoten ervan rustte. 'Dat geldt voor de stand van de technologie nu,' zei hij. 'Als de Russen besluiten eens wat tijd en geld te investeren in de research en ontwikkeling van antiraketsystemen, zou dat hun kansen kunnen verbeteren. Dit in combinatie met hun kennis van de baanformules die hen in staat stelt de kernbommen te onderscheiden zou het aantal voltreffers beneden de tweehonderd kunnen brengen. Waar blijf je dan?'

'De Russen hebben tot nu toe niet veel belangstelling getoond voor de ontwikkeling van een antirakettechnologie,' zei Dukess snel.

'De Russen waren tot nu toe niet in het bezit van de baanformules,' repliceerde Kunen.

'Er is geen enkel bewijs dat ze die nu wel bezitten,' protesteerde Dukess woedend.

'Heren,' interrumpeerde Circ Martin.

Kunen wipte achterover, verloor bijna zijn evenwicht maar herstelde zich. 'Ik zou Diamond een vraag willen stellen,' zei hij. 'Jij bent van het begin af bij de zaak betrokken geweest, zodat je er wel enig idee van moet hebben hoe we het overlopen van Lewinter kunnen neutraliseren.' Kunen stelde deze vraag rustig en nonchalant, zodat niemand kon vermoeden dat de tekst al was geschreven voor Diamond de kamer had betreden.

'Een ogenblik,' zei Dukess, ter voorkoming van Diamonds antwoord. 'Het waarnemend adjunct-hoofd Veiligheidszaken is hier ontboden om het overlopen te verklaren van iemand voor wie zijn afdeling verantwoordelijk was – niet om ons te vertellen wat wij moeten doen.'

De zachte zuidelijke stem van Talmidge goot olie op de woelige wateren van het gesprek. 'Kom nu toch, er is toch niets op tegen dat iemand die zo nauw bij de hele zaak betrokken is als meneer Diamond hier ons laat profiteren van zijn ideeën erover? Vooropgesteld natuurlijk dat hij ideeën heeft.'

'Ik heb er inderdaad wel enkele ideeën over, senator,' zei Diamond. En hij vertelde de leden van Commissie 303 hoe hij zich voorstelde dat het overlopen van A.J. Lewinter kon worden geneutraliseerd.

Toen hij uitgesproken was, viel er een diepe stilte in de kamer.

'Ik vind dat we het te snel willen doen,' zei Dukess ten slotte. 'We moeten niet overhaast te werk gaan; we moeten die signalen van je zorgvuldig overwegen. Maar van die moordaanslag kan geen sprake zijn; onze mensen zouden drie tot zes maanden nodig hebben om zo'n operatie voor te bereiden en daarna zou het zinloos zijn.'

'Ik heb maar tien dagen nodig,' zei Diamond rustig.

'Dat lukt je nooit,' hoonde Dukess.

'Dat is nu juist het mooie van mijn plan,' antwoordde Diamond. 'Het hoeft niet te slagen – als ik maar een geloofwaardige poging doe.'

Kunen wipte weer met zijn stoel achterover. 'Wat het departement van Defensie betreft,' zei hij, 'zouden we bereid zijn Diamond via de inlichtingendienst van Defensie te laten opereren, vooropgesteld dat de commissie haar fiat geeft voor de actie.'

Plotseling zag Dukess duidelijker hoe de kaarten lagen.

'Ik ben nieuwsgierig hoe jij het je voorstelt binnen tien dagen een aanslag op het leven van Lewinter te plegen,' zei hij.

De ironie van het lot wilde dat Diamond op een kruispunt van wegen was aangekomen. Hij voelde de warmte die zijn lichaam in die enkele dagen met Sarah had verzameld wegtrekken en plaatsmaken voor de speciale kilheid van het schaakspel en Cernú. Zonder te aarzelen vertelde hij Dukess de details.

'Dat lijkt me heel slim gevonden,' zei Talmidge.

'Ik zal erover spreken met de president,' zei Circ Martin. 'Maar om geen tijd te verliezen kunnen we het Simulatie Test Centrum wel eens met het idee laten spelen, niet? Daarna zien we dan wel verder.'

Buiten de conferentiekamer was Dukess even alleen met Diamond.

'Dat plannetje van jou gaat niet door,' zei Dukess zacht, dreigend. 'Ik zal doen wat ik kan om het de grond in te boren.'

'Als je de tijd hebt gehad om erover na te denken, zul je zelf inzien dat het de enige oplossing is, daarvan ben ik overtuigd,' zei Diamond, de bureaucraat parodiërend die zachtzinnig een meedogenloze politiek verdedigt.

'Als je weer een actie organiseert, Leo, zorg dan vooral dat je dit keer schriftelijke toestemming krijgt.'

'Ik zou het niet anders willen, Harry.'

17

De als Boris Avksentjev geïdentificeerde man brak het ijs.

'Om de waarheid te zeggen,' begon hij, de spieren om zijn ogen samentrekkend alsof hij zijn best deed eerlijk te zijn, 'ik ben ambivalent.' Hij sprak Engels met een licht buitenlands accent – vermoedelijk Slavisch, hoewel iemand die hem hoorde nooit kans zag het nader te identificeren.

'Waarom ambivalent?' vroeg de enige aanwezige wiens lessenaar niet van een naamplaatje was voorzien.

'Nu ja, ik ben natuurlijk eerzuchtig, en een halfslachtige opportunist.'

'Wat bedoel je met "halfslachtig"?'

'Och, daarmee wil ik zeggen dat ik geen speciale moeite zou doen mijn arme Poolse boer van een vader te vermoorden om vooruit te komen – maar dat ik aan de andere kant ook geen speciale moeite zou doen hem te redden als dat me mijn carrière zou kosten.' Gelach.

'We waarderen je oprechtheid,' zei de monitor. 'Ga door.'

'Waar was ik gebleven?'

'Je legde je ambivalente houding uit.'

'O ja, mijn ambivalentie. Zoals jullie weten heb ik me voor economische hervormingen geïnteresseerd omdat het me een redelijk ongevaarlijke manier leek om snel door te dringen in het hoogste partijkader. Eerst ben ik heel voorzichtig te werk gegaan, maar toen ik succes had met mijn vernieuwingen – hogere productiecijfers, hogere winsten, minder verspilling van grondstoffen enzovoort – heb ik toegestaan dat mijn naam in het openbaar met deze hervormingen werd verbonden. Tegenwoordig word ik door westerse Rusland-kenners meestal beschreven als een van de voorzichtig-progressieve pragmatici in de sovjetleiding, en als de vermoedelijke opvolger van de premier – vooropgesteld dat die ooit genoeg krijgt van zijn baantje.' Hernieuwd gelach.

'Je hebt je ambivalente houding nog steeds niet verklaard.'

'Dat ga ik nu doen.' Weer trok de spreker de huid om zijn ooghoeken samen. 'Als secretaris van de politbureaucommissie die toezicht houdt op de buitenlandse veiligheidsorganen van mijn land heeft de zaak-Lewinter uiteraard mijn volle aandacht. Nu ben ik een van degenen die – hoe zal ik het uitdrukken? – het marxisme-leninisme op katholieke wijze benader. Ik geloof eerlijk dat de loop van de geschiedenis vaststaat: these, antithese, synthese, these, antithese, synthese, ad infinitum. Toen ik nog aan het partijcollege in Moskou studeerde, heb ik een monografie geschreven over de oorsprong van de hegeliaanse dialectiek, maar dat doet er verder niet toe. Het gaat er maar om dat het individu, zoals we uit de geschriften van Marx en Lenin weten, de loop van de geschiedenis niet kan veranderen, maar wel het tempo kan verhogen waarin het proces zich voltrekt wanneer de kansen worden aangegrepen. En zo'n Lewinter ruikt naar een kans – met een hoofdletter K. Daarop berust dus mijn ambivalente houding; ik heb me vastgelegd op economische hervormingen en het stuit me tegen de borst de economie te ontwrichten door meer gelden en mensen beschikbaar te stellen voor de verdediging tegen raketten, maar het idee om dankzij Lewinter de kapitalisten de baas te worden trekt me aan.'

'Juist,' zei de monitor. 'En aan welke kant stel je je ten slotte op, dacht je?'

'Ik ben geneigd, geloof ik, de vereiste gelden voor een antiraketsysteem toe te wijzen, als de militairen, zoals ik vermoed, zich daar ook voor zullen uitspreken. Het is me bekend dat mijn militaire collega's de laatste tijd aan invloed hebben gewonnen. Het is mogelijk dat ik door Lewinter te steunen de top sneller en met minder risico's bereik dan door middel van economische hervormingen, waarvoor de militairen nooit veel voelen. Begrijp me goed, ik ga geen handstandjes voor hem doen, maar als ik enige steun krijg ben ik bereid Lewinter redelijk enthousiast te begroeten.'

'Juist,' zei de monitor, en hij noteerde iets op wat eruitzag als een scorebord. Daarna wendde hij zich tot de man die volgens het naamplaatje op zijn lessenaar generaal Aleksander Soechanov was.

'Mijn standpunt is voorspelbaar,' zei de generaal. 'Volgens mij zou het misdadig zijn om over deze informatie te beschikken en die niet om te zetten in militair voordeel. Ik redeneer met alle kracht van mijn overtuiging dat de Amerikanen, al zeggen ze ook dat ze nooit als eersten een nucleaire aanval zullen doen, bezig zijn een arsenaal voor zo'n eerste aanval op te bouwen. Ik zou mijn collega's erop wijzen dat Lewinters informatie ons een kans biedt zo'n eerste aanval te overleven…'

'Kunt u dat "overleven" nader toelichten?'

'Natuurlijk. Met "overleven" bedoel ik dat we de Amerikanen beperken tot 150 treffers van één megaton op onze steden. Verder zou ik waarschijnlijk zeggen dat het hier niet alleen gaat om het voortbestaan van de Sovjet-Unie, maar ook om de voortzetting van het socialistische experiment dat Lenin in ons vaderland is begonnen. Ik zou laten blijken dat mijn militaire collega's en ik het als hoogverraad zouden beschouwen wanneer onze politiek leiders andere principes lieten prevaleren bij de fysieke veiligheid van onze geboortegrond.'

Nikolai Chinsjoek, die namens de budgetteringsdeskundigen sprak, kreeg nu het woord.

'Ik wil erop wijzen dat een antiraketsysteem onder normale omstandigheden veel kostbaarder is dan aanvalsraketten, aangezien algemeen wordt toegegeven dat men op elke vijandelijke aanvalsraket drie antiraketraketten moet bezitten om negentig procent kans te hebben hem te onderscheppen. Aangenomen dat mijn collega's van de inlichtingendienst wat Lewinter betreft gelijk hebben, heeft het beeld zich nu radicaal gewijzigd. Voorzover ik begrijp kunnen wij met deze informatie bepalen welke raketten een nucleaire lading hebben en ons daarop concentreren, zodat we met twee derde minder antiraketraketten kunnen volstaan, wat betekent dat een antiraketsysteem nu een economisch haalbare zaak wordt vergeleken bij de kosten van de aanvalsraketten.'

'U bent dus geneigd Lewinters informatie te benutten?'

'Vanuit economisch standpunt bezien: ja, zeker.'

'Juist.' Weer een aantekening op het scorebord. 'Pogodin.'

De man op wiens naambordje JEFGENJ POGODIN stond nam het woord. 'Ik heb hem ontdekt. Mijn chefs in Moskou zijn hoofdzakelijk op mijn oordeel afgegaan toen ze hem hierheen haalden. Het is duidelijk dat mijn carrière nu met hem staat of valt. Wat er ook gebeurt, ik laat hem niet in de steek.'

De monitor wendde zich weer tot Avksentjev: 'In hoeverre zal Pogodins standpunt het uwe beïnvloeden?'

'Helemaal niet, geloof ik. Ik weet dat zijn carrière volgens hemzelf met Lewinter staat of valt, maar dat is niet zo – en dus neem ik zijn trouw aan Lewinter met een paar korreltjes zout.'

De monitor vroeg nu Michael Rodzjanko naar zijn mening.

'Ik spreek namens mijn collega's in de natuurwetenschappen als ik zeg dat het probleem niet zo eenvoudig is als de economen het voorstellen. Het gaat niet alleen om de kosten van een antiraketsysteem. Als de Amerikanen zien dat wij daaraan werken, zullen ze dat voorbeeld ongetwijfeld volgen, wat betekent dat wij ons aanvalsarsenaal moeten uitbreiden teneinde door het Amerikaanse verdedigingssysteem heen te breken. We moeten dus van het begin af aan niet alleen de kosten van het afweersysteem calculeren, maar erbij optellen wat de uitbreiding van ons aanvalssysteem gaat kosten.'

'Maar welk standpunt zult u innemen met betrekking tot Lewinters informatie?'

'Ik wil wel toegeven dat het opbouwen van een antiraketsysteem voor het eerst een reële mogelijkheid wordt.'

Weer werd er iets op het scorebord genoteerd.

'Dan krijgen we u nog, Miliantovitsj en voorzitter.'

De man die met Vjatsjelav Miliantovitsj werd aangesproken, zei: 'Zoals bekend vertegenwoordig ik het Amerikaanse instituut van de universiteit, met andere woorden de Russische Amerika-kenners. Ik zal mij hoofdzakelijk bezighouden met de diplomatieke implicaties op langere termijn van de zaak-Lewinter. Mijn uitgangspunt zal zijn dat de Sovjet-Unie diplomatiek altijd de meeste successen heeft behaald wanneer wij onderhandelden vanuit een machtspositie, zoals bijvoorbeeld in de jaren na afloop van de Grote Patriottische Oorlog, toen de Amerikanen meenden dat wij in staat waren West-Europa te bezetten. Mijn conclusie zal dus zijn dat onze diplomatieke positie tegenover de kapitalisten veel sterker zal zijn als we een antiraketsysteem aan ons arsenaal hebben toegevoegd.'

'Moeten de Amerikanen dan eerst weten dat wij een antiraketsysteem hebben ontwikkeld voor we er op het diplomatieke vlak van kunnen profiteren?' vroeg de monitor.

'Nee hoor. Het zal hun alleen opvallen dat we ons met meer zelfvertrouwen op weg begeven naar de markt voor de internationale onderhandelingen – met veerkrachtiger tred, bij wijze van spreken.'

'En u bent er dus voor Lewinters informatie te benutten?'

'In het licht van de internationale machtsverhoudingen met de kapitalisten, in het licht van de indruk die het op de Amerikanen zal maken: ja.'

'Dan zult u het moeten zeggen, meneer de voorzitter.'

De man op wiens lessenaar het bordje VOORZITTER was aangebracht aarzelde: 'Ik ben geneigd langzaam te beslissen,' zei hij ten slotte. 'Ik zie graag eerst uit welke hoek de wind waait. Als fouten onvermijdelijk zijn, heb ik het liefst dat zo veel mogelijk mensen de verantwoordelijkheid ervoor met mij delen. Ik hou me dus nog even op de vlakte, denk ik. Maar als ik zie dat Avksentjev zich aansluit bij de militairen, zal ik in de verleiding komen dezelfde lijn te volgen – voor hen uit, dat spreekt. Tenslotte ben ik hun leider.'

'Hoe staat u tegenover het door Rodzjanko gemaakte voorbehoud?'

'O, wat dat aangaat: Rodzjanko's broer is kortgeleden gescheiden van de zus van mijn vrouw, na twaalf jaar met haar getrouwd te zijn geweest…' De voorzitter haalde zijn schouders op. 'Ik geloof niet dat ik me door het voorbehoud van de natuurwetenschappers zal laten beïnvloeden.'

Een kleine groep waarnemers achter in het zaaltje luisterde aandachtig: een doctorandus van het Brooklyn Instituut die aan een proefschrift over het Simulatie Test Centrum werkte, twee jonge Ruslandspecialisten van het ministerie van Buitenlandse Zaken die enkele diplomatieke gambieten wilden laten testen, een Joegoslavische overloper die door het centrum was aangenomen om voor Tito te spelen, en Leo Diamond.

Diamond was de enige die niet lachte als iets in de zakelijke dialoog plotseling algemene hilariteit wekte. De 'spelers' amuseerden zich – maar hij niet. Er stond te veel op het spel waarover hier kennelijk luchthartig werd geoordeeld.

In werkelijkheid werden de meningen niet luchthartig gegeven: iedere speler had een grondige studie gemaakt van de Rus die hij vertegenwoordigde. De man die als de voorzitter werd aangeduid had twaalf jaar elk aspect van het openbare en privé-leven van deze leider bestudeerd. Het nieuwtje dat de voorzitter woedend was over de echtscheiding van een zus van zijn vrouw was gedestilleerd uit borrelpraat, verzameld door westerse agenten van de inlichtingendienst in Moskou. Het was een bizarre, kafkaëske zaak, dat Simulatie Test Centrum. Het had circa 350 mensen in dienst, die er een volledige dagtaak hadden of nu en dan meewerkten. Om een vaste kracht van het centrum te worden moest je een 'paard' (zoals de persoon in het jargon van het Simulatie Test Centrum heette) van enig formaat hebben – en spelers met een goed paard vonden hier een lucratieve baan. De man die Avksentjev had gekozen kon bijvoorbeeld rekenen op een mooie carrière als zijn paard in de Sovjet-Unie een van de topfiguren werd – waarop een goede kans was. Andere spelers waren niet zo fortuinlijk geweest; een jonge psycholoog uit de behaviouristische school had zich drie jaar verdiept in het leven van een vrij onbekend paard, dat later naar Tasjkent was verbannen en daar directeur van een waterleidingbedrijf was geworden. (De psycholoog was weer een particuliere praktijk begonnen.) Bovendien moest altijd rekening worden gehouden met het noodlot: als een lid van het politbureau stierf, was het een traditie geworden dat het Simulatie Test Centrum bloemen stuurde naar de speler die nu geen paard – en geen baan – meer had.

Die ochtend hadden de spelers zich beziggehouden met wat

de monitor 'een opwarmoefening' noemde: de vraag of de door hen vertegenwoordigde Russen geloofden dat Lewinter echt was en of ze de vermoedelijk door hem meegebrachte informatie zouden benutten. Nu ze hierover hun mening hadden gegeven, kwam het tweede vraagstuk aan de orde. De monitor, die in Oxford had gestudeerd voor hij bij de exodus die bekendstond als de braindrain naar Washington was gelokt, zette het probleem uiteen: 'Heren, ik mag aannemen dat u de signalen kent die door Amerika zijn uitgezonden: het ontslag van Chapin, de zuivering in Moskou, de MIRV-conferentie enzovoort. De vraag wordt dan: zullen de Russen hierin signalen zien, en zo ja: hoe zullen ze erop reageren? Wie wil, kan hierover zijn mening geven. Kameraad Avksentjev.'

Met bonzend hart boog Diamond zich naar voren om elk woord op te vangen.

'Dat lijkt me vrij gemakkelijk.' De man die Avksentjev werd genoemd was klaar met het stoppen van zijn pijp. 'Ach, excuseer me,' zei hij. Nadat hij zichzelf vuur had gegeven, trok hij enkele malen aan de pijp en keek op. 'U vraagt me naar de signalen, monitor. Het eerste wat ik erover moet opmerken is dat wij het onmiddellijk zullen weten als die dingen gebeuren. Dat Chapin en de mensen in Boston in het oog worden gehouden spreekt vanzelf. Het lijkt me mogelijk dat de eerste aanwijzing door ons serieus zal worden genomen – dat wil zeggen, we zullen de indruk krijgen dat de Amerikanen op een authentiek geval van overlopen reageren, wat ons, lijkt me, zal sterken in onze overtuiging dat Lewinter echt is. Maar als we een tweede en derde aanwijzing krijgen – zeker als we vernemen dat de MIRV-specialisten in Washington zijn ontboden – zullen we argwaan krijgen en de hele zaak opnieuw bekijken. Als we dan horen dat er een poging is gedaan Lewinter uit de weg te ruimen, zullen we overtuigd zijn dat we signalen ontvangen.'

'En hoe zult u die signalen interpreteren?'

'We zullen eruit afleiden dat de organen van de Amerikaanse inlichtingendienst niet reageren op een echt geval van overlopen, maar integendeel hun best doen ons ervan te overtuigen dat het om een echte overloper gaat, waaruit wij zullen concluderen dat de man een bedrieger is.'

'Juist.' De monitor keek alsof hij nog een vraag wilde stellen. Hij bedacht zich blijkbaar en wendde zich tot generaal Soechanov.

'Persoonlijk zal ik evenals de meeste van mijn collega's in de legerleiding,' zei de generaal, 'vasthouden aan het idee dat Lewinter echt is, maar enkele van onze jongere fanatici zullen het standpunt van minister Avksentjev overnemen; de Amerikanen willen ons met hun signalen in de waan brengen dat hij echt is, en dus moet hij een bedrieger zijn.'

'In hoeverre zal de twijfel van die fanatici u beïnvloeden?'

'Ons voornemen om erop aan te dringen Lewinters informatie te benutten zal erdoor worden verzwakt. Ik zal ons plan blijven verdedigen, maar minder energiek – en ik zal me gaan afvragen of de anderen misschien gelijk hebben.'

'Nikolai Chinsjoek,' zei de monitor met een hoofdbeweging naar de volgende speler.

'Als het zaad eenmaal is uitgestrooid…'

'Pardon, welk zaad bedoelt u?'

'Het zaad van de twijfel, monitor. Als het zaad van de twijfel aan Lewinters oprechtheid eenmaal is uitgestrooid, zal ik, sprekend namens het Budgetbureau, zeggen dat het belachelijk zou zijn ons huidige vijfjarenplan te ontwrichten. De vraag of Lewinter oprecht is moet de doorslag geven. Als er op dat punt ook maar enige twijfel bestaat, zal ik voorzichtigheid aanbevelen. Ik zal het standpunt verdedigen dat het lichtzinnig zou zijn dan aan de opbouw van een antiraketsysteem te beginnen, dat, zoals ik al heb uiteengezet, veel kostbaarder is dan een aanvalssysteem.'

'Dan mag ik dus aannemen dat uw oorspronkelijke voorbehoud hierdoor is versterkt?'

'Precies.'

'Juist,' zei de monitor.

Het was Pogodins beurt.

'Het is nog altijd in mijn belang dat Lewinter wordt aanvaard. Ik zal mijn chefs dus voorhouden dat de Amerikanen geen signalen geven; integendeel, zoals ik het land ken, zou ik zeggen dat ze reageren op een normaal geval van overlopen. In zo'n geval zegt men: als het kalf verdronken is, dempt men de put.'

Weer vroeg de monitor aan Avksentjev in hoeverre Pogodins mening hem zou beïnvloeden.

'Meer dan de eerste keer,' zei Avksentjev. Hij zweeg even om zijn gedachten te ordenen. 'Pogodin is een zeer bekwame agent van de inlichtingendienst. Als hij zich alleen zorgen maakte over zijn carrière, zou hij zich van Lewinter hebben afgewend zodra het tij was gekeerd. Maar dat hij aan zijn mening vasthoudt imponeert me – vooral omdat ik weet dat hij in de Verenigde Staten is opgegroeid en begrip heeft voor het land dat velen van onze zogenaamde deskundigen missen. Samenvattend zal ik vermoedelijk vasthouden aan mijn oorspronkelijke standpunt, maar verontrust zijn over Pogodins twijfel. Ja, die zou me beslist verontrusten.'

Vatsjelav Miliantovitsj, de Russische Amerika-deskundige, gaf ongevraagd zijn mening.

'Ik zou uw verontrusting nog vergroten, kameraad Avksentjev. Ik zou uw zienswijze delen dat de Amerikanen ons vermoedelijk signalen zenden – maar met welke bedoeling? Tenslotte hangt alles ervan af wat de Amerikanen willen dat wij zullen geloven. Als ze bij ons de indruk willen wekken dat hij echt is, moet hij een bedrieger zijn. Als ze bij ons de indruk willen wekken dat bij een bedrieger is, moet hij echt zijn. Maar nu wordt het ingewikkeld. Ik zie de mogelijkheid dat de Amerikanen ons met hun signalen willen doen geloven dat hij echt is in de verwachting dat wij zullen ontdekken dat hij volgens hun signalen echt is en eruit zullen afleiden dat hij een oplichter is. Ergo, ze willen dat wij hem voor een oplichter houden. Ergo, hij moet echt zijn. Kunt u me volgen?'

'Aha, het wordt nog gecompliceerder,' zei Avksentjev.

'En wat vindt u daarvan?' vroeg de monitor.

'Het is volgens mij karakteristiek voor onze professionele Amerika-deskundigen diepzinnigheid te verwachten waar alles eenvoudig is. Persoonlijk geloof ik niet dat de Amerikanen zo subtiel te werk zouden gaan. Ik zie twee mogelijkheden: Pogodins stelling dat de Amerikanen met zinloze maatregelen reageren op een authentiek geval van overlopen en mijn eigen stelling dat ze ons er door middel van signalen van proberen te overtuigen dat Lewinter een echte overloper is, zodat hij een bedrieger moet zijn. En van die twee mogelijkheden hou ik vast aan de mijne.'

'U hebt uw mening nog niet gegeven, Rodzjanko.'

'Mijn collega's in de natuurwetenschappen zullen de stelling van kameraad Avksentjev enthousiast bijvallen: de Amerikanen willen ons doen geloven dat de man een echte overloper is, en dus moet hij een bedrieger zijn. Wij zijn tegen een nieuwe ronde in de bewapeningswedloop en staan dus achter alle argumenten die erop gericht zijn die te voorkomen.'

'Juist. Nou, dan ligt de beslissing zoals gewoonlijk weer bij de voorzitter, nietwaar?'

'Ik voel me verontrust,' zei de voorzitter. 'Er doen te veel tegenstrijdige meningen de ronde. Welke lijn ik ook kies, er zullen altijd tegenstanders zijn die loeren op een kans om "Zie je nu wel?" te zeggen.'

'Waartoe neigt u persoonlijk?'

'Ik ben geneigd Avksentjev en de mensen van de inlichtingendienst gelijk te geven – ik neig dus tot de mening dat de Amerikanen ons met hun signalen proberen te zeggen dat Lewinter echt is, zodat hij wel een bedrieger moet zijn.'

De monitor dacht even na. 'Heren, zou het voor u een geruststelling betekenen als er nog enkele signalen werden gegeven?'

'O, zeker,' zei Avksentjev. 'Als er nog enkele aanwijzingen kwamen, zou er geen twijfel meer zijn dat de Amerikanen ons er met hun signalen van wilden overtuigen dat Lewinter echt was. En dus zouden we er zonder meer uit concluderen dat hij een oplichter was.'

'De natuurwetenschappelijke groep' – Rodzjanko zag het bevestigende knikje van de man naast hem – 'en de mensen van het budget zouden die zienswijze ook verdedigen.'

'Als er nog meer signalen kwamen, zou ik ook naar die mening overhellen,' zei Pogodin.

'Zelfs ik zou aan Lewinters authenticiteit gaan twijfelen,' gaf generaal Soechanov toe. 'Trouwens, als een mening terrein wint, moet je meegaan.'

'Het verheugt me zeer dat er een meerderheid voor een bepaalde stelling begint te ontstaan,' zei de voorzitter. 'Het verheugt me zeer dat die meerderheid overeenkomt met mijn persoonlijke geneigdheid. Ik zou op dat moment beslissen: Lewinter is een oplichter en moet als zodanig worden behandeld.'

'Goed, dat was het dan, heren,' zei de monitor, en Diamond slaakte een hoorbare zucht van verlichting.

De conferentie was bijna afgelopen. De monitor verzamelde zijn aantekeningen en zei: 'Het behoort eigenlijk niet tot ons bevoegdheid, maar zouden we nu we hier toch zitten niet eens kijken of we zelf een paar signalen kunnen bedenken?' Hij keek het zaaltje rond. 'Hebt u ideeën?'

Miliantovitsj, de Amerika-kenner, stak zijn hand op. 'Zoals u ongetwijfeld weet, volgen mijn collega's en ik de Amerikaanse pers op de voet. Als er nu bijvoorbeeld in de rubriek De Periscoop van *Newsweek* een berichtje zou verschijnen...'

18

Het dode gewicht van het .45 pistool drukte tegen de levens-
lijn in Diamonds handpalm. Toen hij het klamme metaal tegen zijn huid voelde en intuïtief besefte dat de plompheid ervan iets wegnam van zijn elegante verschijning, beleefde hij
weer die ochtend in Engeland waarop een Britse instructeur
hem de eerste kennis van het wapen had bijgebracht. 'Dit
zou nog wel eens je beste vriend kunnen worden,' had hij gezegd terwijl hij het pistool tegen de binnenkant van Diamonds hand duwde zoals een verpleegster een chirurg een
scalpel aangeeft. Diamond kon de stem van de instructeur,
zonder klemtoon, zonder interpunctie, nog horen: 'Diep
ademhalen goed zo nu de helft van de lucht uitblazen mooi
nu beide handen om de kolf ja laat nu het vizier een boog beschrijven over het doel heen en laat het wapen op zijn eigen
gewicht terugzakken zo ja en als de korrel op doel is schieten
en als je eenmaal de trekker hebt overgehaald haal je hem
nog eens over begrepen twee keer begrepen beroeps schieten
altijd twee keer en als ik met je klaar ben zal het met hoofdletters in je ziel gegrift staan beroeps schieten altijd twee
keer.'
Plotseling verscheen het silhouet van een man – iemand die
hem vaag bekend voorkwam – in een raam, een meter of tien
voor en iets links van Diamond. Hij liet zich op zijn ene knie
zakken, bracht de .45 ter hoogte van zijn gezicht op armlengte voor zich uit, beide handen om de kolf. Hij haalde
diep adem, liet de helft van de lucht ontsnappen en liet de vi-
zierkorrel een boog beschrijven over het doel heen. Toen de
korrel terugzakte en weer op doel was, drukte Diamond af –
en de met hoofdletters in zijn ziel gegrifte instructie dwong
hem nogmaals te vuren.
De explosies – droge donder, gedempt door geluiddichte

wanden – daverden door de kelder waar de schietbaan was.
'Twee missers.' De stem, onpersoonlijk, verveeld, klonk door
de luidspreker. Hij vervolgde, nu met iets van beroepsinte-
resse: 'U hebt zeker in de oorlog leren schieten, meneer Diamond?'
Diamond knikte in de richting van het met glas afgeschermde controlehokje.
'In Engeland? In een trainingskamp van MI5 in Sussex?
Heette de instructeur Prichard?'
'Ja!' riep Diamond. 'Hoe weet je dat in godsnaam?'
'Sommige lui kunnen wijn proeven en je vertellen op welk
veld de druiven zijn gegroeid. Als ik iemand zie schieten,
weet ik waar hij het heeft geleerd. Ik zie het aan de manier
waarop u het wapen vasthoudt – met twee handen – en dan
twee schoten. Het gebeurt nog wel eens dat er hier zo'n vete-
raan komt die twee keer achter elkaar vuurt. Kent u meneer
Dukess van de CIA? Ook zo een – *boem, boem.* Dat was het
handelsmerk van die Prichard. Wie door hem was opgeleid
vuurde altijd tweemaal. Ha! Jullie zouden een club moeten
oprichten of zoiets.'
Diamond lachte mee met de stem door de luidspreker, maar
het was een ander soort gelach. 'Ik was de naam vergeten,'
riep hij om ook wat bij te dragen aan de conversatie. 'Maar
zo heette hij: Prichard. Hij zei altijd dat amateurs eenmaal
schoten maar beroeps tweemaal.'
'Zoiets als de kerels scheiden van de jochies zeker?'
Diamond dacht na over de kerels en de jochies, de beroeps
en de amateurs. Zonder te weten waarom dacht hij terug aan
het verhaal van de tieners in Mulhouse tijdens de Tweede
Wereldoorlog. De Duitsers hadden de Fransen verboden de
val van de Bastille te vieren en dus hadden de jongeren een
paar duizend slakken rood, wit en blauw geverfd en die op
straat losgelaten. Het grote gebaar! De *Ortskommandant* had
drie tieners laten doodschieten – twee van hen hadden niets
geweten van de grap met de slakken. Een amateur, dacht
Diamond, is iemand die anderen laat doodschieten voor iets
wat híj heeft gedaan.
'Wilt u het nog eens proberen, meneer Diamond?' De stem

was weer onpersoonlijk geworden.

'Jawel, waarom niet?' zei Diamond.

Ditmaal sprong er een deur open, zodat het silhouet werd onthuld van een man – die hem weer vaag bekend voorkwam! – gewapend met een lichte mitrailleur. Weer liet Diamond zich op zijn ene knie zakken en volgde hij het ritueel dat hij zo lang geleden had geleerd op het gemaaide gras van een Engels veld: longen halfvol lucht, doel op de korrel nemen, twee schoten die, raak of mis, hem in de ogen van zijn instructeur tot een beroeps maakten.

'Tweemaal mis. Herstel. Met het tweede schot hebt u zijn linkerschouder geschampt.'

De stem klonk nog onpersoonlijk, maar Diamond (hij werd gevoelig wat die dingen betrof) ontdekte er iets anders in: minachting voor oude beroeps die eens in de maand op de schietbaan kwamen met hun oude technieken en oude reflexen en die de zijwand van een schuur nog niet konden raken. Hier, in het souterrain van het enorme FBI-complex, telde niet wie je was of wat je had gepresteerd; het ging er alleen om hoe goed je kon schieten.

En in werkelijkheid schoot Diamond helemaal niet goed – tenminste niet op een pop zonder gezicht, zonder naam, op een schietbaan. Iets in hem verstarde altijd in afwachting van het moment waarop het kruit in de kamer zou exploderen en de kogel door de velden en groeven van de getrokken loop zou dwingen. 'Langzaam afdrukken geen kracht zetten,' had Prichard hem telkens weer voorgehouden. 'Als je kalm aan doet weet je niet wanneer het schot zal vallen en kun je je niet zenuwachtig maken.'

Diamond had zijn eigen theorie om zijn nervositeit op het laatste ogenblik te verklaren. Hij had zijn hele leven nooit uitgeblonken als het een oefening betrof. Om de een of andere reden had hij alleen adrenaline beschikbaar voor gevallen waarin het menens was – wanneer hij moest winnen. Als tiener was hij bijzonder goed geweest als basketballspeler, gespierd en snel, iemand die kon rennen en scoren. Maar alleen bij een wedstrijd. Bij de training was hij altijd minder goed; kleinere, tragere spelers sloegen hem de bal uit de hand of sprongen hoog op om zijn schoten te blokkeren, zodat hij de indruk maakte van een slome sufferd.

Het was hetzelfde – in Diamonds ogen was het tenminste hetzelfde – als het om schieten ging. Hij had nooit een pistool afgevuurd op een mens, maar hij was er volkomen zeker van dat hij als het moest zuiver, snel en onbewogen zou kunnen schieten. In een strijd van man tegen man, besefte Diamond, zou hij zich een scherpschutter betonen – en een ijskoude moordenaar. Hij herinnerde zich hoe hij tijdens de oorlog in die schuur in de Pyreneeën had liggen wachten, en terwijl de twee Britse vliegers waren weggedoken in een hoek, zelf had gehoopt dat de honden niet misleid zouden worden door de truc met de urine, had gehoopt dat de Vichy-grenswachten wel binnen zouden komen en dat hij, Diamond, daar dan geknield zou liggen, zijn handen om de kolf van het pistool dat hij op armlengte vasthield. Hij kon de dodelijke vrees waarmee ze hem aanstaarden bijna voelen. Hij kon het daveren van de schoten bijna horen – twee kogels per man natuurlijk. Hij kon bijna zien hoe de mannen door de schok werden opgetild en achteruitgeslingerd, terwijl stukken huid en bot in alle richtingen wegspatten. Ach, wat had hij hen graag door die deur zien komen. Dit was het deel van het verhaal, bedacht Diamond, dat hij niet aan Sarah had verteld.

'Nog eenmaal, meneer Diamond,' zei de stem door de luidspreker.

Ditmaal schoot de gestalte – enigszins kaal, met een pafferig gezicht – vanachter een pakkist omhoog en Diamond herkende hem onmiddellijk. De pop leek sprekend op A.J. Lewinter. Diamond zakte neer op zijn ene knie, omvatte het wapen met beide handen en schoot hem twee kogels tussen de ogen.

'Geloof je dat je hem kunt doden?' vroeg Steve Ferri met zijn trage zuidelijke stem, die niet helemaal echt klonk. 'De andere signalen lijken me vrij redelijk, maar een moordaanslag…'

'Ik zie, geloof ik, wel een mogelijkheid om de indruk te wekken dat we een moordaanslag hebben gepleegd, en daar gaat het tenslotte om,' zei Diamond.

'Hoe dan?'

Dat was natuurlijk de hamvraag. Diamond had nog met het probleem geworsteld toen hij Kunens kamer binnenliep, om hem zijn mening te geven over de zaak-Lewinter, voor Commissie 303 bijeenkwam. 'Je kunt natuurlijk heel goed voorstellen een moordaanslag op Lewinter te plegen,' had Kunen gezegd. 'Maar het enige wat je ermee bereikt is dat je de bal aan de CIA toespeelt. Daar zitten de enige mensen die voor zoiets geoutilleerd zijn en ze zullen direct toehappen – tenzij…' Kunen, die al jaren verbitterd vocht voor de belangen van het Pentagon, begon hardop te denken. Hoe de aanslag moest worden voorbereid, zodat de inlichtingendienst van het Pentagon de opdracht zou krijgen – daar ging het om.

De oplossing werd bijna bij toeval gevonden door een van Kunens slimme jongens, die een medisch rapport over de toestand van een lid van het Russische politbureau kwam brengen. Kunen had zijn assistent het probleem voorgelegd. 'Waarom werkt u niet via Zaitsev?' had de slimme jongen geopperd, alsof dat de gewoonste zaak ter wereld was.

'Wie is Zaitsev?' hadden Kunen en Diamond gevraagd.

Zaitsev was Stojan Aleksandrovitsj Zaitsev, had de slimme jongen uitgelegd, de beroemde Russische schaakgrootmeester. Het scheen dat hij een *samizdat* had geschreven – een geschrift, zoals de Russen het uitdrukken, dat meer was bedoeld voor de bureaula dan voor publicatie. Dit was echter geen gewone, oneerbiedige samizdat geweest, maar de diep verontwaardigde, aangrijpende hartenkreet van iemand die het laatste restje zelfrespect reeds lang geleden had verloren. Oppervlakkig bezien werd het lot erin beschreven van de Russische schrijver Andrej Akselrod: hoe hij op een partijcongres onvervaard van leer was getrokken tegen de censuur en het neostalinisme, hoe hij naar het Serbsky-instituut voor psychiatrische diagnose was gezonden, een krankzinnigengesticht even buiten Leningrad, en hoe hij (dit was in het Westen nog niet bekend) zich daar in een latrine had opgehangen. Wat Zaitsev in het geschrift hoofdzakelijk bezighield was echter niet Akselrod, maar Zaitsev zelf; hij werd verteerd door wroeging omdat hij zich had aangesloten bij al degenen die Akselrods redevoering op het congres hadden veroordeeld. 'Toen de vuurproef kwam,' schreef hij, 'bleek dat ik mijn flat en mijn datsja en mijn auto en mijn buitenlandse reizen meer waardeerde dan mijn menselijkheid.' In een onthullende slotpassage beschreef Zaitsev zijn reactie op het bericht dat Akselrod zelfmoord had gepleegd en zijn eigen lafheid omdat hij de begrafenis, die in stilte had plaatsgevonden, niet eens had bijgewoond.

Op een dag, lang na de begrafenis, had Zaitsev zijn hart gelucht tegen Timosjenko, de liberale redacteur van *Novi Mir,* en daarna hadden ze zich samen bezat. In de kleine uurtjes had Zaitsev zichzelf met zijn hoofd in een bak koud water ontnuchterd en daarna met de pen een samizdat geschreven, die hij *Een geweten spreekt* noemde. Toen Timosjenko wakker werd, trof hij Zaitsev slapend boven zijn geschrift aan; hij las het en in de veronderstelling dat Zaitsev het manuscript wilde laten circuleren nam hij het mee om het zijn vrienden in de liberale kring te laten lezen. Tegen twaalf uur in de middag slaagde de Dikke Koe er eindelijk in Zaitsev wakker te krijgen, die zodra hij besefte wat hij had gedaan van het ene Moskouse adres naar het andere reed in een radeloze poging het document te vernietigen, dat snel van hand tot hand ging alsof het een ontzekerde handgranaat was. Die avond kon Zaitsev eindelijk de hand leggen op de samizdat, maar toen had een ondernemende liberale Moskouse dichter het document inmiddels al gefotografeerd. Langs allerlei omwegen en na de betaling van een flinke som was het negatief bij de inlichtingendienst van het Pentagon aangekomen.

'Ons eerste idee was het stuk voor propagandadoeleinden te gebruiken – er enkele tientallen kopieën van maken, die via een van onze kanalen terugsturen naar de Sovjet-Unie en dan het hele zaakje in de westerse pers laten publiceren,' had de slimme jongen uitgelegd. 'Iemand van Zaitsevs formaat die het lot van Akselrod beschrijft – u weet natuurlijk dat er inmiddels officieel is verklaard dat hij aan kanker is gestorven – is nieuws dat als een bom zou inslaan.' Bij een routineonderzoek in het archief was echter gebleken dat Zaitsev goed bevriend was met een zekere Jefgenj Michailovitsj Pogodin, een veelbelovende agent van de inlichtingendienst, nu chef van het Bureau Tokyo – en daardoor waren andere mogelijkheden aan het licht gekomen.

'Pogodin!' Diamond begon het gambiet te construeren. 'Dat is de man die Lewinter chaperonneert.'

'Precies,' had de slimme jongen gezegd.

'Hoe goed kennen Pogodin en Zaitsev elkaar?' vroeg Steve Ferri, nadat Diamond hem had verteld hoe hij had vernomen dat Zaitsev een samizdat had geschreven.

'Heel goed – zo goed dat Pogodin Lewinter heeft meegenomen naar een feestje in Zaitsevs datsja.'

'En je gelooft dus blijkbaar dat Zaitsev weer in contact kan komen met Lewinter?'

Diamond knikte. 'We zullen hem aanbieden *Een geweten spreekt* te ruilen voor een kleine dienst die hij ons kan bewijzen.'

'Daar trapt hij niet in, hij zal niet bereid zijn daarvoor een moord te plegen,' waarschuwde Ferri.

'Hij zal niet weten dat hij een moord pleegt.'

'Het gaat er dus alleen om dat je Zaitsev wilt benaderen en hem wilt laten weten dat jij zijn *Een geweten spreekt* hebt,' zei Ferri. 'En weet je al hoe je dat kunt klaarspelen zonder hulp van de CIA?'

'Ik dacht van wel,' zei Diamond.

De telefoon rinkelde onafgebroken. Net toen Diamond maar wilde neerleggen nam Sarah op.

'Met madame Defarge,' zei Diamond.

'Leo, schoft, waar heb je gezeten?'

'Overal en nergens.'

Een ogenblik balanceerde het gesprek op de vaagheid van dat 'overal en nergens'.

'Ik moet je spreken, Leo. We hebben niets beslist, en ik vind dat we het eens moeten uitpraten.'

'We hebben gepraat, dacht ik.'

Sarah dempte haar stem tot een gefluister. 'Wat gebeurt er

toch, Leo? In het begin was je een raadsel voor me, en dat vond ik heerlijk – je had telkens nieuwe lagen die ik kon ontdekken. Maar nu ken ik je te goed, geloof ik, en het maakt me angstig. Leo, ben je daar nog?'

'Ik luister. Maar je ziet het te romantisch, Sarah. Alles is nog zoals het was. We hebben een stadium bereikt, dat is alles – een plaats waar we allebei even op adem moeten komen voor we verdergaan.'

Sarah zei: 'Waarheen verdergaan?', maar Diamond deed alsof hij haar niet hoorde en vervolgde: 'Als jij terug bent uit Rusland, nemen we er de tijd voor alles eens rustig uit te praten, goed?'

'Ik wist niet dat ik naar Rusland ging!'

'O, daar bel ik juist over op, Sarah. Je kunt me een dienst bewijzen...' Diamond voelde een ader op zijn voorhoofd kloppen.

'In Rusland?'

'Ja. Er is geen gevaar bij – helemaal niet, dat garandeer ik je. Ik wil alleen dat je met iemand in Moskou praat en hem een brief geeft, dat is alles.'

'Dat lijkt me iets wat ik niet mag missen.' Dat was de Sarah van vroeger weer: gek op spionageverhalen, gefascineerd door het idee dat zij in een ervan een rol zou spelen. 'Ga ik onder mijn eigen naam of krijg ik een nieuwe identiteit van je?'

'Maak het niet al te mooi, Sarah – je gaat als jezelf en het enige wat je hoeft te doen is een poosje met een vent babbelen en hem een brief geven en wat hooikoortspillen, meer niet. Ik vertel je de details wel als ik bij je kom. En, zeg, er zit wat geld voor je in – laten we zeggen drieduizend dollar. Hoe lijkt je dat?'

'Dat lijkt me prachtig.' Maar Sarah had aan een moeilijkheid gedacht. 'Leo, ik kan het niet doen.'

'Waarom zou je het niet kunnen doen? Ik dacht dat je het een boeiend idee vond.'

'Dat is ook zo, maar ik kan niet gaan. Ik heb die couturemensen al gezegd dat ik geen tijd had voor de reis en nu hebben ze in plaats van mij een andere mannequin aangenomen.'

'Dat is al geregeld,' zei Diamond zakelijk. 'Het andere meisje is afgekocht en jouw naam staat weer op de lijst.'

'Je bent wel erg zeker van me, hè, Leo? Dit is de tweede keer dat je het paard achter de wagen spant.'

'Wanneer was de eerste keer?'

'Toen je me liet screenen om met me naar bed te kunnen gaan. Je was er toen ook heel zeker van dat ik wel zou doen wat jij wilde, niet?'

'Sarah, dat hebben we toch allemaal al besproken? Ik dacht dat je nu wel begreep wat voor soort werk ik doe. Als je niet naar Rusland wilt, kom er dan eerlijk voor uit, dan gaat de zaak niet door.'

Sarah aarzelde; de voldoening die het haar zou geven om een streep door Diamonds plan te halen woog ze af tegen het plezier en de sensatie van de reis. Ten slotte zei ze: 'Goed, Leo, ik ga.' Er viel een stilte. 'Vertel me eens, Leo, wat zou je hebben gedaan als ik nee had gezegd?'

Diamond probeerde het gesprek met een oude grap te redden. 'Ik zou wel met je naar bed zijn gegaan,' zei hij, 'maar niet met je hebben gepraat.'

Ditmaal lachte Sarah niet.

Het volgende telefoongesprek was gemakkelijker.

'U kent me niet,' zei Diamond beleefd. 'Mijn naam is Carr met dubbel r. Ik werk op Buitenlandse Zaken.'

'Gaat het over Augustus?' vroeg Maureen Sinclair. Haar stem – mat, onzeker – verried duidelijk dat ze veel had doorgemaakt.

'Ik begrijp wel dat u het heel moeilijk hebt,' zei Diamond troostend. 'Ik wil…'

'Meneer Carr, ik zou graag een eerlijk antwoord willen horen op een simpele vraag: kan Augustus terugkomen?'

'Terugkomen?' Eén ogenblik was Diamond er niet zeker van wat ze bedoelde. 'Hoezo, terugkomen?'

'Terugkomen, terugkomen,' zei Maureen Sinclair, alsof ze de woorden verduidelijkte door ze te herhalen.

Plotseling begreep Diamond haar. 'U bedoelt of hij hier kan terugkomen zonder dat wij moeilijkheden maken?'

'Ja, precies.'

'Wat ons betreft, juffrouw Sinclair, liggen de zaken zo dat meneer Lewinter geen wetten heeft overtreden toen hij toestemming vroeg zich in de Sovjet-Unie te vestigen. Voorzover mij bekend heeft hij niet officieel afstand gedaan van zijn Amerikaanse staatsburgerschap, zodat hij wanneer hij maar wil kan terugkomen. Natuurlijk kan hij zijn baan kwijtraken, en ik betwijfel sterk of hij ooit weer als politiek betrouwbaar zal worden beschouwd...'

'Maar hij mag dus wel terugkomen?'

'Ja, ik zie geen reden waarom hij uit angst voor justitie zou wegblijven.'

Maureen Sinclair leek aan deze geruststelling enige troost te ontlenen.

'Om u de waarheid te zeggen,' vervolgde Diamond, 'willen wij even graag als u dat hij terugkomt. We kunnen dat natuurlijk niet toegeven, maar het doet onze image in het buitenland geen goed als een van onze brave intelligente burgers besluit dat hij liever aan de andere kant van het IJzeren Gordijn wil wonen, begrijpt u?'

'Kon ik maar eens met hem praten.'

Diamond greep de kans die hem werd geboden. 'U kunt niet met hem praten, juffrouw Sinclair, maar u kunt hem wel een brief schrijven.'

'Een brief? Daar was ik nog niet op gekomen. Maar hoe moet ik die dan adresseren?'

'Daarover bel ik u eigenlijk op. We willen meneer Lewinter via onze eigen kanalen een brief zenden. Dat wil zeggen, eh... zonder dat zijn gastheren het weten.'

'Kunt u dat doen?'

'Ik geloof het wel, ja. U begrijpt goed dat u hierover met niemand mag spreken?'

'O, absoluut, meneer Carr. Absoluut. Dat beloof ik u.'

'Mooi.' Diamond begreep dat alles zou gaan zoals hij had gehoopt. 'Ik zou graag willen dat u hem nu direct een brief schreef in uw eigen handschrift. Een gezellig babbeltje – schrijf hem wat u doet, hoe het weer hier is, dat soort dingen. En strooi er wat persoonlijke bijzonderheden doorheen, zodat hij de zekerheid heeft dat u de brief zelf hebt geschreven, niet wij. Laat dan op de tweede bladzijde ongeveer de toon ernstig worden. Ik wil u niet zeggen wat u moet schrijven, maar het moet spontaan klinken en… nou ja, heel emotioneel, als u begrijpt wat ik bedoel. Schrijf hem dat u hem zo mist, dat u best begrijpt waarom hij een nieuw leven heeft willen beginnen, maar geef hem te verstaan dat opnieuw beginnen in een vreemd land wel moeilijker kan zijn dan hij had gedacht. U vermeldt ook nog in de brief dat u met Buitenlandse Zaken hebt gesproken en dat hem geen strafvervolging wacht als hij van gedachten verandert en terugkomt. Is het idee u duidelijk, juffrouw Sinclair?'

'Ja, ik begrijp het volkomen. En ik zal het natuurlijk doen. Zodra u hebt opgehangen, meneer Carr, ga ik die brief schrijven.'

'Dat is prachtig, juffrouw Sinclair. Als u de juiste toon weet te treffen is er een goede kans, denk ik, dat u hem tot rede brengt. Ik zal later op de dag een van onze mensen naar u toe sturen om de brief op te halen, goed?'

'Meneer Carr, ik weet niet hoe ik u moet bedanken…'

'U hoeft mij niet te bedanken,' zei Diamond. 'We werken allemaal voor hetzelfde doel. O ja, juffrouw Sinclair, nog iets: hebt u het verslag van die persconferentie gelezen – die uitspraak van meneer Lewinter dat hij zijn hooikoortspillen kwijt was?'

'O ja, zeker. De arme schat, die pillen waren de enige die hem leken te helpen.'

'Hij zou het stellig op prijs stellen als u hem een nieuwe voorraad zond. We zullen ze bij de brief voegen.'

'Maar ik heb het recept niet.'

'Kom, juffrouw Sinclair, laat u dat maar aan mij over. Het enige wat u hoeft te doen is te schrijven, misschien in een PS, dat u hem een paar honderd pillen stuurt, omdat u hebt gehoord dat hij de voorraad die hij had meegenomen is kwijtgeraakt.' En Diamond voegde er bemoedigend aan toe: 'Weet u, zo'n kleinigheid zou nu juist de doorslag kunnen geven en hem doen beseffen hoeveel hij opgeeft als hij besluit daarginds te blijven.'

Het vliegtuig van Washington naar New York had vertraging gehad en het duurde een poosje voor Diamond op Kennedy Airport een taxi kon krijgen. Tot hij de Midtown-tunnel had bereikt viel de verkeersdrukte wel mee, maar het kostte hem bijna een uur om vandaar de hoek van 86th Street en Broadway te bereiken. Toen Diamond op zijn bestemming was liep het al tegen twaalf uur in de middag.

Diamond bleef even voor de etalage van een drogist staan en bestudeerde zijn spiegelbeeld in de ruit. Door het spiegelbeeld heen kijkend zag hij dat de winkel op één man na leeg was. Snel liep Diamond naar de deur – waarop met vergulde letters FLOWER DROGIST stond – en draaide het kartonnen bordje om, zodat iemand die na hem kwam het woord GESLOTEN zou lezen.

'Als dit een overval is, meneer, kan ik u zeggen dat ik mijn kasgeld om de twee uur naar de bank stuur. Ik heb hier alleen wat wisselgeld liggen. Komt u zelf maar kijken. God, ik zweer u dat ik hier maar een paar centen heb liggen.' Seldon Flower was in de loop van tien jaar 36 keer beroofd; hij had voor elke overval een keep in een bezemsteel gemaakt, zodat hij het aantal kon bijhouden. Hij was doodsbang voor negers; winkeliers in de buurt zeiden dat negers als ze geen geld vonden vaak kwaad werden en de boel kort en klein sloegen; daarom bewaarde Flower twee biljetten van tien dollar onder de toonbank voor zwarte overvallers. Maar blanken of Porto Ricanen zei hij alleen de waarheid: dat hij het geld in de kassa telkens naar de bank in dezelfde straat bracht voor het bedrag te groot werd. De meeste overvallers keken even in de la van de kassa en verlieten dan zonder een woord te zeggen achterwaarts de winkel; enkele hadden hem zelfs op zijn woord geloofd en waren weggegaan zonder zelf te kijken.

'Dit is geen overval, meneer Flower,' zei Diamond, en hij deed een stap naar voren. 'Herkent u me niet?'

Flower schuifelde vanachter de toonbank naderbij. Hij was bijziend en had zijn bril niet op, zodat hij zijn hoofd naar voren boog als een adelaar op zijn roest en zijn ogen half dichtkneep om de contouren van de ander duidelijker te zien.

'Ik ken u,' zei hij even later. 'U komt van de CIA – Leon Dunken.' Flower begon sneller te spreken: 'Ja, ja, ja, Leon Dunken. Namen vergeet ik nooit.'

'Diamond,' verbeterde Diamond. 'Leo Diamond.'

'Ja, natuurlijk, Diamond. U bent direct na de oorlog bij ons gekomen, niet? Ja, ja, nu weet ik het allemaal weer. U was een jonge doordouwer in die dagen, een jonge doordouwer. Ik herinner me nog een coup van u in Roemenië, of was het Tsjecho-Slowakije? Het hele bureau sprak erover. U zult nu wel een hoge piet zijn, een jonge doordouwer zoals u.'

'Ik hoor dat u bij de CIA bent weggegaan,' zei Diamond om het gesprek gaande te houden.

'Kort na '50 ben ik vertrokken – er was geen behoefte meer aan iemand met mijn soort vakkennis.'

'U hebt hier een aardige zaak,' zei Diamond met een gebaar naar de uitgestalde zonnebrillen, tandenborstels en wekkers. Weer voelde Diamond het kloppen van de ader in zijn voorhoofd. 'Kunt u een recept voor me klaarmaken, meneer Flower?'

Flower tuurde naar zijn bezoeker. Het drong plotseling tot hem door dat Diamond niet toevallig was binnengelopen. 'Natuurlijk kan ik een recept klaarmaken – tegen betaling,' zei Flower, terugschuifelend tot hij weer achter de toonbank stond. 'Wat was de bedoeling?'

'Hebt u ooit gehoord van Chlor-Trimeton-hooikoortspillen?' vroeg Diamond.

Later, zich haastend om het toestel van vijf uur naar Washington te halen, passeerde Diamond bij de ingang van het gebouw een kaalhoofdige man, die kranten verkocht. Sprekend als een rustige krankzinnige, glimlachend om zijn eigen moed, stortte de man zich in de stroom mensen die naar de open deur drong.

'De president is weggelopen en niemand kan hem vinden,' zei hij, een opgevouwen krant aanbiedend. 'Sneeuwwitje is zojuist opnieuw ingeslapen. Amerikaanse troepen zijn China binnengevallen. Berlijn is door de Russen bezet. Alles hierover in de eerste avondeditie. Koop nu, betaal later – geld terug als het nieuws u niet bevalt. Het Kremlin heeft Lenin aangeklaagd wegens homoseksualiteit. De eerste man in de ruimte is veranderd in een vrouw…'

Diamond, de gevangene van zijn eigen kleine gezichtsveld, haastte zich verder zonder dat het wereldgebeuren tot hem doordrong.

Deel 5
De executie

19

Het banket begon met *zakoeska* (of hapjes), waarbij tussen een zee van gerechten acht soorten kaviaar werden geserveerd, jonge pekelharing in mosterdsaus, een enorme lillende galantine, sterk gekruide vleesballetjes, *bitki* genoemd, en *forsjmak,* een gerecht waarin haring, gekookte aardappelen, uien en appels samen in zure room worden gebakken. Dit alles werd in een soort contrapuntisch ritme besproeid met vijftien variëteiten wodka, waaronder een die naar truffels geurde, een met citroenschil en een derde toebereid met halmpjes steppegras. Een hapje kaviaar, een slok wodka. Een mondje haring, een slok wodka. Een lepel forsjmak, een slok wodka. En er werd natuurlijk getoast.

'Op onze Amerikaanse vrienden,' brulde de directeur van het Moskouse modehuis. 'Mogen ze goede herinneringen aan ons socialistisch vaderland meenemen.' De hoofden gingen achterover om weer een glaasje wodka naar binnen te wippen.

'Op onze Russische collega's in de confectie-industrie,' riep een Amerikaanse confectionair, die zijn glas hoog boven zijn hoofd hief, 'die weten hoe ze kapitalisten als vorsten moeten ontvangen.' En weer ledigden de circa vijftig aanwezigen hun glazen.

'Mijn god,' zei Sarah tegen de man die rechts van haar zat, 'dat overleven we geen van allen.'

Zaitsev bestudeerde Sarah met zijn bloeddoorlopen ogen, glimlachte beleefd en haalde zijn schouders op. *'Ja ne panjemia Angliski.'*

'Parlez-vous Français?' probeerde Sarah.

'Mais oui,' zei Zaitsev onmiddellijk, verrukt omdat hij een gemeenschappelijke taal had met het bijzonder knappe Amerikaanse meisje links van hem.

'Wat ik zo-even zei was dat we dit geen van allen zouden overleven,' zei Sarah in het Frans.

Zaitsev produceerde een glimlach die zijn gele tanden onthulde.

'Onvermijdelijk,' antwoordde hij.

Sarah besefte dat hij haar niet had begrepen. 'Ik bedoel dat we allemaal dood zullen gaan omdat we te veel eten,' legde ze uit, wijzend op de lange tafel, waarvan elke vierkante decimeter met voedsel bedekt was.

'Wat dat aangaat, jongedame, bestaat er een oud Russisch gezegde, namelijk: "Wat een manier om te sterven."' Zaitsev stootte Sarah met zijn elleboog aan om haar te laten meelachen. 'Snapt u? U zei dat we ons dood zouden eten. En toen antwoordde ik: "Wat een manier om te sterven!"' En hij lachte opnieuw.

'Dat gezegde bestaat bij ons ook,' zei Sarah vriendelijk. 'Het is zeker internationaal.' Ze probeerde het met een nieuw onderwerp. 'Wie bent u?'

'Wat toevallig dat u me dat vraagt,' zei Zaitsev. 'Ik heb sinds ik volwassen ben zo ongeveer mijn hele leven aan die vraag gewijd. Wat moet ik antwoorden? Ik ben een mens, ik ben een Rus, ik ben schaakgrootmeester, ik ben leninist…'

'Is dat iets anders dan communist?'

Zaitsev sprak nu geanimeerder. 'O ja, dat zeker, iets heel anders.'

'En hoe zou u dan het verschil willen definiëren tussen het leninisme en het communisme, of bijvoorbeeld het marxisme?' vroeg Sarah. Het gesprek begon haar te interesseren, ook al wist ze waarop het moest uitlopen.

'Nou, beste jongedame, het marxisme is reductief, waarmee ik bedoel dat het alles reduceert – oorlog, liefde, macht, seks – tot materialistische termen. Het communisme is ouderwets geworden, iets als een dans die het vorig jaar populair was; de kern ervan is een combinatie van twee dingen die de Europeanen eeuwen achtereen hebben bewaard in afzonderlijke compartimenten van hun ziel: godsdienst en zakendoen. Maar het leninisme! Ah, het leninisme, dat is de ziekte van het idealisme.'

'Dat klinkt heel intelligent,' zei Sarah. 'Ik had gedacht dat je alle drie zou kunnen definiëren als het streven naar macht.'

'Mijn lief onschuldig Amerikaantje,' brulde Zaitsev boven het geroezemoes van het banket uit. Hoofden werden opzijgedraaid; ze namen het tweetal op en wendden zich weer af. 'Wanneer zullen de kinderen van het kapitalisme zoals jij begrijpen dat de *Homo politicus* die uitsluitend streeft naar de macht even irreëel is als de *Homo economicus,* die alleen uit is op winstbejag?'

'De *Homo politicus?* De *Homo economicus?* Mijn god, wat bent u eclectisch,' zei Sarah, geïmponeerd door zijn combinatie van arrogantie en intellectualisme. 'Wie bent u?' vroeg ze opnieuw.

'Mijn naam, jongedame, is Stojan Zaitsev. Oppervlakkige kennissen noemen me Stojan, maar mijn beste vrienden en mijn maîtresses noemen me Zaitsev. U mag me Zaitsev noemen. U zei dat ik eclectisch was, en ik zou u willen herinneren aan uw eigen Scott Fitzgerald, die het grafschrift van de eclecticus heeft geschreven: de man die voor alles openstaat, zei hij, is de meest beperkte van alle specialisten. Met de nadruk op "beperkte", mogen we aannemen.'

Sarah glimlachte liefjes. 'Het zou moeilijk zijn, Zaitsev,' – ze voelde zich niet helemaal op haar gemak met alleen die achternaam – 'u te beschouwen als iemand die beperkt is.'

'Op de Russisch-Amerikaanse samenwerking in modezaken,' riep een aangeschoten Russische bureaucraat aan het eind van de tafel.

'Op de supermachten van de couture,' riep een Amerikaanse verslaggeefster van *Women's Wear Daily* terug. Gekoelde witte wijn druppelde neer uit haar opgeheven glas.

'Probeert u het,' zei Zaitsev, en hij wijdde zich weer aan de tweede gang: een ijskoude soep, *okrosjka* genoemd, die van komkommers, wild en kruiden in *kvas* en room was gemaakt en op ijsblokjes in de vorm van sikkels werd geserveerd.

Diamond had Sarah, behalve wat het eten betrof, grondig voorgelicht. 'Hij zal je direct opvallen,' had hij gezegd. 'Ik hoor dat hij eruitziet als een bejaarde vrouwengek.'

'Dat zou je van heel wat mannen kunnen zeggen,' had Sarah geantwoord.

Diamond had zijn stekels opgezet. 'Wat bedoel je daarmee?'

'Hè, wat ben jij vandaag hypergevoelig,' had Sarah vermanend gezegd.

'Misschien omdat jij vandaag zo weinig gevoelig bent.'

'Leo, nu is het genoeg. Ik bedoelde alleen dat je heel wat mannen zou kunnen beschrijven als bejaarde vrouwengekken. Kun je niet wat meer bijzonderheden geven? Je wilt toch niet dat ik de brief aan de verkeerde vrouwengek geef?'

Diamond had Sarah een lang ogenblik aangestaard. 'Het is nog niet te laat om je terug te trekken, hoor.'

'Dat weet ik,' zei Sarah, zijn starende blik beantwoordend.

Ten slotte had Diamond als eerste zijn ogen afgewend. 'Luister nu eens,' zei hij, 'ik waardeer wat je doet.'

'Ik waardeer dat je het waardeert,' zei Sarah koel. 'Maar waarom vertel je me niet hoe die Zaitsev eruitziet?'

Diamond had zich onzeker gevoeld. 'Misschien moeten we dit eerst uitpraten, Sarah. Wat is er met je? Waarom zitten we elkaar telkens in de haren?'

Sarah werd wat minder stug. 'We zijn denk ik allebei nerveus over die Russische reis,' zei ze. Het was een aanvaardbare verklaring – maar onvoldoende.

'Dat zal wel.'

'Jij zou Zaitsev beschrijven,' had Sarah aangedrongen.

'Kleine ogen, grote neusgaten, gele tanden, een jaar of veertig, opzichtig type, maakt als hij praat brede gebaren. Drinkt enorm veel, maar kan er goed tegen. Zijn volledige naam is Stojan Aleksandrovitsj Zaitsev.'

Sarah had de naam herhaald.

'Tenzij er iets misgaat, zal hij het afscheidsbanket bijwonen. Onze attaché voor culturele zaken heeft opdracht gekregen om zijn aanwezigheid te verzoeken, en dat kan nauwelijks een probleem opleveren; de Russen beschouwen hem als een soort klusjesman voor culturele zaken en laten hem geregeld opdraven bij buitenlandse bezoekers. Met een beetje geluk zit hij rechts van je. O ja, hij spreekt Frans.'

'Hoe weet je dat allemaal?' had Sarah gevraagd.

'Laten we maar zeggen dat ik het weet, en er verder over zwijgen.'

'Waarom geeft jouw attaché voor culturele zaken die brief zelf niet aan Zaitsev?'

'De attaché wordt, zoals iedereen op de ambassade, dag en nacht in het oog gehouden. Zaitsev zou zich nooit met hem inlaten, en als hij zich wel met hem inliet zou hij geen brief van hem aannemen, en als hij er wel een aannam, dan zou hij de brief direct overdragen aan de autoriteiten, omdat hij zou verwachten dat de overdracht was opgemerkt.'

Sarah had geknikt. 'En wat zeg ik nu tegen die Zaitsev?'

'Doe in het begin kalm aan,' had Diamond geadviseerd. 'Hij zal zich voor je interesseren omdat je mooi bent; hij interesseert zich altijd voor mooie meisjes. Zorg dat je zijn vertrouwen wint. Praat over Moskou, praat over literatuur, praat over wat je maar wilt. Probeer hem na afloop van het diner even apart te nemen. Vraag hem of hij je naar het vliegveld wil brengen; hij is een van de weinigen in Moskou met een eigen auto. Zeg hem dat het bij die limousines zo'n gedrang is. Als jullie alleen zijn zeg je tegen hem...'

Ze begonnen nu aan de volgende gang: de *koelebjaka*, luchtig deeg, gewikkeld om verse zalm en opgediend met zure room en witte Bulgaarse wijn.

'Wat zijn uw indrukken van Moskou?' vroeg Zaitsev om het gesprek gaande te houden.

'Leningrad beviel me beter,' zei Sarah. 'Daar zijn we aan het begin van onze tournee twee dagen geweest en dat vond ik een echt mooie stad. Newsky Prospekt. De Peter en Paul-vesting. De graftombe van Peter de Grote. De Hermitage. Vertel me eens, Zaitsev, waarom moet je in Russische musea sloffen over je schoenen dragen?'

'Om de vloeren te sparen, vermoed ik.'

'Sommige mannequins van onze groep zeiden voor de grap dat het was omdat men vond dat wij ze moesten wrijven.'

'Het is niet onmogelijk,' gaf Zaitsev geanimeerd toe. 'Een functionaris op een of ander achtergebleven ministerie heeft misschien ooit beslist dat wanneer al die mensen toch door

onze zalen wilden lopen, ze daarbij wel een nuttig socialistisch werkje konden doen. Het kan ook zijn dat een fabriek met een partij overgeschoten sloffen zat en die voor god weet wat heeft geruild met het ministerie voor Musea. Je weet het nooit.' Zaitsev sloeg nog een glas wijn achterover. 'De Amerikanen,' vervolgde hij, 'zijn een vreemd slag mensen. Ik heb kortgeleden met een andere Amerikaan gesproken. Die zei dat hij spinnenwebben zocht.'

'Spinnenwebben? Dat begrijp ik niet.'

'Ik ook niet, jongedame, ik ook niet. Misschien wilde hij ons imponeren met zijn gevoeligheid.'

Sarah verbaasde zich erover dat Zaitsev zoveel kon drinken en toch een nuchtere indruk bleef maken. 'Amerikanen,' zei ze, 'staan juist bekend om hun ongevoeligheid; ze zijn niet gevoelig.'

'Gelooft u?'

'Ik zal het bewijzen. U vroeg me naar mijn indrukken van Moskou, en toen ben ik zo'n beetje overgegaan op een ander onderwerp. In werkelijkheid haat ik deze stad. Moskou heeft iets kils en afstotelijks, hard als graniet, en grotesk. Wat me deprimeert is de…' – Sarah zocht naar een woord – '… de monotonie van het leven hier. Het is alsof iedereen zich gedraagt volgens bepaalde normen – en het zijn heel naargeestige normen. De winkels verkopen hier kennelijk allemaal hetzelfde. De mensen kleden zich allemaal gelijk. Al jullie kamers, ook al hangen er kroonluchters zoals hier, hebben bij de deur precies dezelfde plastic lichtschakelaar. Wordt er in heel Rusland echt maar één soort plastic lichtschakelaar gemaakt? En jullie zijn er steeds op uit jullie onvolmaaktheden te verdedigen. Gisteravond ontdekte ik een luis in mijn bed. Toen ik de receptie opbelde en een klacht indiende, verklaarde de receptionist categorisch dat er geen luizen waren in de Sovjet-Unie en gooide hij de hoorn op de haak.'

Zaitsev reageerde hierop met uitbundig enthousiasme. 'Bravo, jongedame,' riep hij, zijn glas opheffend en Sarah toedrinkend. 'Ik ben verrukt te horen dat iemand misstanden heeft ontdekt in ons socialistische paradijs. Als je sommige van onze mensen hoort zou je denken dat die er helemaal niet zijn. Wat nu de luis die u aantrof betreft: Lenin heeft eens gedecreteerd dat de luis het socialisme zal verslaan, of dat het socialisme de luis zal overwinnen. Die uitspraak is in Rusland algemeen bekend. We hebben dus oorlog gevoerd tegen de luis. De weinige die de strijd hebben overleefd negeren we eenvoudig; zo kunnen we verklaren dat het socialisme de luis heeft verslagen. Daarom heeft die receptionist natuurlijk tegen u gezegd dat er geen luizen waren in de Sovjet-Unie. Hetzelfde geldt voor rassendiscriminatie, homoseksualiteit, werkloosheid en misdaad: die bestaan eenvoudig niet meer.'

'Maar het conformisme dan?' Sarah begon onwillekeurig sympathie te voelen voor Zaitsev.

'Dat zie je, geloof ik, verkeerd, mijn lief, onschuldig Amerikaantje uit het buitenland. Er wordt hier beweerd dat alleen degenen die hier minder dan drie dagen of meer dan drie jaar zijn geweest de Sovjet-Unie werkelijk kunnen begrijpen. Jij valt er helaas tussenin. Je kunt dus niet weten dat de nu overleden, volgens sommigen geniale Jozef Stalin eens heeft gezegd dat volledig conformisme alleen op het kerkhof mogelijk is. Hij kon het weten: bij zijn pogingen de Russen tot conformisme te dwingen heeft hij er heel wat daarheen gezonden. Nee, het conformisme dat je hier ziet is oppervlakkig, je moet erdoorheen kijken om de nuances van de individualiteit te kunnen opmerken. Er is een Russisch gezegde dat ik nu even zal uitvinden: "De gelijkheid ligt in de ogen van de waarnemer." Alle Japanners lijken ook op elkaar, *n'est-ce pas*, voor je met een van hen naar bed bent geweest!'

Ze hadden nu de hoofdgang bereikt: malse kippetjes, gevuld met kruiden en geroosterd aan het spit, lamsbout met ananas volgens Kaukasisch recept en een speenvarken, in zijn geheel gebraden en (met de traditionele appel in de bek) opgediend op een bed van *kasja*.

'Vertel eens, Zaitsev: in welke opzichten heb jij kritiek op je land?' vroeg Sarah. Ze nam af en toe een hapje kip, hij had zich van alle drie de hoofdgerechten royaal bediend.

'Daarvoor krijgen we hier de tijd niet, jongedame. Je moet

begrijpen dat ik door en door vertrouwd ben met de fouten, zozeer dat ik af en toe het gevoel krijg dat ik erin verdrink. Het leven hier is zelfs voor een grootmeester niet zonder frustraties.'

'Waarom blijf je dan?'

'Maar, lieve kind, omdat mijn Rusland ondanks alle gebreken een prachtig land is. Het heeft sfeer, esprit, levenslust.' Zaitsev hief zijn beide handen op. 'Ik leef hier,' zei hij zacht, 'omdat het ondenkbaar voor me zou zijn ergens anders te leven. En wat onze fouten betreft hebben we een oud gezegde: "Als je invloed wilt hebben op een huis moet je in dat huis wonen."'

Een tijdje aten ze zwijgend. Toen vroeg Zaitsev aan Sarah: 'Ik geloof dat ik niet helemaal begrijp wat jij en die anderen' – Zaitsev maakte een gebaar naar de tafelende gasten – 'hier in Moskou uitvoeren.'

'We zijn hier in het kader van een cultureel uitwisselingsprogramma. Een jaar geleden heeft Dom Modeli, jullie centrale modehuis, in de Verenigde Staten Russische couture laten zien. Wij beantwoorden het compliment door in Moskou kleren van Amerikaans ontwerp te showen.'

'Wat buitengewoon oninteressant,' zei Zaitsev, en Sarah en hij schaterden allebei.

Toen het dessert verscheen slaakten sommige Amerikanen, onder wie Sarah, een zucht die rechtstreeks uit hun hart kwam. Er werd *goerev kasja* aangeboden, een pudding met karamelglazuur, vol gekonfijte vruchten en noten, en *gozinach,* ruitvormige cakejes, met daarin gehakte noten, honing en suiker. Hierbij werd, althans door de Russen, een Armeense cognac gedronken die als vuur in de keel was. Wie nog de kracht had een kopje op te tillen kreeg thee uit een vergulde samowar of zwarte koffie, rondgediend in geïmporteerde Pyrex-kannen.

'Wat ontzettend jammer, jongedame, dat ik je pas heb leren kennen nu je bezoek bijna voorbij is,' zei Zaitsev, een hap goerev kasja vermalend. 'Het zou me veel plezier hebben gedaan je enkele bezienswaardigheden van Moskou te laten zien, waartoe ik ook de avondjes reken die ik soms geef in mijn flat met uitzicht op de Moskva en de muren van het Kremlin.' Zaitsev behoorde tot de elite en wilde haar dat duidelijk maken.

'Het spijt mij ook,' zei Sarah. 'Misschien...'

'Misschien wat, lieve jongedame?'

'Nee, ik wil je geen last bezorgen.' Terwijl ze het zei, besefte Sarah hoe ironisch haar woorden waren. Ze zou hem heel wat last bezorgen.

'Ik kan niet toegeven dat je me ooit last zou bezorgen,' verklaarde Zaitsev, en hij drong erop aan dat ze haar zin zou afmaken.

'Ik vroeg me af of je een auto had.'

'Ik ben de trotse eigenaar van een vrij nieuwe, zwarte Moskva.'

'En waarom heb je zwart gekozen?' vroeg Sarah.

'Ik heb die kleur niet gekozen; in de Sovjet-Unie bestel je geen blauwe auto of een rode auto of een oranje auto, je bestelt alleen een auto. Als je het geluk hebt dat je op de wachtlijst wordt geplaatst, wat alleen mogelijk is als je van tevoren de volledige prijs van de auto hebt betaald, neem je de eerste die je wordt aangeboden. Toen ik aan de beurt kwam was de fabriek blijkbaar in een zwartgallige bui. Waarom vraag je naar mijn auto?'

'Zou ik zo brutaal mogen zijn je te vragen me naar het vliegveld te brengen, Zaitsev? Het is altijd zo'n gedrang bij die limousines en je moet je zo haasten...'

'Geen woord meer, beste jongedame. Ik zal je met het grootste genoegen die kleine dienst bewijzen.'

Alle wodka, wijn en cognac in aanmerking genomen die hij had geconsumeerd, reed Zaitsev bijzonder goed. Diamond had gelijk gehad toen hij zei dat Zaitsev goed tegen drank kon, bedacht Sarah. Een poosje keek ze door een ruit die streperig was van opgedroogde regen naar de straattoneeltjes van Moskou: een rij Russen die hun beurt bij een *kwass*-karretje afwachtten, twee jonge soldaten, vol bewondering voor een geparkeerde buitenlandse auto, een man die een klein meisje ondersteunde zodat ze in de goot een plas kon doen, twee struise boerenvrouwen met hoofddoeken op, die bij een bouwterrein rioleringsgreppels groeven. Toen ze iets wilde zeggen, ontdekte Sarah dat ze van de zenuwen de woorden nauwelijks kon uitbrengen.

'Je bent dus inderdaad Stojan Aleksandrovitsj Zaitsev?' vroeg ze met hese stem.

Zaitsev keek nieuwsgierig op. 'Mijn beste jongedame, hoe ken je mijn vadersnaam?'

'Ik moet je iets bekennen: ik wist al wie je was voor ik je bij het banket aansprak.'

'Aha, daarmee is tenminste één vraag beantwoord. Ik vroeg me al af waarom ik op dit modebanket was uitgenodigd. Er is me alleen gezegd dat een paar Amerikanen uitdrukkelijk naar mij hadden gevraagd. Jij was het dus, lieve jongedame, die mij de uitnodiging hebt bezorgd?'

Sarah knikte.

'Je bent zeker dol op schaken? Heb je de Franse vertaling van mijn laatste boek gelezen?' vroeg Zaitsev. Hij stopte voor een rood licht achter een open vrachtauto, waarin tomaten hoog opgestapeld lagen.

'Ik heb iets van je gelezen, ja,' zei Sarah, 'maar niet in het Frans.'

'Maar nu spreek je in raadselen – jij leest geen Russisch en mijn werk is nooit in het Engels vertaald.'

'Toch wel, Zaitsev,' zei Sarah.

'Dat is dan goed nieuws voor me. Ik moet zorgen dat ik de royalty's krijg. Vertel eens: wat heb je van me in het Engels gelezen?'

Gedurende de ogenblikken die het vergt om na te zijn verblind door fel licht weer te wennen aan de duisternis verkeerde Sarah in paniek. Het was nog niet te laat om van de hele zaak af te zien, dacht ze. Maar wat moest ze Diamond dan zeggen? Dat ze Zaitsev niet onder vier ogen had kunnen spreken, dat zijn Frans niet goed genoeg was om haar te begrijpen, dat…? Langzaam voelde Sarah dat de ervaring van chantage plegen voor haar even onafwendbaar was geworden als het kopen van een gesloten kistje voor haar 'ik weet het niet'-collectie. En daarom vertelde ze Zaitsev met bijna onverstaanbare stem welk werk ze van hem in het Engels had gelezen.

'Ik ken je *Een geweten spreekt.*'

Sarah sloeg Zaitsev nauwkeurig gade. Afgezien van een enigszins grimmige trek om zijn mond verried zijn gezicht geen verrassing, geen vrees. 'En wat vond je van *Een geweten spreekt,* waarvan je een Engelse vertaling hebt gelezen die je hebt ontdekt in…'

'In Washington.'

'Precies. In Washington. Wat vond je ervan?'

'Ik vond het een dapper stuk, briljant geschreven. Als het wordt gepubliceerd, zullen vast meer mensen dat zeggen.'

'Als het wordt gepubliceerd,' herhaalde Zaitsev met toonloze stem.

'Kan het je schaden als het in het Westen wordt gepubliceerd, Zaitsev?'

Als Zaitsev al bang was, verborg hij dat achter een stroom van woorden. 'Me schaden? Och, lieve jongedame, wie zal zeggen hoe de bureaucraten die zich met dat soort dingen bezighouden op de publicatie van mijn dronken gedaas zullen reageren? Eigenlijk zou een wat afwijkende mening mijn reputatie enorm veel goed kunnen doen. Misschien krijg ik als beloning wel een of andere internationale prijs. Zoiets weet je nooit, hè?'

Sarah wachtte af wat Zaitsev nog meer zou zeggen. 'Als het zover is, zal hij vragen wat hij in vredesnaam kan doen om de publicatie te verhinderen,' had Diamond gezegd. Maar Zaitsev hield zich blijkbaar niet meer aan zijn tekst.

'Weet je, Zaitsev, je stuk is nog niet gepubliceerd,' zei Sarah toen hij bleef zwijgen. 'Ik ken de man die het wil publiceren toevallig – misschien kan er iets worden gedaan om hem van zijn plan af te brengen.'

'Bedoel je, jongedame, dat ík iets kan doen om hem van zijn plan af te brengen, of dat jíj iets kunt doen om hem van zijn plan af te brengen?'

'Jij kunt iets doen.' Haar stem klonk hol, alsof de woorden uit een lange buis kwamen en er een echo op zou volgen.

Zaitsev stuurde de Moskva naar de kant van de weg, dicht bij een druk kruispunt, en zette de motor af. Hij maakte nu een heel zakelijke indruk.

'Hoe kan ik weten of je vriend mijn *Een geweten spreekt* in handen heeft?'

Zonder een woord te zeggen opende Sarah haar tas en haalde er een Polaroid-foto van zichzelf uit, die op een stukje karton was bevestigd. Ze haalde de foto van het karton, waarna een kleine foto zichtbaar werd van een bladzijde manuscript, met de hand geschreven. Zaitsev ontcijferde moeizaam enkele woorden van het manuscript en gaf de foto aan Sarah terug, die hem weer met de Polaroid-afdruk bedekte.

'En wat verwacht je vriend dan van me, jongedame?'

'Als hij je vraagt wat hij kan doen,' had Diamond Sarah geïnstrueerd, 'dan wijs je hem erop wat voor kleinigheid er van hem wordt verwacht.'

'Iets heel onschuldigs, Zaitsev,' zei Sarah. En ze legde hem uit dat haar vriend in Washington alleen van hem vroeg de Amerikaanse overloper Lewinter een brief te bezorgen van zijn vriendin, waarin ze hem vroeg terug te komen en hem verzekerde dat er geen strafvervolging tegen hem zou worden ingesteld als hij besloot terug te keren. O ja, zei Sarah, en er was nog iets. De vriendin had ook een paar honderd van Lewinters speciale hooikoortspillen meegegeven – hij was zijn voorraad blijkbaar kwijtgeraakt – omdat hij in de zomermaanden zoveel last van zijn kwaal had.

Zaitsev luisterde zonder een spoor van emotie. 'En als ik je nu zeg dat ik geen contact heb met Lewinter?'

'Mijn vriend zegt dat je een gelegenheid kunt creëren hem te spreken.'

'Je vriend schijnt heel wat van me te weten. En wat belet me te zeggen dat ik de brief en de pillen aan Lewinter zal geven en dan rustig geen woord te houden?'

Maar ook daarop wist Sarah antwoord. 'Mijn vriend zegt dat hij zal weten of je ze aan Lewinter geeft.'

'Meer heeft hij niet gezegd – alleen dat hij het zal weten?'

'Ja. Hij is erg zeker van zijn zaak. Hij heeft alleen gezegd dat hij het zal weten.'

'Dan moet ik hem wel geloven, lijkt me. Het zou onlogisch

zijn als hij dat niet kon controleren. En nu dit nog: wat zou Lewinter met zijn pas ontdekte liefde voor Moedertje Rusland beletten de brief – en mij – uit te leveren aan de autoriteiten?'

'Die kans bestaat.'

'Is dat het enige? Had je vriend daarover niet meer te zeggen?' Sarah probeerde zich koelte toe te wuiven met een opgevouwen krant. 'Het is een risico, zegt hij, dat je moet aanvaarden. Als je het handig aanpakt, zal Lewinter over de brief zwijgen om je niet in moeilijkheden te brengen.'

'Juist,' zei Zaitsev, en hij leunde zo ver achterover dat zijn gezicht zich vlak bij de geperforeerde plastic capitonnering van het autodak bevond. In die houding bleef hij een tijdlang met wijdopen ogen staren naar de kleine gaatjes. Toen ging hij weer rechtop zitten en wendde zich opnieuw tot Sarah.

'Je moet je toch realiseren wat je doet, jongedame. Ben je beroeps of amateur?'

'Ik ben…' Sarah aarzelde. 'Ik ben amateur. Ik doe het alleen om een vriend een dienst te bewijzen.'

'Dwingt hij je daartoe?'

Sarah schudde het hoofd. 'Ik geloof het niet, nee.'

'Je neemt een ernstig risico voor een vriend, weet je. Ik zou je aan een politieagent kunnen overdragen en dan zou het er slecht voor je uitzien. Op heterdaad betrapt terwijl je me probeerde te rekruteren voor de Amerikaanse inlichtingendienst. Besef je niet dat die vriend misbruik van je maakt? Dat hij geen echte vriend van je is? Ach, jongedame, toen ik je vandaag voor het eerst aankeek leek je me niet naïef, maar nu wel.'

'Er is me verzekerd dat…' Sarah was angstig geworden. Ze begon opnieuw. 'Je wint er niets bij door me aan te geven. Ik zou alles ontkennen.'

'Hoe zou je die foto van mijn manuscript kunnen ontkennen?'

'Die bestaat niet meer – die was zo gemaakt dat hij vijf minuten nadat de foto van het karton was gehaald spoorloos zou verdwijnen.'

'En de brief die je ongetwijfeld in je tas hebt? En de pillen?'

'De pillen zijn gewone hooikoortspillen met mijn naam erop. En die brief is tenslotte een gewone brief – het is in de Sovjet-Unie toch niet verboden iemand een brief te geven?'
Wat Sarah er niet bij vertelde was dat de brief met een laagje kaliumpermanganaat was bespoten, zodat hij bij enigszins verhoogde temperatuur in brand zou vliegen.
'Maar, beste jongedame, waarom plak je dan niet een postzegel op die brief en post je hem niet?' Zaitsev was nu woedend – woede die het zichtbare topje van zijn vrees was.
'Kom, Zaitsev, laten we allebei kalm blijven. Als jij me aan de politie wilt overdragen, bedenk dan wel dat de Russische regering geen *cause célèbre* zal willen maken van een onnozele brief, want dan zou het hele culturele uitwisselingsprogramma in gevaar komen. En denk ook aan de gevolgen voor jou. Mijn vriend zal *Een geweten spreekt* publiceren, en waar blijf je dan?'
'Precies,' zei Zaitsev op een toon vol gezag, hoewel hij zelf niet wist wat hij met het woord bedoelde. 'En ik hoef dus alleen Lewinter een brief te geven?'
'En de hooikoortspillen.'
'Ach ja, jongedame, we mogen de hooikoortspillen vooral niet vergeten.'
Zaitsev startte en reed door.
'En?' zei Sarah. 'Wat ga je nu doen?'
'Ik zal' – Sarah voelde zich alsof ze het vonnis zou horen in een moordzaak waarbij zij de beklaagde was – 'over deze zaak nadenken en het je zeggen voor we op het vliegveld zijn.' En Zaitsev hief zijn arm op en veegde met de mouw van zijn West-Duitse jasje het zweet van zijn voorhoofd.

De Amerikaanse attaché voor culturele zaken stond op het terras van de internationale luchthaven Moskou en keek naar de zilverkleurige Pan-Am 707 die over de baan taxiede en zich in de lucht verhief. Toen liep hij naar een telefooncel en draaide het nummer van de ambassade.
'Met Marston, mag ik de postafdeling? Hallo, Jean. Zeg, de groep is weer onderweg, hoor. Ik rij nu terug om te gaan eten. Ik ben uitgehongerd.'

Het woord 'uitgehongerd' was het signaal en Jean Shelton codeerde een spoedtelegram voor Washington. Het luidde:

BERICHT KUNEN OP PENTAGON POSTBODE OP TIJD VERTROK-KEN BLIJKBAAR GEEN COMPLICATIES.

20

Zaitsev deed zijn best geen angst te tonen. 'Voor iemand met mijn ervaring,' zei hij luchtig, '*faciles est descensus Averni.*' En hij vertaalde de Latijnse tekst voor Pogodin in het Russisch: '"Is de afdaling naar de hel gemakkelijk."'

Pogodin, die heen en weer liep over het Perzische tapijt in Zaitsevs studeerkamer, negeerde deze scherts en bleef vragen stellen.

'Weet je heel zeker dat ze niet heeft verteld hoe haar zogenaamde vriend heette?'

'Absoluut.'

'Heb jij een exemplaar van *Een geweten spreekt?*'

'Dat heb ik lang geleden al vernietigd.'

'Hoe was het origineel geschreven?'

'Wat bedoel je: hoe?' Zaitsev stond tegen de muur geleund naast het raam en keek over het Franse luchtverversingsapparaat heen naar het Kremlin.

'Als het getypt was' – Pogodin maakte een gebaar naar de schrijfmachine op het bureau – 'en niet ondertekend, zou je de hele zaak een vervalsing kunnen noemen als het stuk werd gepubliceerd.'

Uit de zitkamer klonk de muzikale stem van de Dikke Koe: 'Zaitsev, lieveling, waar heb jij in Moskou in vredesnaam...'

Maar Zaitsev sneed haar vraag met een gebrul af: 'Straks, verdomme, straks.' Hij wendde zich weer tot Pogodin. 'Ik heb het stuk met de hand geschreven en ondertekend. Als ik me hieruit red verklaar ik plechtig dat ik zo lang ik leef nooit meer mijn handtekening zal zetten.'

'Het was maar een idee,' zei Pogodin grimmig. 'Waar zijn die pillen?'

Zaitsev beklopte de zakken van zijn jasje. 'Ik heb ze zeker in de andere kamer laten liggen.'

'Goed, daarop kom ik dan straks wel terug,' zei Pogodin. 'Luister nu eens, Zaitsev, oude vriend, het feit alleen al…'

'Jezus, Jefgenj, moet je hier ronddraven als een gekooide leeuw?' beet Zaitsev hem toe. 'Het lijkt wel alsof jij in de puree zit, niet ik.'

Pogodin liet zich op Zaitsevs bureaustoel vallen en begon met de toetsen van de schrijfmachine te spelen. 'De zaak is nu eenmaal dat er geen gemakkelijke manier bestaat om je hieruit te redden.'

Maar Zaitsev wilde de moed nog niet opgeven. 'Als die brief inderdaad onschuldig is, zou het dan zo erg zijn hem aan Lewinter te geven?'

Pogodin zwaaide de brief heen en weer. 'Begrijp jij dan helemaal niets van wat er aan de hand is?' vroeg hij woedend. Pogodin en Zaitsev waren nu allebei geprikkeld. 'Een brief van iemand in Amerika voor Lewinter is nooit iets onschuldigs,' vervolgde Pogodin. 'We moeten de zaak van alle kanten nuchter bekijken. Misschien verwachten de Amerikanen helemaal niet dat de brief Lewinter zal bereiken. Het kan zijn dat ze er helemaal geen behoefte aan hebben Lewinter iets te zeggen. Misschien willen ze alleen bij ons de indruk wekken dat ze hem een brief willen toespelen.'

Voor het eerst verried Zaitsevs gezicht de vrees die hij voelde. 'Ik ben beroepsschaker, maar van jullie spelletjes begrijp ik niets,' zei hij zacht. 'Ik weet alleen dat ik tussen de wielen zit en ten behoeve van die geintjes zal worden verpletterd. Ik zou het niemand anders bekennen, Jefgenj Michailovitsj, maar ik ben werkelijk bang – die zaak heeft me de stuipen op het lijf gejaagd.'

Beide mannen wachtten tot Zaitsevs vrees was afgenomen. Even later schonk Zaitsev zichzelf een stevige whisky in en ledigde het glas in één teug. 'Jefgenj, oude vriend van me, misschien heb ik er verkeerd aan gedaan jou hierin te mengen. Kun je ter wille van onze lange vriendschap vergeten dat je hier vandaag bent geweest?'

'En wat zou jij dan willen doen?'

'Ik zou doen wat de Amerikanen van me willen: ik zou hem die verdomde brief geven.'

'Zaitsev, idioot die je bent, snap je dan niet hoe naïef dat gedacht is? Dacht je dat de Amerikanen met die ene dienst genoegen zouden nemen? Als jij die brief overhandigt, krijgen ze alleen meer vat op je. De volgende keer zullen ze je chanteren met *Een geweten spreekt* én met het feit dat je hun brief aan Lewinter hebt gegeven. Ze zullen je een Zwitsers bankboekje op jouw naam laten zien met een tegoed van vijftigduizend dollar en dreigen daarmee naar de autoriteiten te gaan. Je zult een vis zijn die aan de haak spartelt. Je wordt een Amerikaanse spion. In het begin zullen ze je alleen onschuldige karweitjes opdragen: boodschappen overbrengen, schijnbaar onbeduidende feitjes aan hen doorgeven, geruchten over wie er naar bed gaat met wie en zo. Dan zullen ze meer eisen stellen: andere agenten rekruteren, chantage plegen op partijfunctionarissen. Wie kan voorspellen wat het einde zal zijn? Zaitsev, arme bliksem, ik weet waarover ik praat; wij doen hetzelfde met hun mensen. Wat dacht je dat ik al die jaren in New York heb gedaan? De *New York Times* lezen? Word toch volwassen, Zaitsev.'

'Je weet wat er met me zal gebeuren als dat stuk van me wordt gepubliceerd,' zei Zaitsev. 'Dat betekent het einde van mijn carrière.'

'Ik weet wat er met je zal gebeuren als jij een agent van de Amerikanen wordt. Geloof me, Zaitsev, ik hou van je alsof je mijn broer bent, maar ik zou mijn eigen broer hetzelfde zeggen...'

Het kreunen, zacht en aanhoudend als het achtergrondgebrom van een microfoon, maakte een einde aan Pogodins woorden. Plotseling ging het over in een schrille angstkreet en toen klonk nog slechts hijgen. 'Zait... Zait... Zait...'

Pogodin en Zaitsev renden de andere kamer binnen. De Dikke Koe lag snikkend en naar adem happend op de grond. Toen hield ze op met ademen, braakte en stierf.

'*Facilis est descensus Averni*,' fluisterde Zaitsev – en hij zakte op zijn knieën en staarde vol afgrijzen naar het levenloze lichaam van zijn maîtresse. Een eindje verderop sloeg Tsjitsjikov, de kat, speels met een poot naar de kleine blauwgroene pillen die op de vloer verspreid lagen.

Deel 6
Het eindspel

21

Sarah draaide aan de knoop van haar blouse en liet hem terugveren. 'Moet ik hier op de divan blijven liggen?' vroeg ze zonder op te kijken naar de man tot wie ze sprak.

'Nee, niet als u niet wilt.'

Maar Sarah maakte geen aanstalten op te staan.

'Ik herinner me dat ik tot aan mijn hals was begraven in vulkanische as,' zei ze. 'Als je erop neerkeek leek het vulkanische as: fijn en witachtig, bijna als talkpoeder. Maar als je eronder lag voelde het aan als havermout.'

De psychiater sloeg zijn benen over elkaar en draaide aan de microfoon van de bandrecorder. 'Dat bedekt zijn met die... eh... vulkanische as, gaf dat u een gevoel van veiligheid of van gevaar?'

'Van veiligheid, geloof ik.' Sarah streek een lok haar uit haar ogen. Plotseling rilde ze, alsof ze haar schouders probeerde te bevrijden van een gewicht. 'Wat hebben jullie me aangedaan?' vroeg ze, bijna in tranen. Toen, alsof er niets was gebeurd, vertelde ze verder: 'De reden waarom ik denk dat het me een gevoel van veiligheid gaf is dat ik geen pogingen deed eruit te komen. In het begin had ik wat moeite met ademhalen, maar dat kwam, meende ik, doordat ik zo opgewonden was. Het is moeilijk adem te halen als je opgewonden bent, weet u. Ik herinner me dat er een paar mensen waren die pogingen deden mij te bereiken. Elke stap maakte een enorm zuigend geluid.'

'Wie waren dat?'

'Dat weet ik niet meer.'

'Wat deden ze toen zij u probeerden te bereiken?'

'Ze strooiden zaad uit, geloof ik – maar het was geen zaad, het waren hooikoortspillen.'

'Hoe weet u dat het hooikoortspillen waren?'

'Dat weet ik,' zei Sarah agressief. De psychiater negeerde haar agressieve toon. 'De mensen die u probeerden te bereiken – vertel me eens: wat vond u van die mensen?'

'Ik kende hen niet, dus hoe zou ik een mening over hen kunnen hebben? Het waren zomaar mensen die toevallig probeerden mij te bereiken. Ik keek af en toe even om te zien of ze nog steeds naderden.'

'En kwamen ze naderbij?'

'Ik weet niet wat ik daarop moet zeggen. Ze hieven hun voeten op met enorm zuigende geluiden en dan zetten ze die weer neer, en het leek alsof ze naar me toe liepen. Maar ik wist dat ze het nooit zouden halen.'

'Hoe?'

'Hoezo, hoe?'

'Hoe wist u dat ze u nooit zouden bereiken?'

'Waarom denkt u dat ze me nooit zouden bereiken?'

'Die indruk wekte u,' zei de psychiater geduldig. 'U wist, zei u, dat ze het nooit zouden halen. Hoe wist u dat?'

Sarah dacht hier enkele seconden over na. 'Het viel me op dat ze niet groter werden, wat betekende dat ze zich nog op dezelfde afstand bevonden.'

Sarah draaide weer aan de knoop, die tussen haar vingers losraakte. 'Mijn knoop is eraf,' klaagde ze, en ze begon zacht te huilen. Tranen vertroebelden haar blik en het feit dat alles vervaagde maakte haar angstig en ze snikte heftiger.

'Weet u waarom u huilt?'

'Ik huil omdat mijn knoop eraf is, verdomme,' zei Sarah. Na een poosje hield ze op met snikken en vroeg: 'Moet ik op die divan blijven liggen?'

'Niet als u daar geen zin meer in hebt, nee.'

Ook nu maakte Sarah geen aanstalten op te staan.

'Waarom houden we het voor vanmorgen niet voor gezien?' zei de psychiater na een poosje. 'U krijgt om elf uur bezoek, weet u nog?'

Sarah zei niets.

'Wilt u hem ontvangen?' vroeg de psychiater, en hij produceerde zijn vaste bemoedigende glimlach.

Sarah haalde haar schouders op. 'Waarom niet?' zei ze, op dezelfde toon die ze zou hebben gebruikt om het weer of het eind van de wereld te beschrijven.

Ze zaten een hele tijd zwijgend bijeen: Diamond bij het raam, op de houten stoel zonder kussen, Sarah op het model opgemaakte ziekenhuisbed, nadenkend over dingen die ze tegen elkaar konden zeggen zonder elkaar te grieven.
Ten slotte vroeg Diamond zo natuurlijk als hij maar kon: 'Word je hier goed behandeld?'
Maar Sarah wierp haar hoofd alleen achterover en glimlachte vaag, nietszeggend.
'Hé, ik zie dat ze je wat dingen uit je flat hebben gebracht,' zei Diamond.
Zijn stem – hees en gespannen – verried zijn emoties.
'Arme Leo – dit is wel moeilijk voor je, hè?' Sarah trok haar benen onder zich op en leunde tegen de muur. 'Zo'n confrontatie met het corpus delicti, bedoel ik.' Ze trok een lok zwart haar over haar ogen. 'Zoiets hoefde je na Cernú niet te ondergaan, wel? Arme Leo.' En ze zong glimlachend telkens weer 'Arme Leo', alsof dat het refrein van een kinderversje was.
Diamond streek met de rug van zijn hand over zijn lippen. Hij hing in zijn stoel en in deze houding leek hij ouder en dikker dan hij in werkelijkheid was. 'Geloof me, Sarah…' begon hij. Hij bevochtigde zijn lippen met zijn tong en deed een nieuwe poging. 'Ik zweer je bij alles wat me heilig is.'
'En wat is dat, Leo?'
'Wat is wat?'
'Wat is jou heilig?' vroeg Sarah.
Hierop was Diamond niet voorbereid geweest. Hij kon niet uitmaken of ze woedend was of verbitterd, een grapje maakte of krankzinnig was, en die onzekerheid maakte hem machteloos.
'Ik wilde helemaal niet dat het zo zou aflopen, Sarah. Geloof je dat?'
Maar Sarah antwoordde niet. 'Ik heb een droom gehad vannacht,' zei ze in plaats daarvan. 'Ik dacht dat ik tot aan mijn hals begraven lag in vulkanische as. Er waren mensen die me

probeerden te bereiken. Elke stap die ze deden maakte een enorm zuigend geluid.' Er drong iets tot Sarah door. 'Jij was erbij, Leo. Jij was een van de mensen die me probeerden te bereiken.'

'Ik was...'

'Maar je werd helemaal niet groter.'

'Ik begrijp niet...'

'Waarom heb je Zaitsevs *Een geweten spreekt* gepubliceerd?' vroeg Sarah.

'Daarover heb ik niet beslist, Sarah. Er waren anderen bij betrokken, en die moesten het stuk wel publiceren als bewijs voor hun stelling dat de Russen die hele moordaanslag op touw hadden gezet om Zaitsev in diskrediet te brengen.'

Sarah boog zich naar voren, zodat haar zwarte haar als een gordijn voor haar gezicht hing. Toen scheidde ze het gordijn middendoor en gluurde naar buiten. 'Als je erop neerkeek, leek het spul fijn en poederachtig als vulkanische as, maar van onderen voelde het grof en korrelig aan als havermout.'

Diamond haalde zijn schouders op, niet in staat iets te begrijpen van de twee geluidsbanden, gemixt tot één verwarde monoloog. 'Sarah, o, Sarah,' zei hij teder, en zij zong, hem imiterend, met een broos stemmetje: 'Sarah o Sarah o Sarah.' Plotseling hield ze op met zingen en streek het haar achter haar oren, zodat hij haar hele gezicht kon zien. Haar ogen, groen en stralend, schenen volkomen helder te zijn. 'Wat is er met Zaitsev gebeurd, Leo?' vroeg ze streng. 'Hebben ze hem ook vermoord?'

'Zaitsev maakt het best, Sarah, op mijn erewoord, hij maakt het best. Hij is naar een psychiatrische inrichting buiten Leningrad gestuurd, dat is alles. Ik zweer je dat het alles is. Dat doen ze daar altijd met dissidente intellectuelen; als ze hun mond niet houden, gaan ze naar een inrichting.'

'Zaitsev en Sarah,' zei Sarah liefjes. 'Zaitsev in zijn inrichting, Sarah in haar kliniek, allebei opgeborgen om een lange winterslaap te doen.' Heen en weer wiegend begon Sarah zacht te huilen. 'En het meisje dat ik heb vergiftigd. Ze hebben me de waarheid gezegd, niet, Leo? Dat meisje heb ik vergiftigd, hè?'

'Jij hebt haar niet vergiftigd, Sarah. Het was een ongeluk, een afschuwelijk, onvermijdelijk ongeluk…'

'Maar iemand zou die pillen hebben ingenomen; als het dat meisje niet was geweest, dan Lewinter.'

'Wij rekenden erop dat de mensen van de Russische contra-spionage wel zouden ontdekken dat de pillen vergiftigd waren. We wilden hun de indruk geven dat wij Lewinter probeerden te vermoorden. Dat was een van onze signalen.'

'Mijn god, Leo, hoe heb je zo'n plan kunnen bedenken?' vroeg Sarah. Ze was vergeten dat zij hem de kiem van het idee aan de hand had gedaan. 'Zaitsev en Sarah, Sarah en Zaitsev,' zong ze. Toen wendde ze zich weer tot hem: 'Weet je wat ze hier met me hebben gedaan, Leo?'

Diamond schudde zijn hoofd en zei zacht: 'Je bent ziek, Sarah.'

'Ik was gezond toen ik hier kwam; zíj hebben me ziek gemaakt. Ze hebben me ziek gemaakt. Ze hebben…'

Diamond herinnerde zich het haastige overleg in kamer 303 toen Sarahs vliegtuig zich naar New York spoedde. 'Wat dat meisje betreft,' had senator Talmidge gezegd, 'we moeten er verdomd zeker van kunnen zijn dat ze geen kans krijgt de officiële lezing tegen te spreken.' Het was Dukess, de vertegenwoordiger van de CIA, die had aangeboden het probleem op te lossen.

'Dat kunnen wij wel regelen, lijkt me,' had hij gezegd.

'Maar zorg dat er geen heibel van komt,' had Talmidge gewaarschuwd.

'Er komt geen heibel van, senator, nu niet en later niet,' had Dukess gezegd.

'… me ziek gemaakt. Ze hebben me ziek gemaakt.' Sarah snikte nu. 'Arm strekken… Telkens maar weer moest ik… steeds wachten op Leo… Ze lieten me niet wakker worden… vocht om bij te komen en dan weer een injectie.' Sarah dook tot een bal op het bed ineen, en bedwong haar tranen. Haar ogen en wangen leken gezwollen. 'Toen ze me eindelijk wakker lieten worden, vroeg ik hun, smeekte ik hun, het me niet te vertellen, maar hij zei dat ze me alles zouden zeggen… Ik probeerde niet te luisteren… Hij zei me dat ik het meisje had gedood… liet me Zaitsevs stuk zien, dat afgedrukt stond in de krant... dat ik hem ook had gedood... Arm strekken... Aaach, Leo, waar was je...? Jij was niet uitgegaan om te vechten tegen de wanhoop... is het wel, Leo? Jij vergrootte die alleen.'

In het gesprek viel de stilte die volgt als je een steen in een onverwacht diepe put gooit en te lang wacht op de plons. Diamond bedacht verschillende dingen die hij kon zeggen, maar ze leken allemaal onhandig te eindigen. Hij probeerde iets als: 'We kunnen een nieuw begin maken als je hier weg bent', en dan reageerde Sarah met een paar gezongen woorden die nergens op sloegen.

Sarahs gezicht, angstaanjagend bleek, kreeg een uitdrukking die op een glimlach leek, maar niets van blijheid had. 'Heb je toch nog promotie gemaakt, Leo?' vroeg ze.

'Het zit zo,' zei hij, 'ik ben overgeplaatst naar de militaire inlichtingendienst op grond van...'

'Ga door,' zei Sarah. 'Je bent overgeplaatst op grond van je initiatief in de zaak-Lewinter; dat wilde je toch zeggen, niet?'

'Ik word chef Operaties,' gaf Diamond toe.

'Wat houdt dat in, chef Operaties?'

'Ik krijg de leiding van de...'

Sarah maakte de zin voor hem af. 'Gambieten.'

De deur van de kamer was op een kier blijven staan en de doordringende lucht van lysol drong naar binnen. 'Het is hier niet zo prettig, hè?' zei Diamond.

'Het is hier niet onprettig,' zei Sarah. 'Ze hebben me mijn "ik weet het niet"-dingen gebracht, begrijp je?'

Diamond merkte op dat het mahoniehouten kistje met de zes koperen ballen en de stalen thermometer in de prullenmand was gegooid. 'Heb je dat ding weggedaan, Sarah?'

'Ja,' zei ze afwezig. 'Een van de dokters herkende het. Hij zei dat het een sacronometer is – iets waarmee je het alcoholgehalte van wijn kunt meten – en dus heb ik het weggegooid.'

'Je hebt het weggegooid omdat het een sacronometer is?'

'Ik heb het weggegooid omdat ik wist wat het was.'

Even later ging Diamond rechtop zitten. 'Kom,' zei hij, en hij schraapte zijn keel. Hij snakte ernaar hier weg te zijn, overal liever dan hier.

'Ga je nu weg, Leo?'

'Ik moet terug naar Washington.'

Sarah schoof naar voren, naar de rand van het bed. 'Je moet je over mij geen zorgen maken, Leo. Zulke dingen gebeuren nu eenmaal. Het was een operatie die verkeerd afliep...'

Maar Diamond verbeterde haar. 'Het is juist goed gegaan, Sarah. Dat moet je begrijpen – het is goed gegaan.'

Sarah glimlachte – ditmaal drukte haar gezicht iets uit wat verwant was aan humor – en ze zong het refrein: 'Donders goed, donders goed, donders goed.'

22

De verpleger met het loensende oog bracht thee en een klein blikje jam en posteerde zich bij de deur, zijn goede oog gericht op de twee mannen die tegenover elkaar aan het uiteinde van een lange houten tafel zaten, zijn loensende oog turend naar de neonverlichting aan het plafond, waarvan de buis werd omsloten door een rechthoekige bak van plastic. Nachtvlinders verdrongen zich aan de onderkant van de bak; door hun op het plastic geworpen schaduwen schenen ze nu ze dood waren iets meer dan levensgroot te zijn. Af en toe bewogen twee vleugels nog geluidloos tegen het plastic in een groteske pantomime van een gevangene die op de wanden van zijn cel beukt.

'Denk je eens in wat er moet omgaan in dat brein van hem,' zei Zaitsev met een hoofdbeweging naar de verpleger. 'Zijn ene oog projecteert een beeld van ons, zijn andere een beeld van die vlinders daar in de hoogte. En het samenvloeien van die twee beelden geeft hem…' – Zaitsev aarzelde – '… geeft hem hoofdpijn!'

Pogodin zag geen kans erom te glimlachen. Hij deed een lepeltje jam in zijn thee en roerde afwezig. Hij zat precies onder een elektrische ventilator die het al jaren niet meer deed. Afgezien van een stuk of tien lange tafels en een trompe-l'oeil van een raam waarop tot de horizon reikende tarwevelden waren afgebeeld, was het vertrek kaal en het deed Pogodin aan een toneeldecor denken: planken, waarop voetstappen ongewoon luid klonken en acteurs weggedoken achter coulissen, gespannen wachtend op hun claus.

Pogodin had helemaal niet willen komen; zijn intuïtie, waardoor hij zich vaak liet leiden, had hem ertegen gewaarschuwd. Merkwaardig genoeg was het Avksentjev geweest die hem tot andere gedachten had gebracht. 'Je sleept je vriendschap voor Zaitsev als een last met je mee,' had hij gezegd. 'Ik heb dit zelf meegemaakt en dus begrijp ik het wel. De truc is dat je één keer moet gaan en je dan van hem moet afwenden.'

'Dit is een heel moderne inrichting,' zei Zaitsev. 'Ik hoor dat dit het landhuis is geweest van een homoseksuele tsaristische minister die samen met Kerenski in een auto uit het Winterpaleis is gevlucht. Maar goed ook, niet? Kijk daar eens.' Zaitsev wees naar een hoek waar kalk uit het gestuukte plafond was gevallen. 'Alles is hier verwaarloosd. Zelfs het ijzergaas voor de ramen roest weg; je kunt het er met je hand uit duwen, maar niemand doet er wat aan. Je hebt het bord boven de poort gezien: SERBSKY-INSTITUUT VOOR PSYCHIATRISCHE DIAGNOSE. Als ik hier de leiding had, zou ik liever boven de ingang de tekst van Dantes hel laten aanbrengen: *Lasciate ogni speranza, voi ch'entrate* – Gij die hier binnentreedt, laat alle hoop varen. Toepasselijker. Maar die mensen hier hebben geen stijl.'

Pogodin wilde een vraag stellen, bedacht zich – en kwam er toen toch mee: 'Je bent toch niet van plan gekke dingen te doen, wel?'

'Zet zulke morbide ideeën van je af, Jefgenj; sinds de tijd van Akselrod zijn de zwabbers vervangen door sponzen. Trouwens, net als Tolstoj toen hij 82 was doe ik mijn best – hoe zei hij het ook weer? – doe ik mijn best om niet te willen sterven. En daar slaag ik in, dankzij mijn aangeboren lafheid. Als het wanhopig klinkt – nu ja, dan is dat omdat ik je niet wilde teleurstellen.'

'Mij teleurstellen?'

'Precies. Jou teleurstellen. Wat zou je hebben gedacht als je die hele tocht had gemaakt en me dan niet beheerst, maar opgewekt zou hebben aangetroffen? Mijn beste Jefgenj Michailovitsj, je zou hebben gedacht dat ik gek was. Wat ik natuurlijk ondanks mijn omgeving niet ben.'

'Als je gek was, zou je hier tenminste op je plaats zijn,' schertste Pogodin. Het ijs was nu gebroken en de twee vrienden lachten voor het eerst sinds lange tijd weer samen.

Pogodin keek eens naar de verpleger bij de deur en naar de

nachtvlinders met nog een vonkje leven. 'Wat voer je hier de hele dag uit, Zaitsev?' vroeg hij.

'Wat dat betreft zijn ze hier vrij soepel. 's Morgens maak ik eerst de latrine op mijn verdieping schoon – twee geïmporteerde Britse urinoirs, een eenpersoons Italiaans toilet, een douchecel van Russisch fabrikaat zonder gordijn. En ik poets de roe van het gordijn tot hij glimt.'

'Maar waarom?'

'Daaraan heeft Akselrod zich opgehangen – dat is toch een uniek gedenkteken, vind je niet, een glimmende gordijnroe?'

'Buitengewoon uniek – ik betwijfel of iemand anders op het idee zou zijn gekomen. Wat doe je de rest van de dag?'

'De rest van de dag neem ik mijn toevlucht tot de verveling.'

Pogodin keek geshockeerd.

'Waarom die frons, Jefgenj? Dat is in onze tijd een heel gewoon toevluchtsoord. De Amerikaanse schrijver Barth heeft het aardig geformuleerd: "Het feit," zei hij, "dat de situatie wanhopig is, maakt die niet interessanter." Voilà!' – Zaitsev imiteerde een trompetstoot – 'een thema van één zin voor onze tijd, een briljant eerlijke, briljant afgrijselijke samenvatting van de verschraling die de menselijke geest in onze tijd heeft bereikt, niet?'

'Het is te goedkoop,' zei Pogodin. 'En trouwens, ik geloof je niet. Je leest toch wel…'

'Ik heb gezworen geen zin, geen uitdrukking, geen woord, geen lettergreep te lezen tot de literatuur die ik lees vrij van alle dwang zal kunnen verschijnen.'

'En wanneer zal dat zijn?'

'Volgens Brecht zul je kunnen zeggen dat de literatuur in de Sovjet-Unie weer vrij is als er een roman verschijnt die begint met de woorden: "Minsk is een van de vervelendste steden ter wereld."'

'Die zin is niet slecht, waarom begin jij daarmee geen roman?'

Zaitsev deed alsof hij wat nu kwam alleen maar kon fluisteren. 'Omdat het in werkelijkheid niet waar is. Ik heb aan schaaktoernooien in Minsk meegedaan en er woont daar een mollig schatje…'

Weer vormde hun lach de band die de twee mannen her-
enigde.

'Brecht de Grote weet dus ook niet alles,' zei Pogodin.

'Wie van ons wel?' antwoordde Zaitsev zacht. De stemming
was somber geworden.

Pogodin nipte aan zijn thee. Zaitsev at zo uit het blikje een
lepel jam.

'Vertel eens, Zaitsev: zijn er hier ook echte patiënten?'

'Een paar,' zei Zaitsev, met zijn vingers in zijn haar woelend.
Voor het eerst merkte Pogodin op dat Zaitsevs hand licht
beefde. 'Er is één vent, een Litouwer, die aan dezelfde tafel
eet als ik. Hij schrijft 's morgens zijn dromen op en laat die
onmiddellijk na de lunch aan de dokter zien. Gisteren begon
die Litouwer plotseling te gillen tegen zijn buurman: "Kijk
uit, idioot, je morst slasaus op mijn dromen."' Met een afwij-
zend gebaar van zijn hand herhaalde Zaitsev vol weerzin:
'Slasaus op zijn dromen!'

Zaitsev was opgesprongen om het scènetje te acteren. Nu liet
hij zich weer vallen op de bank die onder zijn gewicht
kraakte. 'Er zijn hier een paar echte gekken. Zo is er een jood
die beweert dat hij Malechamovitz is. Dat is de joodse naam
voor de doodsengel. En dan is er een die de hele dag rond-
loopt om mooie woorden te verzamelen. Hij zet ze alfabe-
tisch op lange lijsten. Telkens als hij een nieuw woord krijgt
schrijft hij de hele lijst van het begin tot het einde over. Ik
heb hem *lagune* gegeven en *klam* en *vocht. Bedauwd* heb ik
hem ook aangeboden, maar dat had hij al. Afgezien van die
twee of drie zijn de meesten van de lui die hier zitten heel
goed bij de tijd. Herinner je je de vent die je in mijn datsja
hebt ontmoet, die het petitionnement over Akselrod had ge-
tekend dat in de *New York Times* is verschenen?'

'Antonov-Ovsejenko.'

'Juist ja, die zit hier ook.' Zaitsev noemde nog een bekende
mariene bioloog, een astrofysicus, drie dichters en een ballet-
impresario, die allen waren opgenomen. 'De astrofysicus is
hier vlak na mij gekomen. Ze zijn niet eens zo beleefd geweest hem te komen arresteren. Hij werd opgebeld en er
werd hem gezegd dat hij zich met een verschoning moest

melden in de Loebjanka. De diepste belediging was hun op-
perste zelfvertrouwen. Geen middernachtelijke klop op de
deur zoals in de goede oude tijd, alleen maar een telefoontje.
En hij is gegaan!'
'Je bent unfair, Zaitsev, wat had hij anders kunnen doen?'
'Hij had kunnen vluchten. Ik hoor dat er in het zuiden men-
sen zijn die je voor vijfduizend roebel over de Turkse grens
brengen.'
'Waarom heb jij dat dan niet geprobeerd als je zo dapper
bent?'
'Ik ben fysiek niet tegen lange wandeltochten bestand,' zei
Zaitsev. 'En bovendien heb ik het pas gehoord toen ik hier al
zat.'
De nachtvlinders – minder dan eerst – fladderden weer en
beide mannen keken ernaar tot de diertjes stil werden.
Plotseling smeet Pogodin zijn lepel op tafel. 'Waarom heb je
haar niet laten arresteren?' vroeg hij.
'Ik geloof…' begon Zaitsev, en hij vroeg zich af wat hij zou
antwoorden. 'Ik geloof omdat ze een amateur was. Kun je
dat begrijpen? Nee, blijkbaar niet.' Zaitsev begon Pogodin
nu vragen te stellen. 'Nu ja, het doet er ook niet meer toe.
Maar vertel jij me eens, Jefgenj Michailovitsj: wat hoopten
de Amerikanen te bereiken door Lewinter te doden?'
Pogodin maakte een hoofdbeweging naar de verpleger bij de
deur. 'Kan hij ons afluisteren?'
'Dat hindert niet,' zei Zaitsev. 'Hij is vrijwel idioot. Zijn vo-
cabulaire bestaat uit niet meer dan driehonderd woorden.'
'Goed.' Pogodin boog zich naar voren, zodat zijn magere
schouders meer gebogen leken dan ze waren. 'Het is mogelijk dat de Amerikanen zo reageerden omdat hij een echte
overloper is – dan wilden ze eenvoudig voorkomen dat Lewinter ons nog meer zou vertellen dan hij al had gedaan. Het
kan ook zijn dat ze hem wilden vermoorden als afschrikwek-
kend voorbeeld voor andere overlopers. Maar het is ook mogelijk dat de Amerikanen de indruk wilden wekken dat hij
een echte overloper is om ons ervan te overtuigen dat Lewinter waardevolle informatie bezit. In dat geval zou hij een bedrieger zijn. Of de Amerikanen probeerden ons ervan te

overtuigen dat hij echt is, terwijl ze wisten dat wij zouden ontdekken dat zij ons van zijn echtheid probeerden te overtuigen en wij daaruit zouden concluderen dat hij een oplichter is. In dat geval hopen ze dus dat wij hem voor een bedrieger zullen houden. Wat betekent dat hij in werkelijkheid echt is.'

'Ik merk dat het zaakje nog altijd gecompliceerd is,' merkte Zaitsev droog op. 'En welke van die verklaringen wordt tegenwoordig algemeen aanvaard?'

'Avksentjev is er absoluut van overtuigd dat de Amerikanen reageren op een authentiek geval van overlopen.'

'Op grond van de moordaanslag?'

'Op grond daarvan en van andere signalen.'

'Dan zou Lewinters informatie dus echt zijn?'

'Dan zou Lewinters informatie echt zijn, ja.'

Zaitsev nam nog een lepel met jam. 'Maar jij deelt die zienswijze niet?'

'Zo is het. Ik deel die zienswijze niet.'

'Waarom niet?'

'Omdat... Omdat iemand die Diamond heet erbij betrokken is, en die Diamond is gek op operaties. Hij is heel goed in staat jaren te wijden aan de voorbereiding van zo'n operatie tot in de kleinste details, in de hoop dat wij de onjuiste informatie zullen slikken. En dan die moord...'

'Ja, die poging tot moord.'

Pogodin praatte nu om zijn gedachten te verhelderen. 'Die was zo zinloos...'

'Zo zinloos,' zei Zaitsev instemmend.

'... want ze moeten hebben geweten dat we Lewinter allang hadden uitgehoord. Nee, die moordaanslag was geen reactie op een geval van overlopen, maar een signaal; ze proberen ons ervan te overtuigen dat ze op een geval van overlopen reageren. Ze willen dat wij Lewinter voor echt houden.'

'Wat dus betekent dat hij een bedrieger is.'

'Ja, precies. Lewinter is waarschijnlijk een bedrieger.'

'Heb je dat tegen Avksentjev gezegd? Heb je hem verteld dat Lewinter volgens jouw overtuiging een bedrieger is?'

Podogin aarzelde. 'Nee,' zei hij.

233

'Waarom niet?'

'In de eerste plaats omdat ik er zelf niet helemaal zeker van ben...'

'Ach, kom nu, Jefgenj Michailovitsj, waar is je vroegere openhartigheid?'

'Om je de waarheid te zeggen zit ik in een moeilijke situatie,' zei Pogodin ter verdediging van zichzelf. 'Ik heb als enige van het begin af aan de stelling verdedigd dat hij echt was. Na mijn promotie kan ik niet plotseling het tegenovergestelde gaan verdedigen en...'

'Promotie? Moet ik je feliciteren, Jefgenj?'

'Ik ben adjunct-hoofd van het directoraat Westwerk geworden; nu behoor ik dus tot Avksentjevs staf.'

'Verdomme, wat is Westwerk?'

'Zo noemen wij onze spionageactiviteiten in het Westen.'

'Je bent dus nu een hoge ome? En daarom kun je niet..'

'Ja, daarom. En toch...' Pogodin schudde het hoofd bij al die mogelijkheden. 'En toch zal mijn land als ik mijn mond hou nog eens zitten met een antiraketsysteem, gebaseerd op misschien niet-bestaande banen.'

'Wil je een raad van iemand die als je het goed bekijkt nog op een geestelijk vrij normaal eilandje woont? Nu, ik zal hem je in elk geval maar geven.' Zaitsev boog zich naar Pogodin. 'Het wordt tijd dat jij je gaat wijden aan het échte spel. En voor mensen zoals jij die zo onfortuinlijk zijn in het gekkenhuis hier buiten te leven is het echte spel carrière maken.'

Pogodin ging rechtop zitten op de bank. 'Je vergeet dat ik marxist ben, Zaitsev, en dat impliceert een zekere mate van toewijding aan je medeburgers.'

'Ik dacht dat jij maar voor een kwart marxist was.'

'Je hoeft niet zo sarcastisch te doen,' zei Pogodin.

'Luister, kameraad Pogodin – het communisme is in wezen een poging de pikorde af te schaffen. Maar dat is niet gelukt. Wij leven in een land waar de queue koning is. En je kunt gerust van me aannemen dat er altijd mensen zijn die vóór hun beurt worden geholpen. Als je dus toch in de rij moet staan, kun je maar beter zorgen dat je een plaats vooraan krijgt.'

De nachtvlinders – nog slechts twee vertoonden een spoor van leven – sloegen weer met hun vleugels tegen de plastic bodem en zonken toen terug tussen de schimmige lijven.

'Dat was eigenlijk de filosofie van mijn vader,' vervolgde Zaitsev. 'Hij was houthakker, een man met grote rode knokkels en gezwollen vingers. En mijn moeder, God zegene haar bolsjewistische ziel, was een van de eerste partijleden in onze rimboe. Ze werd lid omdat de partij eens per jaar een picknick organiseerde, en ze was gek op picknicks. Weet je, Jefgenj, we moeten terug naar de fundamentele waarden. Mijn moeder hoefde maar een slokje melk te drinken en ze wist van welke geit in de troep die afkomstig was. We woonden in een houten huis en aan de buitenkant waren er ramen op geschilderd. Ha, ik heb de kringloop voltooid. In mijn jeugd werden de ramen er aan de buitenkant op geschilderd, nu aan de binnenkant.' Zaitsev wees naar het vaal geworden oogsttafereel op de muur. 'Nu vraag ik je: welke woonplaats is het beste toevluchtsoord?'

Maar Pogodin had geen antwoord gereed op zulke bitterzoete vragen.

Zaitsev dwaalde plotseling af. 'Heb jij ooit opgemerkt...' vroeg hij met opgewonden stem, maar toen leek hij zijn belangstelling voor het gesprek te verliezen.

'Heb ik wat ooit opgemerkt, Stojan Aleksandrovitsj?' Het was voor het eerst dat Pogodin Zaitsev bij zijn voornaam en vadersnaam noemde.

Zaitsevs stem klonk mat. 'Heb je ooit opgemerkt hoe onschuldige beschrijvingen een eigen betekenis kunnen krijgen, hoe ze eufemismen kunnen worden voor de op vernietiging gerichte krachten van de mens? Neem bijvoorbeeld het Duitse gebruik van het woord "concentratiekamp". Of de Amerikaanse uitdrukking *free-fire zone*". Of onze eigen "inrichtingen".' Het woord 'inrichting' bracht Zaitsev op een ander idee. 'Mijn hele leven ben ik hiervoor bang geweest' – zijn licht trillende handen tastten de omgeving af – 'maar nu ik hier ben, voel ik me opgelucht. Ik zweer je dat het een opluchting is. "Iemand wie je alles hebt afgenomen bevindt zich niet langer in je macht." Dat is van Solzjenitsyn.' Even vlamden Zaitsevs ogen als vanouds op en hij zei: 'Dat zegt natuurlijk wel iets over mij, niet?'

Zaitsev at het blikje jam leeg, spoelde de lepel in het restje thee om, veegde hem aan zijn broek droog en stak hem in de zak van zijn jasje. Boven hun hoofden fladderde de laatste nachtvlinder nog even en stierf.

Zaitsev en Pogodin wisselden over de tafel heen een blik, zoals mensen elkaar aankijken als ze niets meer weten te zeggen. Als passagiers in een trein waren ze zwijgend, met ingehouden spijt, op hun bestemming aangekomen.

'Je begrijpt, Zaitsev, dat mijn handen gebonden waren toen zich eenmaal een sterfgeval had voorgedaan.' Een zweetdruppel glinsterde als een traan op Pogodins hoge voorhoofd. 'Het spijt me natuurlijk dat het zo is gegaan, dat spreekt vanzelf.' En zijn stem klonk gesmoord door emotie: 'Ach, mijn beste Zaitsev, als je maar...'

Zaitsev scheen op de bank weg te zinken onder het gewicht van wat had kunnen gebeuren.

'Als,' zei hij tegen Pogodin. 'Als, als en weer als, legioenen als – en die in rijen van twintig zo ver het oog reikt marcheren – dwars door Rusland, door Midden-Azië, door Siberië, helemaal naar Vladivostok.'

Zaitsev wenkte met geopende hand, alsof hij eindeloze rijen mensen beval de revue te passeren.

'Ga in de houding staan, Jefgenj Michailovitsj, ga in de houding staan en breng een eresaluut aan mijn onvervulde mogelijkheden.'

23

Savinkov was gedeeltelijk verlamd, en toen hij Pogodin aankeek draaide zijn hele bovenlijf dan ook mee, alsof hij in het gips zat. 'Ik vraag me af of ik dit wel begrijp,' zei hij voorzichtig. De glazen van zijn stalen bril kaatsten het schuin invallende daglicht terug, zodat zijn ogen de indruk wekten van nietsziende zilveren kassen. 'Papiervernietigers, magnetische separatoren, centrifugale separatoren, 1,2 miljard pond vaste afvalstoffen per dag betekent een ton afval per persoon per jaar. Ik had gedacht' – Savinkov nam met beide handen, alsof hij een dienblad vastpakte, een pagina uit de map – 'ik had gedacht dat we ons zouden bezighouden met een kwestie die de nationale veiligheid betrof.'
Pogodin maakte een hoofdbeweging naar het vel papier in Savinkovs handen. 'Dat was alleen zijn hobby; de zaak die ons interesseert begint op pagina acht.'
'Juist,' zei Savinkov, en hij, Dybenko en Izvolsky bladerden tot ze pagina acht hadden gevonden en begonnen te lezen.
Pogodin schoof heen en weer op zijn stoel. Hij deed de laatste weken zijn best een volkomen Russische indruk te maken. Het button-down overhemd had plaatsgemaakt voor een wit, geïmporteerd uit Polen; in plaats van een tweedjasje met een flanellen broek droeg hij een donker confectiepak van Russisch fabrikaat. Zijn haar was bijgeknipt, zodat het opzij en van achteren niet meer bolde. Als Pogodin nog voor een kwart humanist was gebleven, was dat hem niet meer aan te zien nu hij alle kenmerken vertoonde van de bureaucraat: het uitdrukkingsloze gezicht, schijnbaar verdoofde zenuwuiteinden, het voortdurend met een potlood op het tafelblad tikken.
Savinkov was de eerste die opkeek. 'Dat verandert natuurlijk de zaak,' zei hij tegen Pogodin.

'Wat een meevaller,' zei Dybenko, die nu ook opkeek. Hij was een lange Georgiër van middelbare leeftijd met dunne haarpieken die een kale kruin bedekten, en koude, metalige trekken.

Izvolsky, met zijn 27 jaar de jongste aanwezige, floot. 'Het is bijna te mooi om waar te zijn,' zei hij.

Pogodin legde zijn groene aantekenboekje – zijn notities over dat eerste gesprek met Lewinter stonden er nog in – opengeslagen op tafel. 'U zult achtergrondinformatie nodig hebben die niet in de mappen staat,' begon hij. 'Er heeft geruime tijd in sommige kringen twijfel bestaan' – Pogodins toon maakte het duidelijk dat hij die twijfel niet had gedeeld – 'wat wij nu precies voor ons hadden. Maar de Amerikanen hebben algauw onmiskenbaar duidelijk gemaakt dat hij een echte overloper was die over authentieke informatie beschikte. De eerste aanwijzing hiervoor kwam toen ze de agent die opdracht had Lewinter in Tokyo te schaduwen, een zekere Chapiti, op staande voet ontsloegen. Kort daarop is hun bureau in Tokyo gezuiverd, evenals het regionale bureau dat voor de veiligheid van New England verantwoordelijk is. Bovendien werden er enkele MIRV-specialisten in Washington ontboden – met welk doel blijft een open vraag. Diezelfde week verscheen er in de rubriek De Periscoop van het Amerikaanse tijdschrift *Newsweek,* dat ongewoon goede contacten in het Pentagon heeft, een berichtje. Er stond alleen in dat het overlopen van Lewinter ernstiger was dan officieel was toegegeven. Daarna ontdekten wij dat een raketcomplex in Idaho, dat zou worden uitgerust met MIRV's, weer operationeel was geworden zonder dat de oude nucleaire koppen waren vervangen. In diezelfde periode heeft een subcommissie onder leiding van senator Talmidge, die zoals u weet zitting heeft in de Amerikaanse Commissie 303, een geheim onderzoek ingesteld naar het overlopen van Lewinter. En ten slotte is er dan nog een poging gedaan Lewinter te vermoorden.'

Pogodin keek op. Gedurende enkele vluchtige seconden waren de verkeersgeluiden van de vier verdiepingen lagere Dzjersjinski-straat het enige wat in de kamer hoorbaar was – die en het tikken van Pogodins potlood op het tafelblad.

Voor Pogodin was dit een van die speciale momenten waarop alles je niet plotseling duidelijk wordt, maar je beseft dat alles al enige tijd duidelijk is geweest. Het was zoiets als wachten op het eerste licht van de dag en dan ontdekken dat je al enkele minuten voorwerpen hebt kunnen onderscheiden. Terwijl de verkeersgeluiden aanzwollen en afnamen, voelde Pogodin dat hij zijn slopende twijfel had overwonnen, dat hij nu zijn eerzucht de vrije teugel kon laten. En toen hij verder sprak klonk een nieuw zelfvertrouwen door in zijn stem.

'Tot nu toe,' zei Pogodin, 'heeft de Sovjet-Unie niet veel tijd of inspanning of geldmiddelen geïnvesteerd in de ontwikkeling van een antiraketsysteem. Onze mannen van de wetenschap verzekerden ons dat het te moeilijk was, en we hebben het daarbij gelaten. Niet dat we geen kans zagen een naderende raket te onderscheppen; het probleem was meer dat er te veel zouden naderen om ze allemaal te kunnen raken. Nu is die situatie echter veranderd. Wij kennen de verschillende banen die Amerika zal gebruiken, en dit stelt ons in staat uit te maken welke projectielen nucleaire ladingen hebben. Nu we dat eenmaal weten, wordt het probleem ze tegen te houden betrekkelijk eenvoudig. Het is nu zover dat onze partijleiding en onze militair leiders het er in grote lijnen over eens zijn dat wij nu moeten gaan werken aan de oplossing van dat probleem.'

Weer zweeg Pogodin even – om te luisteren naar de in hem naklinkende voetstap van het miljoenenleger der onvervulde mogelijkheden waarover Zaitsev had gesproken. Maar voor hij het geluid had geïdentificeerd was het verstomd en hij sprak verder: 'Hiermee kom ik op de reden waarom deze speciale werkgroep is gevormd. De formules voor de banen hebben voor ons alleen waarde als wij de Amerikanen ervan weten te overtuigen dat wij niet in Lewinter geloven.'

'Allicht, om te voorkomen dat ze de oude banen vervangen door nieuwe,' zei Savinkov zakelijk. Hij was een oude rot in dit vak.

'Precies,' gaf Pogodin toe. 'Als zij geloven dat wij de formules van de banen hebben, zullen ze die natuurlijk wijzigen. Wij moeten dus een serie signalen bedenken die erop berekend zijn onze tegenspelers in Washington ervan te overtuigen dat we Lewinter niet vertrouwen, dat we hen ervan verdenken hem ons te hebben toegespeeld.'

Weer drongen verkeersgeluiden de kamer binnen. Izvolsky begon op zijn duimnagel te bijten. 'Misschien kunnen we…' zei hij, maar toen schudde hij zijn hoofd. 'Nee, nee, dat zouden ze gemakkelijk doorzien.'

Savinkov en Dybenko waren allebei al in gedachten verzonken.

'Ik neem aan,' zei Pogodin, met de punt van het potlood op een vel papier tikkend en turend naar het patroon van stippen dat zo ontstond, 'ik neem aan dat we Lewinter om te beginnen altijd terug kunnen sturen.'